Un veneno oscuro y dulce

JUDY I. LIN

UN VENENO OSCURO Y DULCE

CROSS BOOKS

Título original: *A Venom Dark and Sweet*

Diseño de portada: Planeta Arte y Diseño / Grupo Pictograma
Ilustración de portada: © Grupo Pictograma
Ilustraciones de interiores: iStock
Traducido por: Sigrid Leticia Hernández Martínez

Bajo el sello editorial CROSSBOOKS M.R.
Avenida Presidente Masarik núm. 111,
Piso 2, Polanco V Sección, Miguel Hidalgo
C.P. 11560, Ciudad de México
www.planetadelibros.com.mx

Primera edición en formato epub: enero de 2024
ISBN Obra Completa: 978-607-07-9828-3
ISBN Volumen: 978-607-39-0947-1

Primera edición impresa en México: enero de 2024
ISBN Obra Completa: 978-607-07-9834-4
ISBN Volumen: 978-607-39-0913-6

Impreso en los talleres de Impregráfica Digital, S.A. de C.V.
Av. Coyoacán 100-D, Valle Norte, Benito Juárez
Ciudad De Mexico, C.P. 03103

Impreso y hecho en México - *Printed and made in Mexico*

A mi esposo:
tu amor me ha ayudado
a través de los tiempos más desafiantes.

Capítulo uno

Kang 康

Cuando era un niño pequeño, Kang soñaba con regresar al palacio.

Un enviado llegaría a Lùzhou, eso representaba una lluvia de color que contrastaba con los cielos grises y las rocas negras. Los músicos tocarían algo alegre y festivo, las banderolas ondearían al viento. A bordo de un palanquín, llegaría un funcionario de la corte vestido de azul y se posaría sobre la arena de esa playa en la que solía soñar despierto, para desplegar un pergamino bordado: un decreto del emperador. Se solicitaría a su familia regresar a Jia, informándoles que sus posiciones fueron restauradas y él regresaría a su vida entre los niños del palacio.

Pero ningún enviado llegó y esos sueños de infancia se esfumaron. Hasta ahora, sentado ante la gran puerta del palacio, fue que esos recuerdos regresaron a su memoria. Atravesándolo como hacían los vientos del norte y llenando su nariz con el aroma de la sal. Él sabe la verdad: el hogar que conoció de niño ya no existía más. No había ninguna emperatriz viuda pidiendo a los cocineros traer otro plato de dulces, ningún tío emperador enseñando caligrafía en un lienzo estirado, ninguna princesa recitando un tratado sobre negociación ante su tutor. Él regresó bajo una lluvia de flechas, trayendo consigo solo mentiras y destrucción. No importa cuánto quiera pretender lo contrario, él tuvo todo que ver con lo pasaría después de esto.

Su caballo relincha suavemente, empujando al que tiene junto, puede sentir el cambio en el aire y en el viento. Pensó que un golpe sería más sangriento. Sangre y fuego, como las historias que los maestros contaban y sus propios recuerdos fragmentados de diez años atrás. En cambio, vio a los soldados de la armada entrar en las grietas de Jia como agua en un cauce seco. La capital de Dàxī se los tragó a lo largo de la noche, mientras el cielo se volvía pálido y un nuevo amanecer se instaló sobre la ciudad durmiente.

La puerta se abre ante él. Kang entra escoltado por los hombres de su padre. Es posible observar las formaciones de soldados que portan el uniforme negro de la guardia de la ciudad. Se había dejado un amplio camino para ellos y los soldados hacían una reverencia al verlos pasar. No hay sonidos de batalla por delante ni desafiantes choques de espadas, solo el peso de la expectativa por los cambios que están por venir.

Cuando se encontró con su padre en la casa de té, el general era todo sonrisas y su rostro estaba sonrojado por el vino. Él le palmeó la espalda, le dijo que había hecho lo que le tocaba. Un buen hijo es un buen soldado. Aun cuando desea disfrutar la calidez que la aprobación de su padre le hace sentir, Kang tiene una sensación de inquietud en lo profundo de su mente, como una comezón imposible de rascar. La voz de Zhen le susurra: «Todos estos planes han dado frutos, pero ¿a qué costo?». Pensó que se refería al falso compromiso matrimonial, pero ella se rio en su cara cuando se lo dijo.

Uno de los soldados de la infantería se adelanta para tomar las riendas de su caballo y así Kang pueda desmontar. Un oficial lo saluda con una ligera reverencia, viste el uniforme negro y verde del Ministerio de Justicia y se presenta como el gobernador de Sù, Wang Li. Se cuelan a través de una puerta y suben por el angosto hueco de la escalera, escondido en la alta pared junto al Patio del Futuro Prometedor.

—¡El general de Kăiláng! —anuncia un heraldo a la distancia y el grito resultante es ensordecedor, resuena a través del pasaje de piedra.

—Quiero darle personalmente la bienvenida, mi príncipe. —Se puede ver al gobernador, todo sonrisas, en lo alto de la escalera, animándolo con gestos a que continúe avanzando—. Bienvenido de regreso a Jia.

El sonido de ese título hace que se le enchine la piel a Kang: *príncipe*.

Sin embargo, ese pensamiento se disipa ante lo que hay en el patio de abajo. Desde esta perspectiva, puede ver a los oficiales de la corte agrupados en el espacio delante de la escalera que sube al Salón de la Luz Eterna, rodeado por el rojo de la guardia del palacio y el negro de la guardia de la ciudad. Algunos de ellos parecen confundidos, mientras que otros ya están postrados en el suelo en su ansia por mostrar deferencia al futuro emperador. A la izquierda de Kang, el largo pasillo está lleno de arqueros y puede ver sombras similares moviéndose a lo largo del lejano muro. Es obvio que su presencia es un recordatorio para los que están bajo el poder del general.

El militar se yergue en lo alto de la escalinata, porta su armadura completa de batalla, destella brillos dorados y negros desde las puntas curveadas de su casco hasta el brillo de sus botas. El canciller Zhou se encuentra a su derecha y viste un atuendo formal. No hay duda de quién liderará y quién le ayudará en su camino hacia el trono.

El padre de Kang levanta sus brazos y el rugido de los soldados se acalla. Se arrodillan para saludar, como una ola coordinada. Los rezagados de la corte se arrodillan también, imitando a sus compañeros, pero Kang encomienda esos rostros al recuerdo; sabe que el canciller también está tomando nota: los primeros que se inclinaron y los que dudaron.

Los brazos del general regresan a sus costados, mientras el heraldo avanza de nuevo para indicar:

—De pie para escuchar las palabras del regente, que pronto ascenderá al trono de nuestro gran imperio.

Los soldados se ponen de pie nuevamente, en posición de atención, con un golpe seco de sus lanzas que hace temblar los muros del patio. Los oficiales se tambalean a sus pies.

—Para algunos de ustedes puede resultar sorprendente mi regreso. —La voz del general de Kăiláng suena sobre la multitud—. Me marché voluntariamente al exilio hace muchos años, anhelando ver la gloria de nuestro imperio seguir adelante, sin luchas internas. No podemos mantenernos fuertes si peleamos desde adentro. Pensé que le daría una oportunidad a mi hermano y, en lugar de aprovecharla, se esforzó por llevar a Dàxī a la ruina.

Mi padre siempre disfrutaba mucho los discursos conmovedores, era conocido por su habilidad de agitar la sangre de aquellos que lo siguen para alentarlos a pelear en su nombre.

—Con sus propias ambiciones, nunca imaginó que uno de los suyos le daría la espalda. La princesa que él crio envenenó a su propio padre e intentó quitar de la corte a quienes se interpusieran en su camino de consolidar el poder. Ahora, yo fui encomendado para restaurar el honor del nombre de Li y hacer justicia por la muerte de mi hermano.

El apasionado discurso del general parece lanzado a un nido de avispas en medio de la corte; ya no pueden permanecer tranquilos y en silencio; susurran y murmuran entre ellos ante esta revelación. Kang siente la atención sobre él y lucha para que su rostro permanezca imperturbable, aun cuando su incomodidad aumenta.

Una chica le informó lo que contenía el veneno y que se originaba de Lǜzhou. Una princesa intentó ocultarles a todos la noticia acerca de la muerte de su padre. Lo que él sospechó es solo una pequeña parte de los planes que su padre esbozó, y el general se ha rehusado a responder sus preguntas acerca del origen del veneno.

Su mirada se cruza con la del canciller y este le dirige una pequeña sonrisa antes de regresar al patio.

La duda se cuela aún más profundo dentro de Kang. ¿Acaso importa si fue su padre quien distribuyó el veneno? El emperador ya no está, la princesa se ha ido, el trono está vacío y esperando por aquel que ascenderá a él. Pero, por dentro, aún arde la pregunta: «¿Fue su padre quien dio la orden?».

—Yo recuperaré la paz y la prosperidad de Dàxī; erradicaré a los traidores y corruptos —anuncia el general con gran fervor—. Empezando por el palacio. La princesa traidora y su mascota shénnóng-tú han escapado, pero no estarán libres por mucho tiempo, el ministro de Justicia las traerá de regreso.

El canciller Zhou da un paso al frente y proclama:

—¡Así lo quiere el emperador regente de Dàxī!

—¡Así lo quiere el emperador regente! —responden a coro sus súbditos, arrodillándose una vez más para recibir su mandato divino.

Kang inclina la cabeza, escondiendo su rostro de las miradas sospechosas y siente cómo sus labios se curvan esbozando una sonrisa.

«Está viva».

Capítulo dos

Ning 寧

Mi madre decía que el mundo había surgido de la oscuridad. De esa *nada* primigenia vino la consciencia y los primeros dioses despertaron de su letargo. La Gran Diosa emergió, partiendo la oscuridad por la mitad como un huevo. Ella y su hermano separaron el cielo y la tierra.

«Nunca lo olviden —nos decía—, el mundo comenzó con un sueño. Pasa lo mismo con nuestra vida. Sigan soñando, hijas mías. El mundo es mejor de lo que ustedes piensan».

La luz del amanecer se filtra a través del verde follaje, susurrando con la brisa. El aire huele a un hermoso día de verano, pero me encuentro en algún lugar entre el sueño y la vigilia. Tengo la sensación de que olvidé algo importante, algo fuera de mi alcance. Siento que me empuja un movimiento debajo de mí y me siento demasiado rápido, la cabeza me da vueltas.

Los árboles pasan volando ante mis ojos, mis manos sienten la aspereza de una tela dura, una cobija que se deslizó y me destapó cuando me moví. Volteo y me doy cuenta de que estoy sentada en una carreta, mi hermana está sentada al otro lado de donde estoy yo, con los ojos cerrados, pero su boca se mueve. Conozco esa expresión: está trabajando en un rompecabezas mental particularmente complicado. Una especie de patrón de bordado, o contando mentalmente los ingredientes en el almacén de mi padre. De pronto, sus ojos se abren con rapidez y se encuentran con los míos; se escabulle para sentarse junto a mí.

—Estás despierta —dice Shu con alivio y, antes de que pueda detenerla, llama a las dos siluetas que se encuentran sentadas al frente del vagón—. ¡Está despierta!

Sin poder evitarlo, la agarro del brazo para asegurarme de que es real, necesito saber que no sigo soñando, dormida en un bote que flota por la rivera Jade, aún tratando de encontrar el camino para regresar a casa. O todavía peor, hecha bolita en el piso de los calabozos del palacio, esperando la mañana de mi ejecución. Esos pensamientos inquietantes hacen desaparecer el calor del día y dejan solo frío al despertar. Shu mira mi mano y pone la suya encima.

Abre su boca para decir algo, pero, antes de que hable, la carreta se detiene bruscamente y nos hace caer. Una de las siluetas se balancea desde el frente del vagón hasta llegar junto a nosotras, el ala de su sombrero esconde su faz en la sombra. Es hasta que alza la cabeza que puedo reconocer ese rostro, con sus características impactantes, veneradas por los poetas en sus textos más floridos, que me son tan familiares ahora. Alguien a quien incluso me atrevería a llamar mi amiga.

Zhen, la princesa de Dàxī, vestida con una simple túnica color marrón, lleva el cabello atado en una larga cola de caballo. Junto a ella se encuentra la conductora, a quien también reconocí: Ruyi, su dama de compañía, que lleva un atuendo marrón idéntico al de la princesa; parecen granjeras que regresan de un día en el campo.

Ruyi asiente con la cabeza, saludándome y regresa a poner de nuevo en movimiento a los caballos con un chasquido de la lengua.

—¿Cómo te sientes? —pregunta Zhen. Shu también me observa intensamente y mi temor se hace más fuerte.

Sacudo mi cabeza, aún me siento un poco mareada, trato de recordar.

—Tendrás que decirme lo que pasó.

Diferentes imágenes se despliegan ante mí: el rostro imponente del canciller sentenciándome a muerte; los vívidos pétalos de peonia en el bordado de Shu; cazar a mi hermana a través del bosque oscuro; mi padre sollozando sobre su cuerpo; la figura de la

Serpiente Dorada descendiendo, el destello de sus despiadados colmillos... y sus ojos rojo sangre.

Siento un pinchazo en el centro de mi frente, jadeo y me doblo.

La agonía se esparce como un fuego salvaje por todo mi cuerpo, borra cualquier otro pensamiento. Vagamente puedo sentir unas manos sobre mí que me ayudan a recostarme mientras el dolor me ataca una y otra vez. Me pierdo en él por un rato, pueden ser minutos u horas, no lo sé. Finalmente, poco a poco, el dolor disminuye hasta que logro regresar lentamente a mí y hacer un esfuerzo para sentarme de nuevo.

—Ten, bebe un poco de agua. —Alguien pone un frasco en mis manos y yo vierto el agua fresca en mi boca.

—Estuviste dormida por tres días y tres noches. —Shu me pasa un pañuelo para que limpie mi cara, que irradia preocupación—. Tenías fiebre muy alta, mi padre hizo lo que pudo para extraer la infección, pero probablemente algo de ella aún persista...

Saqué a Shu de la oscuridad solo para caer yo en ella, y ahora no recodaba nada de lo que pasó después.

—Y mi padre... ¿dónde está? —Hicimos a un lado nuestras diferencias para salvar a Shu, juntos; pero tengo muchas más cosas que preguntarle: necesito saber de él y de mi madre en el palacio, de las cosas a las que renunció para empezar una nueva vida en Xīnyì; todo lo que no comprendí hasta que me fui a Jia.

Shu parece reacia a hablar.

—Después de que perdiste la conciencia, mi padre envió un mensaje a la aldea, diciendo que yo había empeorado y que él no podría hacer sus rondas diarias. El capitán Wu vino a verme y también a darnos una advertencia.

Nuestro padre había salvado alguna vez la vida del capitán después de una mala caída. El capitán Wu siempre había sido amable con nosotros, de hecho, nos daba raciones extras de comida a escondidas, aun cuando mi padre solía rechazarlas.

—Nos advirtió que los soldados vendrían pronto a Nánjiāng a buscarte por orden del gobernador. Mi padre le permitió revisar nuestra casa, mientras yo me escondía en la cama contigo. —Los labios de Shu tiemblan al recordar. Me estiro para tomar la mano de mi hermana, sé que debió de ser una experiencia aterradora.

—Tu padre vino por nosotros más tarde —me dice Zhen—. Nos dijo que debíamos tomar nuestro propio camino, nos dio ropa y la carreta, y nos dijo que los enviaría en la dirección opuesta si venían los soldados.

—¿Por qué no está con nosotras? —pregunto con exigencia—. ¡Debe de estar en peligro!

Zhen intercambia miradas con Shu, esa familiaridad me hace sentir escalofríos: hay algo que ellas saben y yo no. ¿Qué es eso que ellas creen que tienen que esconder?

—Él no quiso —me dice finalmente Zhen—. Dijo que aún tiene pacientes que atender.

Claro, sus pacientes, sus ocupaciones.

—Intenté convencerlo de que viniera —dice Shu, pero en lugar de darme tranquilidad, solo me irrita más. Ella siempre intenta ver lo mejor en la gente, incluso cuando nos siguen decepcionando. No debería ser el blanco de mi enojo… todavía.

—¡Ya se ve la aldea adelante! —dice Ruyi desde el frente, al tiempo que Shu se asoma con interés, dejándome sola con mis preguntas y mis oscuros pensamientos.

La sesgada luz del sol al atardecer no brilla en la ajetreada aldea. En cambio, nos sale al paso un grupo de pollos que corren cuando atravesamos las puertas. Pasamos las casas hechas de ladrillos de barro, alrededor de pequeños patios, separadas del camino principal por unas pequeñas cercas de madera. Ruyi se acerca a una mujer que sostiene la ropa que recién ha lavado y regresa con la ubicación de un sitio donde hospedarnos. Desde la parte trasera de la carreta veo cómo nos observa, y solo se da vuelta cuando nota que la estoy viendo.

Ruyi lleva al caballo hacia otro camino y se detiene en un gran patio que tiene la puerta abierta. La placa que cuelga de una pared solo indica que es una posada, pero no tiene el nombre del establecimiento. Un hombre mayor sale a recibirnos con una sonrisa y toma las riendas del caballo de las manos de Ruyi.

Yo me deslizo para salir de la carreta, pero por poco mis piernas ceden ante mi peso. Me sostengo fuerte. Haber pasado dormida tres días y tres noches podría explicar mi debilidad general… y mi estómago ruidoso. Zhen charla entusiasta con la mujer mayor que sale a darnos la bienvenida con una charola llena de dulces. La escucho saludarnos emocionada, diciendo que somos peregrinos que se dirigen a Yěliŭ a presentar nuestros respetos a la Tortuga Esmeralda del Oriente.

Ahora reconozco el lugar donde estamos: Xìngyuán, una aldea frente al paso de la montaña que lleva hasta Yěliŭ. Estamos a dos días de camino hacia el norte de mi casa, nunca he estado en este sitio. Zhen debe estar siguiendo las instrucciones de la carta de Wenyi, como lo planeó originalmente. Va a pedir ayuda. Yo le estoy muy agradecida por ayudarme a llegar a mi aldea, desviándose de sus planes para que yo pudiera salvar a Shu. Ella no nos abandonó, aun cuando pudo haberlo hecho sin ningún problema.

—Déjame ver tu herida. —Ruyi se acerca por detrás de mí y me ayuda a sostenerme en pie, se da cuenta de que apenas puedo caminar—. Debemos cambiar de nuevo la cataplasma.

Cuando menciona la cataplasma, comienza a dolerme el brazo, casi como un recordatorio. Llego cojeando hasta la puerta que acaban de atravesar Zhen y Shu. Adentro de la habitación hay varias mesas y bancas de madera. Ruyi me ayuda a sentarme en un banco.

—Les traeré un poco de té, amables clientes. —La mujer mayor agacha la cabeza y Ruyi la sigue a través de la otra puerta.

Observo el vendaje y recuerdo a la serpiente desgarrando mi brazo con sus colmillos; el horror de regresar a mi cuerpo y ver esas marcas aún en mi piel. Me invade un extraño deseo de ver cómo lucen ahora.

Shu pasa cerca de mí, y se aproxima para intentar, pero puedo sentir que está inquieta.

—No tienes que ver esto. Ruyi me ayudará —le digo porque sé que no le gusta ver sangre.

Intenta protestar, pero Zhen llama pidiendo ayuda y me deja para ir con ella, lanzándome una mirada que me hace saber que no quiere alejarse.

Para cuando Ruyi regresa con una gran bandeja con agua hirviendo y algunas telas limpias, yo ya había retirado los restos de la compresa con lo que quedaba de la tela para ver las heridas directamente.

Parte de mi brazo está rosa e hinchado y se siente tibio al tacto. Hay dos heridas donde los colmillos perforaron mi piel y luego se separaron al caerme del árbol en el mundo del Cambio y regresar a mi propio cuerpo. Antes creía, como se lo dije a Steward Yang, que yo no estaba consciente de ninguna magia que pudiera hacer que una persona viajara por el tiempo y el espacio, pero estas marcas cuentan una historia diferente: hay magias más oscuras de las que conocemos.

Ruyi me ayuda a limpiar las heridas. Aprieto los dientes por el dolor agudo y punzante. Ella pone en mi pierna las hierbas que remojó en un cuenco; el penetrante aroma que liberan es medicinal y familiar, me recuerda a mi padre. Me trago mi tristeza y me digo que *él* eligió quedarse atrás.

Cuando termina de aplicarme la cataplasma y fijar el vendaje, la calidez de la curación alivia un poco el dolor. Abro y cierro mi mano, siento cómo la piel se estira y se contrae. Terminamos justo a tiempo para cuando nuestros anfitriones nos invitan a cenar en el jardín trasero, rodeados por hermosas rosas de diferentes tonalidades, que crecen en la cerca y el enrejado. Son de un blanco pálido, con bordes de rosa muy claro, pétalos amarillo brillante, del tamaño de mi puño, y rosas color durazno con muchas flores pequeñas y delicadas. Su fragancia complementa nuestra comida, mientras disfrutamos nuestros tazones de fideos picantes, salteados en una salsa de chile y cubiertos con intestinos crujientes de puerco y germinado de frijol. Acompañamos los fideos con pequeños platillos de col y rábano en escabeche, y también un plato de zheěrgēn, un tubérculo blanco suavizado en aceite, su dulzura es un delicioso contraste con los embutidos salados con los que fue salteado. Los platillos de esta aldea son bastante más picantes de lo que estoy acostumbrada, lo que no resulta una sorpresa, considerando que esta región hace frontera con la prefectura de Huá, muy conocida por su amor a los sabores condimentados. Ho-yi y Ho-buo, los amables dueños del hostal, se ocupan de mantener nuestras copas llenas de té de crisantemo, y se rehúsan a que nos dirijamos a ellos con los títulos respetuosos con los que hay que tratar a los mayores.

Una vez que nuestros estómagos están saciados, nos retiramos temprano a nuestras habitaciones, sabemos que el viaje de ascenso a la montaña para llegar a Yěliŭ nos llevará casi todo el día siguiente. Ho-buo ofrece ayudarnos a intercambiar nuestro caballo y la carreta por dos robustos ponis que carguen nuestras provisiones en el camino.

Shu me ayuda a amarrar los vendajes de mi brazo para asegurarnos de que no se me zafen durante la noche, pero le hace una mueca a mi brazo, como si este la hubiera insultado de alguna manera.

—¿Algo anda mal? —le pregunto amablemente.

Ella jala los vendajes una última vez, cerciorándose de que estén bien puestos, pero no me ve a los ojos.

—No… no me gusta que hayas salido lastimada por culpa mía —susurra.

Se me apachurra el corazón al ver su expresión. Mi bondadosa hermana, siempre queriendo ayudar, no le gusta ver sufrir a nadie, debí imaginar que se preocuparía. Aún tenemos que hablar de lo que pasó antes de que yo regresara y lo que ha pasado desde entonces, pero no sé si estoy lista para tocar ese tema.

—Ya estoy de regreso. —Me encojo de hombros, intentando hablar bajito—. Y *tú* estás de regreso, eso es todo lo que me importa.

Ella suspira.

—Odio no haber sido capaz de ayudarte, no haber podido ni siquiera ayudar a mi padre cuando él te atendió. —Puedo notar que siente impotencia porque yo misma la he sentido. Me duele mucho no haber podido protegerla de todo lo que pasó.

—Si no fuera por tu bordado, no habría descubierto el antídoto —le recuerdo—. Chica lista. —Intento despeinarla, como solía hacer para molestarla cuando éramos más pequeñas, ella esquiva mis dedos y al menos sonríe un poco.

Apago la vela y nos vamos a dormir; dejo las preocupaciones a un lado por esa noche. Pero en vez de sueños dulces y recuerdos felices, soñé con unos ojos rojos que me observaban en la oscuridad.

CAPÍTULO TRES

KANG 康

Cuando murió su madre, Kang pensó que perdería también a su padre. Durante tres días y tres noches el general se mantuvo en vigilia dentro de la habitación donde estaba el cuerpo de su esposa, incluso cuando su familia le recomendaba comer o descansar, él se rehusaba a irse. Le pidieron a Kang que hablara con su padre en nombre de todos, pero fue inútil, él no hablaba con nadie. Kang solo pudo arrodillarse junto a la puerta y escuchar del otro lado el sonido de su padre sollozar o maldecir. La cuarta mañana de la vigilia, llegó una carta de la capital, marcada para ser vista solo por los ojos del general y alguien la deslizó por debajo de la puerta.

Poco después salió el general, tomó un barco y suficientes suministros para una semana y desapareció. No dijo a dónde iba o cuándo regresaría. Kang se encargó de realizar el resto de los ritos funerarios él solo: las oraciones, las interminables ceremonias y procesiones por toda la aldea, recibir los tributos de la gente de su madre, los soldados de su padre. Observó cómo las llamas de la pira funeraria de su madre se elevaban en la noche y cargó sus huesos por los acantilados para ofrendarlos al mar.

Kang casi se convenció de que su padre fue a ese viaje a morir. Entonces, casi cien días después de la muerte de su madre, el barco apareció navegando en el horizonte. Recibió a su padre, que todavía usaba su ropa blanca de luto, a la orilla de los acantilados Esmeralda; lucía demacrado, bronceado por el sol, pero en sus ojos había un brillo de fervor desesperado. Kang descubrió el contenido de la carta, supo que el accidente de cacería no había sido tal en realidad, y que había intervenido la mano del emperador en la muerte de su madre.

Fue entonces que entendió el nuevo propósito de su padre: venganza.

Dos días después de que el general se marchara hacia la capital con su ejército, Kang es convocado al salón del consejo de su padre. Mientras espera para que le den acceso al interior del palacio, piensa por un instante que todo parece igual, pero que, a la vez, todo ha cambiado por completo. Los guardias apostados en su residencia fueron remplazados por la guardia privada de su padre; son rostros familiares para él, pero no precisamente amigables. Los oficiales, que hace menos de una semana pasaban corriendo de largo junto a él, ahora lo reconocen con un gesto o incluso una reverencia. Los sirvientes parecen no estar seguros de cómo deben saludarlo, así que procuran evitarlo, yendo por un camino diferente cuando lo ven venir a la distancia; pero los que ahora le sirven, lo hacen con respeto y una pizca de temor. Después de la proclamación del general, el Ministerio de Justicia comenzó su búsqueda por las alas del palacio para acabar con todos aquellos sospechosos de formar parte de la conspiración que resultó en el escape de la princesa.

Además de la ocasión en que, como un prisionero, fue llevado a través de los túneles secretos a los jardines privados de la princesa, esta era la primera vez en años que veía el interior del palacio. Los pasillos pintados no han cambiado mucho, por lo que recuerda, pero dentro del salón del consejo, las paredes están desnudas. Todas las decoraciones del emperador anterior fueron retiradas, en espera de que el nuevo gobernante determine lo que sea placentero a sus ojos. Solo está su padre, sentado en el escritorio de madera roja, y el canciller a su izquierda, bebiendo una taza de té.

—Padre. —Kang hace una reverencia—. Canciller.

Su padre le hace una seña indicándole que se siente en el lugar vacío frente al canciller, mientras este asiente a manera de saludo.

Kang toma asiento en la silla de madera, al tiempo que un sirviente se acerca con una charola en la que lleva deliciosos manjares y té. Esperaba tener una audiencia privada con su padre, pero parece que este encuentro tiene otro propósito, algo más allá de los asuntos de familia.

Desde que su padre regresó de su viaje por el mar, no volvió a hablar con Kang de la muerte de su madre. Nunca discutió con él sus planes. En público, siempre lo trata como uno más de sus soldados, se rehúsa a mostrar algún trato preferencial, cosa que él agradecía, pero en su residencia, su padre se recluía cada vez más.

Aún recuerda la primera ocasión en que el canciller apareció en Lùzhou, a bordo de una pequeña embarcación y haciéndose pasar por un mercader. Hablaban hasta muy entrada la noche, Kang no estaba enterado de estas reuniones, hasta que entró a la fuerza en el estudio de su padre, un lugar antes prohibido para él. Habló apasionadamente, haciéndoles ver que ya no era un niño al que podían echar, ahora debía ser tratado como un soldado capaz. Kang utilizó términos que sabía que su padre comprendería, aun cuando no admitiera que en el fondo un gran miedo corría dentro de él: no quería perder a su padre también.

Fue el canciller quien habló por él y persuadió al general para que lo enviara a la misión de infiltrarse en la capital.

—Nuestros planes se desarrollaron según lo previsto. —El general deja caer su pincel en el estrado, interrumpiendo los recuerdos de Kang, y mueve la misiva de un lado a otro para que se seque la tinta. Kang solo alcanza a ver algunos trazos desde su perspectiva, algo acerca de unos graneros y Ānhé.

—No podría haberse ejecutado mejor —comenta el canciller Zhou, dejando su taza a un lado—. Nos hemos mantenido con un mínimo de bajas en nuestros miembros, ahora solo requerimos el apoyo de la corte para garantizar que su ascenso sea exitoso.

Kang debería sentirse agradecido con el canciller por haber estado hablando con a su padre muchos meses atrás, lo cual le había permitido participar en la misión. Sin embargo, vio cuán fácilmente el canciller se puso en contra de la princesa, escuchó los rumores acerca de que «nadie asciende al trono sin la aprobación del canciller». Al sobrevivir al ascenso de dos emperadores, y ahora aproximándose el tercero, el canciller Zhou no es un simple hombre, y entre más lo analiza Kang, sus sospechas se van haciendo más profundas.

—Los ministerios de Guerra y Justicia siempre dejan para después a los que tienen mayores números —dice el general—. Yo tengo a los soldados de Lǜzhou, mis leales batallones en el área, comandantes dispuestos a actuar, llevando mi estandarte. Junto con las reservas del gobernador Wang, me parece que controlamos al menos la mitad de la fuerza militar de Dàxī, y podemos persuadir a otros ofreciéndoles incentivos. Es el Ministerio de Rituales, los astrónomos y todos los que están involucrados en gobernar el imperio, a los que tengo que convencer. —El padre de Kang habla con confianza de sus números, es hasta que menciona a la corte que su ceño se frunce.

—El Ministro Song ama sus símbolos y su gran propósito. —El canciller esboza una sonrisa de satisfacción—. Creo que el plan que le he propuesto le traerá a su alteza lo que usted desea: la aceptación de todos los ministerios.

De su mano proviene el sonido de unas piedras que tintinean. La mirada de Kang es atraída por dos esferas con las que juega el canciller Zhou en la palma de su mano derecha. Son de un verde profundo, color que suele ser señal de la alta calidad del jade. Esas baratijas, hechas de varias piedras preciosas pulidas, eran muy populares cuando era joven; se decía que ayudaban a la concentración, pero han pasado de moda en los años recientes.

—Sí, revisé tu plan. —El padre de Kang no parece convencido.

—Debemos actuar con velocidad —afirma el canciller—. Hacer un rápido ajuste de cuentas con aquellos que se oponen a usted, para demostrar que no dudará en usar las fuerzas bajo su mando. Pero… —Sus ojos se deslizan hacia Kang y este inclina la cabeza. Zhou detecta un destello de disgusto en Kang, aun cuando él lucha por ocultarlo. Se trata de un oficial de la corte ejerciendo un evidente atentado a las reglas de cortesía, nada que no haya visto antes. Los comandantes de la armada tienen su propia postura, mientras que los oficiales de la corte utilizan gestos sutiles y palabras veladas. Al final todos son iguales, piezas que arrastran los pies sobre el tablero para asegurarse de tener el máximo poder.

—Hay una razón por la que te invité a unirte a mí en este consejo —dice el general, hablándole directamente a su hijo. Kang siente el peso y la importancia de lo que está a punto de serle otorgado—.

Tu madre siempre quiso darte tiempo para que crecieras y te convirtieras en quien tú eres, antes de que tuvieras que asumir las responsabilidades que conlleva proteger a la familia Li y su nombre, pero ya llegó el momento de que reclames tu lugar.

—He seguido tus instrucciones, padre —dice despacio Kang, sintiendo cada palabra—. Vine al palacio en tu representación.

—Y cumpliste con tu tarea como lo esperaba. —Su padre le dirige una sonrisa de satisfacción. Esto es un gran reconocimiento para Kang: completar una misión y tener la aceptación que tan ansiosamente anhelaba.

—Existe un propósito por el que debías estar en el palacio antes de mi llegada —continúa el general—, no se trataba únicamente de una distracción, como te hice creer cuando te lo propuse, para asegurarme de que todos en la corte miraran en otra dirección mientras yo ejecutaba mis planes, tenía también la intención de preparar a la corte para el rol que estás por asumir, sembrar esas semillas de legitimidad.

La calidez del elogio recibido hace un momento se desvanece tan rápido como llegó y la remplaza un repentino escalofrío. Las dudas de su padre tienen un significado diferente a las del canciller. Kan sabe que no será algo agradable.

—¿Qué necesitas que haga? —pregunta Kang.

—Después de que yo ascienda, serás nombrado príncipe, de manera que haya un heredero apto, que ofrezca una mayor estabilidad. Las cosas tendrán que tomar su orden natural. Tú nunca has expresado ninguna clase de ambición por este cargo, así que debo preguntarte: ¿lo aceptas?

Ahí está: la pregunta que siempre se cernió sobre sus cabezas en Lǜzhou; la pregunta que todos los consejeros evadían; la pregunta que su madre nunca quiso contestar para que Kang nunca tuviera que atreverse a cuestionar directamente a su padre algo relativo a su ambición por el trono. Y el primer instinto, la primera expectativa es la que siempre hay que seguir: obedecer sin preguntar, sin embargo… Kang es incapaz de hacer eso, tiene que preguntar, necesita saber.

Kang se levanta y se arrodilla en el piso, inclinando su cabeza, consciente de que esta pregunta podría costarle todo. Ha transitado por diferentes caminos para decir esto una y otra vez, ha defendido a su padre ante Ning, aun cuando ella le dio la terrible noticia del origen del veneno. En este punto el trono está al alcance; no debería haber alguna razón para que su padre le ocultara la verdad.

—Padre, si me permites hacerte una pregunta que me ha tenido muy inquieto todo este tiempo en la capital... Te suplico que la escuches y me concedas una respuesta.

El canciller hace un ruido de disgusto, pero a Kang no le importa él, solo le interesa la respuesta de su padre. Eso es lo que siempre le ha importado: su aceptación, eso valía para él más que cualquier cantidad de oro.

—Habla.

—Acerca del veneno... los bloques de té envenenados que se distribuyeron en el reino el año pasado —dice Kang. Siempre siente que está un paso atrás; apenas recientemente fue admitido en los consejos y, sin embargo, aún se sentía ajeno a ellos y al círculo interno de confianza—. Escuché rumores de que los médicos y los shénnóng-shī han separado los componentes del veneno, y uno de ellos es kūnbù amarillo, de Lǜzhou.

—¿Qué es lo que quieres saber? —La voz de su padre es inexpresiva, no parece perturbado, solo curioso.

—Desearía saber por qué... ¿por qué envenenaste el té? —Kang elige cuidadosamente sus palabras, porque recuerda la sabiduría que le compartía su madre, ella siempre le dijo que escoger las palabras correctas es ganar la mitad de la batalla, en lo que se dice y no se dice, lo que se sabe y no se sabe. Algunas veces es mejor avanzar que retroceder.

Kang se esfuerza por mantener firme la mirada y su padre busca su rostro. Aprendió con rapidez, durante las semanas que han pasado, cómo tragarse su propia tristeza, su rabia; cómo imaginarse siendo como la marea, nunca tambalearse.

—¡Se lo advertí! —El canciller golpea la mesa que está junto a él, el ruido es tan fuerte como un trueno. Se pone de pie bruscamente y se para al lado de Kang, haciendo una reverencia en atención al general—. Estuvo demasiado tiempo en presencia de la princesa y esa shénnóng-tú, ellas le metieron ideas de sospechas que nublan su juicio y afectan su lealtad.

El escalofrío es reemplazado por una sensación de punzadas de hielo que atraviesan su cuerpo, la duda lo corroe. Mientras lucha con sus propias dudas, parece que hay otros que desconfían de lo mismo. El canciller está preparando todo para asegurar su lugar en la corte. Si él gana la lealtad de su padre, coloca a todos a su alrededor bajo sospecha, incluida la propia familia del general…

—Padre, te ruego que no…

—Sentados, los dos —dijo con fuerza el general, interrumpiendo su súplica—. Es suficiente.

—Pronto comprenderás la manera en que el mundo funciona y cómo es que debemos utilizar las armas que tenemos a nuestra disposición —dice finalmente el general, una vez que ambos regresaron a sus asientos—. Yo he dependido de la espada por demasiado tiempo, creía que la lealtad y los lazos familiares serían suficientes para salvar a los que amo, pero ni siquiera la distancia fue suficiente. Mi hermano no estaba contento de que yo forjara con éxito una vida en la pedregosa Lùzhou; él quería verme sufrir, y ahora traje el sufrimiento hasta su propia puerta. —La calmada intensidad en sus ojos es perturbadora y, por un momento, Kang siente miedo. El canciller Zhou asiente a su lado.

—Debes agradecer directamente al canciller por hacerme ver esto hace muchos meses, jamás habríamos sabido la verdad acerca de la muerte de tu madre de no haber sido por él.

Ah, el origen de la conspiración. Cuán astutamente fue llevado a cabo el asesinato, un espía infiltrado entre la gente de su madre; el cuchillo del emperador en la oscuridad. ¿Cuál fue el precio que puso el canciller para compartir esta información?

—Solo es mi deber, alteza. —Ahora el canciller sonríe. El tintineo de las piedras ha regresado, rotando en su mando como en meditación—. No es necesario que lo agradezca.

Mira a Kang, y este comprende la advertencia explícita: «Ten cuidado».

—El veneno es una herramienta —dice su padre seriamente, con la mirada fija en la distancia, como reflexionando las líneas de un texto antiguo—, como usar la espada, el caballo, la flecha. Pueden crear la mayor devastación, pero también podemos utilizarlas para debilitar de manera lenta y discreta a nuestros enemigos.

—¿Incluso si esos enemigos son inocentes de Dàxī? —pregunta Kang—. Cientos, quizá miles han muerto, todos los plebeyos tienen miedo.

—¿Perderías uno para salvar a muchos? ¿Y qué tal cien vidas por mil vidas? ¿Las vidas de todos en Dàxī? —contraataca su padre.

Kang no sabe cómo responder.

Solo sabe que fue la pérdida de una persona la que puso todo este plan en movimiento, fue la muerte de su madre la que tiró la primera piedra, y ahora le sigue toda una avalancha, con resultados devastadores.

El rostro de su padre se suaviza.

—Siempre se me olvida que heredaste la simpatía de tu madre por la gente común.

Una vez que Kang les aseguró a su padre y al canciller que interpretaría el papel, le piden que se retire. Una vez fuera, con sus manos todavía en la puerta, oye que mencionan su nombre, se detiene y escucha antes de cerrarla.

—¿Cree que hará lo que debe? —continúa cuestionando el canciller. Kang siente cómo se aprieta su boca, formando una línea rígida, en un gesto que deja ver lo que piensa: tendrá que ser cuidadoso.

—Creo que al final se dará cuenta de todo lo que he hecho por el imperio. —De pronto su padre se ve cansado, apoya su cabeza en una mano—. Todo lo que he hecho *por él.*

—Espero que esté en lo cierto —dice el canciller y se levanta para marcharse.

Pudiera tratarse de un efecto extraño de la luz, pero cuando el canciller volteó, Kang podría jurar que vio, bajo el resplandor de la lámpara, un brillo rojo en sus ojos.

Capítulo cuatro

Ning 寧

Al llegar la mañana, cargamos dos ponis con ayuda de Ho-yi y Ho-buo. Me llaman la atención unos juegos de teteras y tazas de té que veo en las repisas de la habitación principal y recuerdo la caja shénnóng-shī de mi madre, que ahora está arruinada. Todas sus herramientas quedaron destruidas. A pesar de mi amargura, soy la guardiana de su legado, y continuaré en su memoria. Después de todo, la memoria es todo lo que tengo.

—Los pinté yo mismo —me dice Ho-yi cuando me ve tomar una y pasar un dedo sobre las rosas, elaboradas tan delicadamente. Le compro un juego y también un paquete de crisantemos secos. El peso de las tazas en mi bolso me tranquiliza, hasta ese momento no me había dado cuenta de lo desnuda que me sentía sin las herramientas para mi magia.

Antes de irnos, Ho-yi nos da un saco extra de comida y, con un gesto de la mano, rechaza el ofrecimiento de Zhen para pagarle un poco más a cambio, afirma que estos suministros se echarían a perder si no los tomáramos.

—Ha sido un año difícil —explica—. No hay muchos peregrinos que pasen por aquí, no como en años anteriores.

—¡Si hubieran pasado por aquí hace dos años! —exclama Ho-buo—. Habrían visto la aldea entera desbordante de personas durante los meses de verano, puestos de comida, cosas de mercado y adornos colgando en cada calle.

—¿También en su aldea encontraron bloques de té envenenado? —pregunta Ruyi.

Los dos niegan con la cabeza.

—Afortunadamente nos salvamos de eso —dice Ho-yi—. Tuvimos un bloque envenenado, pero lo encontraron antes de distribuirlo.

—Nuestra plaga son los bandidos —comenta Ho-bu y hace una mueca—. Amenazan los caminos que nos rodean y la situación ha empeorado desde el invierno pasado, tengan cuidado.

Emprendemos el camino tan temprano en la mañana, que las copas de los árboles aún están empañadas por la niebla. Con mis padres he hecho caminatas en las montañas, cerca de Xīnyì, pero parecen solo colinas, comparadas con estas cumbres.

El bosque está muy activo, algo huye de nosotros entre la tupida maleza, asustado por el ruido de nuestros pasos. El aire está lleno con el zumbido de los insectos y el sonido de los pájaros que se llaman unos a otros.

Ruyi se adelanta con Shu en el primer poni, Zhen se queda atrás y me quita las riendas del segundo.

En su expresión puedo ver que quiere hablar, así que espero a que comience mientras iniciamos nuestro ascenso por la ladera de la montaña.

—Debemos hablar de lo que contiene la carta de Wenyi —dice Zhen—. Hemos tenido poco tiempo para que me des tu consejo.

La miro con sorpresa. La princesa dirige al poni a lo largo del camino, se nota preocupada. Me inquieta que muestre este grado de intranquilidad, tan diferente a su usual actitud impasible.

—¿Qué decía?

—Su familia vive cerca del río Aguaclara. Durante el año pasado creció en número un grupo de rebeldes que se llaman a sí mismos el batallón Aguanegra. —Tengo que admitir que es un ingenioso juego de palabras. Aguaclara es el río que divide la provincia Yún de la península de Lǜzhou—. Se sospecha que este es el regreso de las tropas personales del general, que algunos de los miembros de este batallón fueron líderes en sus filas.

El general de Kǎiláng, aquel con el que me encontré brevemente en la casa del té, su presencia me aterra aun con solo recordarla.

Él es el padre de Kang, y esa es una verdad que mi mente encuentra difícil de aceptar. El chico cuyos pensamientos sentí como si fueran míos, a quien yo creí inocente hasta que traicionó mi confianza. Me ocultó tantas cosas, fuera del alcance de mi magia. Él debería ser uno de los objetivos de mi rabia, y sin embargo…

—¿Ning? —Zhen interrumpe mis pensamientos divagantes y me doy cuenta de que dejé que el silencio se prolongara más tiempo del apropiado.

—Lo siento, continúa, por favor. —Sacudo mi cabeza. ¿Qué caso tiene recordarlo? Él está al otro lado del imperio, inalcanzable, y yo me encuentro caminando junto a su enemigo, somos la amenaza más grande a las ambiciones de su padre.

—El magistrado local es sospechoso de culpar a los ciudadanos por delitos menores y enviarlos a Lǜzhou a cumplir su condena, pero nunca logran llegar a las granjas de sal; en lugar de eso, son reclutados por el batallón Aguanegra y forzados a aterrorizar a la gente del campo, fingiendo que lo hacen para preservar la paz.

—Esas son graves acusaciones —le digo. Aun con mi limitado conocimiento de la política, sé que es un nivel de corrupción que solo podría ser alcanzado si se tienen grandes conexiones y recursos. Sabemos que la corrupción ha atravesado del imperio de Lǜzhou a Sù, y evidentemente el gobernador está involucrado—. Me pregunto si existe algún rincón en Dàxī al que no haya llegado la influencia del general, todos los lugares son una continuación dc su plan: finalmente, su gran ascenso al trono.

—Eso es traición —dice Zhen—. Pero no es lo peor de lo que se le acusa. Los que pudieron escapar de las garras de Aguanegra regresan a casa… diferentes, y conforme pasa el tiempo empiezan a perder lentamente la noción de la realidad.

—No estoy… segura de entenderlo.

—Aparentemente, los cambios son pequeños al principio, pero poco a poco empiezan a sucumbir a lo que Wenyi sospecha que es otro tipo de poción. Comienzan a confundirse, dejan de reconocer a sus familias y amigos, y empiezan a lastimarse a sí mismos o a otros a su alrededor.

Me estremezco. Qué poder tan terrible, hacer que tus enemigos pierdan la razón.

—¿Por qué querrían lastimar a los plebeyos? Ellos no tienen fuerza para combatir.

—Miedo, el miedo es su arma —dice Zhen, frunciendo el ceño—. En vez de asaltar los asentamientos a lo largo del río para obtener provisiones, los bandidos obtienen sus suministros y el equipo que necesitan por medio de Aguanegra y temen que, si se rehúsan, el batallón reclutará o asesinará a sus seres queridos. Incluso algunas de las aldeas y ciudades los recibieron y anunciaron su lealtad a este deshonesto grupo, creen que les ofrecerán una mejor protección de la que las fuerzas imperiales les dan.

Ella sacude su cabeza.

—Suficiente de la política de esa región. Lo que yo quiero saber es si tú tienes conocimiento de esta clase de veneno. ¿O es algún tipo de magia… como lo que hiciste con el pájaro?

Entiendo lo que me pregunta. Ella recuerda lo que pasó con Peng-ge, a quien forcé a que bebiera agua envenenada cuando distorsioné su realidad e hice que creyera que estaba muriendo de sed. Fue algo totalmente en contra de mi naturaleza y de las enseñanzas Shénnóng; sin embargo, no encontré otra manera de cumplir con esa tarea. Pero no me arrepiento, ya que me permitió pasar esa ronda de la competencia.

Usar mi magia no solo en contra de un pájaro, sino de un enemigo humano, si mi vida o la de Shu llegan a estar en juego, es una línea que quizá algún día tenga que volver a cruzar.

—Fui capaz de influir en el pájaro porque es una criatura simple. Una criatura sencilla que tenía necesidades simples y yo apelé a su naturaleza básica: la necesidad de comida, refugio y agua. No estaba tan lejos de eso al permitirme establecer ese vínculo a través del Cambio. Tener esa clase de influencia a una gran distancia, controlar las mentes de muchas personas al mismo tiempo…

—Ya veo —dice Zhen, y su decepción me provoca una punzada de molestia que se enciende dentro de mí, solo por un momento. No fue una bonita solución, en el contexto de una competencia calificada por la corte; sin embargo, estos no tan bonitos usos de la magia shénnóng tenían un propósito. La hipocresía de esa situación me quema un poco, pero me recuerdo que no fue la princesa quien me reprendió por el uso de esta magia, fue alguno de los otros jueces quien mostró su disgusto hacia tales métodos. La rabia no nos ayuda en este momento, necesito mantener mi mente clara para los días que vienen.

—Mi conocimiento de la magia es limitado —continúo—. Nunca recibí entrenamiento formal, y mi hermana apenas comenzaba su instrucción cuando enfermó. Pero tú viste la serpiente de tres cabezas que saqué de Ruyi. Pueden existir diferentes tipos de magia, algunas con las que nunca antes me he encontrado; incluso algunas que ni siquiera mi madre llegó a ver.

Zhen hace una mueca al recordar.

—Tu brazo… ¿qué fue lo que le pasó? —pregunta, como si no quisiera saber la respuesta.

Le cuento lo que ocurrió cuando seguí a mi hermana al interior del Cambio, de la serpiente en el bosque y la imposibilidad de que una criatura de ese otro mundo lastimara mi cuerpo físico. Criaturas que no deberían existir y que, sin embargo, están cobrando vida delante de nosotros.

Ella se queda pensando, y finalmente dice:

—Las señales y los rumores de que estas abominaciones están apareciendo son preocupantes. Espero que Yěliŭ nos dé las respuestas que buscamos.

Tomo mi turno para dirigir al poni por el siguiente tramo del sendero, mientras continuamos nuestro lento ascenso a la montaña, a paso estable a través del bosque. El camino se hace más estrecho conforme nos vamos adentrando y los árboles son cada vez más robustos. Mientras las otras conversan con fluidez, yo sigo recordando la inquietante información que Zhen me compartió.

Nueva magia, nuevas cosas que temer.

—Miren esto —dice Ruyi desde más adelante. Se para frente a un pilar roto que tiene la base cubierta por musgo; la diferencia de color en la parte de arriba indica que el daño es reciente. A nuestros pies hay piezas de un tigre de piedra destruido. Estas son las estatuas guardianas, a las que vemos como representaciones de los ojos vigilantes de los dioses, es perturbador verlas destrozadas, alguien no teme a las represalias de los cielos.

—Una cosa es leer los reportes acerca de los disturbios. —Zhen mira el tigre al que le falta la mitad de la cara, su feroz rugido ha sido apagado—. Pero Dàxī cambió desde el último viaje de mi padre, ahora lo veo con claridad.

Sus ojos encuentran los míos; sé que piensa en la advertencia que le hice: «Es diferente vivir el sufrimiento que leer acerca de él».

Encontramos un árbol caído atravesado en nuestro camino y debemos rodearlo, a través de los espesos matorrales, cortando la maleza para guiar a los ponis a través de ella. Al continuar con nuestra caminata, comemos unos puñados de nueces y bollos suaves para tener energía, las pantorrillas comienzan a dolernos por el esfuerzo del ascenso. Aunque Ruyi no nos apura, puedo sentir su premura por poner tanta distancia como sea posible entre nosotras y mi aldea. Horas después, con el sol aproximándose en el horizonte y la luz empezando a apagarse, el camino bajo nuestros pies se ensancha de nuevo.

La tierra se convierte en un camino pavimentado con piedra y los árboles se van reduciendo. Continuamos caminando hacia un puente que atraviesa un pequeño barranco. Las piedras del tigre a cada lado del puente están intactas; sin embargo, también aquí hay señales evidentes de destrucción. Vemos banderas pisoteadas en el piso, cubiertas de huellas de botas. Ruyi se agacha frente a ellas y lee señales que son indescifrables ante mis inexpertos ojos.

—Vinieron en caballos y carretas. —Señala los diseños estampados en la tela. Hay marcas de ruedas y arrugas—. Pero no trajeron los suministros regulares, trajeron algo pesado… algo está mal.

—¿Deberíamos continuar? —pregunta Zhen.

Ruyi asiente.

—Manténganse cerca y tengan cuidado.

Cruzamos el puente de piedra, el bosque a nuestro alrededor se torna repentinamente calmo. Las grandes puertas de piedra, del alto de tres hombres de pie, están abiertas; pero cuando nos acercamos, veo una grieta a lo largo de uno de los lados, como si hubiera ocurrido una explosión en ese lugar.

Una espada se dibuja a mi derecha, luego otra. Ruyi y Zhen empuñan sus armas, alistándolas. Shu y yo tomamos el control de los ponis, me acerco a ella sin saber qué será lo que encontraremos.

Atravesamos las puertas y entramos al patio, asimilando la destrucción que hay delante de nosotras. Mi poni resopla y patea el suelo. Percibo el fuerte olor de un humo persistente.

—No me gusta esto —murmura Shu para sí misma. La tomo de la mano y trato de darle algo de consuelo, aun cuando el miedo continúa deslizándose y trata de arraigarse dentro de mí.

Podría decir que las estructuras de Yĕliŭ fueron majestuosas alguna vez, los edificios están hechos de piedra gris, con techos inclinados hechos de azulejos negros, debe haber implicado mucho esfuerzo transportar estos materiales montaña arriba. El lago central, alrededor del cual se reúnen las construcciones, es de un azul turbio y oscuro. Un puente de muchas vueltas atraviesa la superficie, es un camino en zigzag, hecho para propiciar la reflexión, ideal para una academia de aprendizaje.

También hay bambús cubiertos de hojas verdes y amarillas, crecen de la tierra en redondas bases de piedra. Pero, mirando alrededor, vemos que muchos de ellos se cayeron o fueron cortados. Al acercarnos a una de esas arboledas, me doy cuenta de que hay algo tirado sobre las baldosas de piedra, pero al ver que no se trataba de otra bandera rasgada, como yo esperaba, retrocedo con horror.

Es un cuerpo.

—¡Shu, no mires! —grito, y trato de tapar sus ojos con mi brazo.

Delante de nosotras, Ruy voltea a verme, su expresión refleja la mía. Ella está de pie junto a otro cuerpo; veo que están por todos lados, por todo el patio.

Entramos en el escenario de una masacre.

Capítulo cinco

Ning 寧

—No mires —le susurro a Shu. Su mano aprieta fuerte la mía.

—¿Puedes agarrarte fuerte de las riendas? —le pregunto—. Ella asiente, sus ojos están cerrados y yo le doy el control de mi poni—. Ahora regreso.

—No… no te vayas muy lejos —me dice con voz temblorosa.

—No lo haré.

Me acerco al primer cuerpo. Con cuidado, ruedo con mi pie al hombre que está de lado hasta que queda sobre su espalda. Cortaron su garganta, tiene una herida roja y profunda, sus ojos miran al cielo, sin mirar, viste ropas de académico, una larga túnica negra con una banda blanca, sus bordes están teñidos de sangre. A su lado se encuentra un medallón que me es familiar, lo reconozco, es el mismo símbolo del que nunca se separaba Wenyi.

Hay muchos cuerpos esparcidos sobre las piedras, como si fueran desechos. Ninguno de ellos tenía armas, no hay ninguna tirada a sus pies ni en algún lugar a su alcance, los abatieron sin que pudieran defenderse, justo donde estaban; sus brazos están ensangrentados, seguramente a causa de los intentos por defenderse.

—Esto es asesinato —me digo a mí misma, pero sale de mi boca más fuerte de lo que esperaba y suena en el aire.

—No sabemos si aún hay alguien más aquí. —Ruyi se acerca a Zhen, su aspecto es sombrío—. Deberíamos movernos de este espacio abierto.

Las dos mujeres nos flanquean, con sus espadas desenvainadas. Shu y yo hacemos que los ponis se muevan de prisa; están inquietos por alejarse del hedor a humo y sangre, y jalan sus riendas.

—La estructura más pequeña. —Zhen señala un edificio lejos del camino principal, rodeado de una arboleda. Caminamos de prisa a lo largo de la pequeña cerca, en busca de alguien que aún pueda estar escondido en las sombras. Desearía poder preparar una taza de té que aumentara mi sentido de alerta ante el peligro y agudizara mis sentidos con goji y crisantemo. Recuerdo con dolor, una vez más, las dificultades al utilizar mi magia y mis limitaciones al no tener mis herramientas.

Atamos los ponis a un poste y caminamos hacia unas puertas de piedra que están en el centro del edificio. Las puertas están labradas con figuras detalladas de guerreros armados, que empuñan sables curvos montados en caballos encabritados, cuyos cascos tocaban el punto donde los dos lados se encontraban.

Ruyi y Zhen necesitan unir sus esfuerzos para empujar y abrir aunque sea una de las pesadas puertas. Esta se desliza y revela un espacio cavernoso, los techos parecen demasiado bajos, y las paredes, muy oscuras. Vemos en el centro dos imponentes pilares rodeados por dragones labrados en la roca, ambos con ojos temibles y saltones; uno mira desde arriba, el otro inspecciona desde abajo.

En el centro de la habitación hay un incensario gigante de bronce. Ruyi usa la punta de un palo para remover las cenizas, en busca de algunas brasas.

—Está frío. Ya pasó al menos un día desde que murieron.

El zhīcáng-sī de Yěliǔ jamás permitiría que el fuego se extinguiera.

Zhīcáng-sī es como llaman a sus ancianos, los Guardianes de Secretos, así como los shénnóng-shī son los maestros del té. Ellos veneran a la Tortuga de la Sabiduría, Bìxì, sobre cuyo caparazón se construyó el imperio, al que ella le brinda su guía divina. Este es el primer templo que he visitado. La Dama Blanca es venerada en los árboles, y sus mensajes se escuchan en el viento, en vez de estar contenidos dentro de templos formales. Shénnóng fue un dios errante, que solo regresaba a la civilización cuando tenía más conocimiento para impartir. Hánxiá registraba sus enseñanzas, pero no estaba presente donde lo adoraban. Los textos de Shénnóng incitan a que sus seguidores exploren y vivan la experiencia.

A lo largo de la pared del fondo hay tres estatuas dentro de un nicho. Es el filósofo Mengzhi que tiene un libro en la mano y reflexiona acerca de la naturaleza de la gobernanza y la moral; el general Tang, que está de pie con los brazos cruzados por detrás y su espada enfundada a su lado, era un afamado soldado que alguna vez, solo con el poder de sus palabras, persuadió a toda una ciudad a deponer sus armas y unirse a su causa; y entre ellos dos está una representación de la Gran Tortuga, que muestra en su caparazón una estela labrada con las seis virtudes: armonía, honestidad, humildad, sabiduría, compasión y dedicación.

Sobre nuestras cabezas hay una abertura en el techo del templo para que, al salir y ponerse el sol, ilumina a cada uno de los personajes con la estela en turno. En este momento, la compasión es a la que le da la luz.

Se suponía que la competencia rindiera tributo a esas seis virtudes pero, en cambio, expuso las traiciones en la corte. Recuerdo el discurso del canciller, con sus frías palabras y manipulaciones; me enferma pensar que solía creer en sus mentiras.

—¡No!

El grito hace eco por todo el templo, y acelera mi pulso. Zhen se arrodilla en la esquina y solloza. Mis ojos buscan un atacante, sin duda era un llanto de dolor, pero entonces veo una mano estirada frente a ella, un pie, un cuerpo que porta una armadura, luego otro, eran cuatro en total, cayeron en los escalones donde se arrodillaban aquellos que rendían homenaje a los dioses. No son académicos, como los cuerpos que encontramos afuera, sino soldados que ya no volverán a utilizar sus armas, murieron protegiendo al hombre en la esquina, dentro de su círculo de protección. Su misión falló.

Tantos muertos son un crudo recordatorio del destino que nos depara si llegamos a ser capturados por el general, y el peligroso camino que nos espera.

—El duque Liang —dice Zhen, haciendo un esfuerzo por ponerse de pie con sus piernas temblorosas. Se limpia las lágrimas.

—¿Estás segura? —pregunta Ruyi, que está de pie a su lado y le ofrece su apoyo. Zhen asiente y voltea para descansar su mejilla en el hombro de su doncella. Ruyi la rodea con su brazo, la fatiga es evidente en sus rostros.

—Lo recuerdo en los consejos privados de mi padre —murmura la princesa—, pero han pasado años desde que dejó de ser consejero de Yĕliŭ.

El ruido de un rechinido llena el templo, entonces me doy vuelta, repentinamente asustada. ¿Dónde está Shu? La veo al otro lado de la habitación, mira fijamente una parte del muro detrás de la estatua del filósofo. Se mueve, es una puerta corrediza abierta.

—¡Atrás! —grito, lista para defenderla contra lo que pudiera salir de ahí.

Ruyi es más rápida que yo, ella ya está ahí con su arma desenvainada, su espada brillando en la penumbra.

—¿Tocaste algo?

Shu niega con la cabeza.

—No, se movió sola.

—Por favor… no nos lastimen… —suplica desde las sombras una joven voz. Dos pequeñas siluetas salen de la habitación secreta a la luz que rodea a la tortuga. Un chico que parece ser algunos años menor que Shu, debe de tener unos diez años; y luego una niña, todavía menor, quizá tenga seis o siete. Se ven ligeramente grises y demacrados, los cubre una capa de polvo y mugre.

—¡Te dije que la había reconocido! —La niña sale corriendo desde atrás del niño, escapándose de sus manos.

—¡Fei, no! —grita el niño.

La niña se tira frente a Zhen, tocando el suelo con la frente.

—¡Por favor, princesa! —ruega—. ¡Tiene que ayudarnos!

Por apresurarse en ir tras ella, el niño cae por los escalones y casi aterriza de cabeza; aun así, intenta levantar a la niña y alejarla.

—Es ella —insiste en voz baja la niña, sin querer moverse—. Tú también deberías inclinarte.

—¿Quién eres? —pregunta Zhen en un tono autoritario.

El niño duda. La niña agacha de nuevo la cabeza y se pone de pie. Vaya par, una muestra esperanza, el otro, desafío. Él parece listo a defenderla con sus propias manos, aun si todo está en su contra.

—Somos parte del orfanato de Yĕliŭ —Él alza la barbilla—. Los ancianos nos llevaron cuando perdimos a nuestras familias.

—No queremos hacerles daño —dice Zhen con una voz más suave—. Dígannos qué pasó aquí.

Los niños se voltean a ver, y el niño habla de nuevo.

—El duque Liang recibió un mensaje la semana pasada, eran noticias de disturbios al este. Cerró la academia y mandó a los estudiantes a casa, solo nos quedamos los monjes y nosotros dos. No teníamos a dónde ir.

Zhen frunce el ceño, le entristece su respuesta.

—¿Qué pasó con los guardias? Debía haber al menos una compañía de soldados aquí.

—El duque envió a la mitad de ellos al norte con el comandante.

—¿El comandante? —pregunta Ruyi.

El niño pasa saliva antes de continuar.

—El comandante Fan.

—¿Por qué dejaría a Yěliŭ indefensa? —La princesa cruza sus brazos, desconcertada.

—Discutieron un rato, antes de que él se fuera, yo los escuché desde afuera, cuando barría el patio. —Le tiemblan los labios, su postura fuerte se tambalea—. No mucho después de eso, llegaron los demás soldados. El duque ordenó que nos escondiéramos en la parte trasera del templo.

—¿Hay otros en la habitación? —pregunta Ruyi.

La niña brinca, repentinamente angustiada.

—¡Tienen que venir con nosotros! ¡Tienen que ayudar a la anciana Tai!

—Muéstranos —le indica Zhen con un movimiento de su brazo.

—Deja que yo vaya al frente. —Ruyi avanza, muy consciente de los peligros que podrían esconderse detrás de esos muros. Desaparece al otro lado de la puerta y, después de un momento, dice mi nombre desde adentro.

—Quédate aquí —le digo a Shu, deseando mantenerla fuera de cualquier peligro. Su semblante cambia y yo recuerdo lo que me dijo la otra noche acerca de sentirse indefensa.

—¿Puedes montar guardia? —le pregunto—. Vigila a los niños y llámanos si notas algo extraño o si escuchas que alguien se acerca.

Shu asiente y se endereza un poco, contenta de que le asigne una tarea.

Entro a la cámara escondida y mi nariz percibe inmediatamente un fuerte hedor, es el olor de la descomposición, algo o alguien ha muerto aquí adentro.

Mis ojos se ajustan a la luz, aunque se está haciendo tarde y rápidamente se va apagando.

Ruyi está agachada en la esquina más lejana, me pide que me acerque.

—¿Es ella? —le pregunto, cubriendo mi nariz con la manga, y aun así, se traspasa el olor.

—No, hay otras dos personas muertas por allá. —Ruyi hace un gesto para señalar un lugar junto al muro, donde veo dos cuerpos vestidos con armaduras—. Esta todavía está viva, pero apenas…

Una mujer descansa sobre una plataforma de piedra acondicionada como cama. Veo que los niños intentaron hacerla sentir cómoda poniendo alfombras debajo de ella y arropándola con mantos. Noto su piel pálida y grisácea, el subir y bajar de su pecho indica que su respiración es poco profunda. Tiene los ojos cerrados, su boca se mueve como si dijera una oración, pero no emite ningún sonido.

—¿Puede oírme? —Ruyi pone una mano en su brazo, la mujer se estremece al sentirla y trata de zafarse. Entonces, se oye un rechinido, uno de los mantos se resbala y deja ver lo que hay debajo.

Mi respiración se detiene. Sus muñecas están encadenadas a unos anillos en la pared. Gime de dolor, y se da la vuelta para quedar sobre su costado.

Necesito saber qué le pasó. Le pido a Ruyi que me ayude a quitar los mantos para poder ver mejor con qué me estoy enfrentando. Ruyi enciende las antorchas de la pared que funcionan como candelabros para combatir la penumbra. Sigo los pasos de las evaluaciones que mi padre realizaba: reviso su temperatura, está ligeramente fría; le tomo el pulso: está alterado, débil al tacto; abro su boca para revisar su lengua y examino el anillo blanco alrededor de sus labios agrietados.

Todos los signos apuntan al veneno, estoy segura. El mismo que las caravanas del imperio distribuyeron.

El mismo que mató a mi madre.

Capítulo seis

Kang 康

El general convoca a una reunión de la corte cinco días después de su llegada al palacio. Los oficiales, que portan sus mejores galas, montan guardia una vez más en el Patio de las Promesas Futuras, mientras los rayos del sol pegan con fuerza sobre sus cabezas. Se secan el sudor de las cejas con sus pañuelos, y los más precavidos trajeron abanicos de papel para refrescarse.

Durante los últimos días, el padre de Kang sostuvo encuentros con los consejeros y oficiales hasta entradas las noches, para estudiar minuciosamente registros y pergaminos relativos a la gobernanza. No se volvió a mencionar lo que discutieron en la reunión privada con el canciller.

A Kang se le asignó la tarea de apoyar en el entrenamiento de los reclutas para la guardia del palacio, tomando en cuenta el próximo cambio en su estatus. Los demás comandantes guardan su distancia, variando entre la excesiva deferencia y la sutil hostilidad, mientras los oficiales (probablemente alentados por el canciller) ya comenzaron a enviar regalos a su residencia. Aún falta que Kang acepte una propuesta de encuentro, pero él sabe que pronto llegará el tiempo de asumir ese papel.

Desearía poder entrar en la ciudad, fingir que es uno de tantos, perderse en las multitudes y aclarar su mente, pero no se le permite dejar las tierras del palacio. En algunas ocasiones, el recuerdo de aquella tarde en el mercado vuelve a su mente. Cuando, por un momento, fingió ser solo el hijo de un erudito que conocía a una extraña, pero el recuerdo no dura mucho. Inevitablemente, todo lleva a la misma imagen que se grabó dentro de su mente. Ning lo ve con una expresión destrozada dentro del Salón de la Luz Eterna.

El heraldo anuncia la llegada del general, el emperador regente. El padre de Kang es la viva imagen de la fuerza; él sabe que eligió con cuidado su apariencia: un equipo completo de armadura ceremonial con la intención de recordarles a los oficiales su origen y el poder que posee. A la luz, irradia destellos de oro reluciente, tan brillante que verlo directamente es casi como ver el mismo sol. Kang se da cuenta de que también él mismo está en posición de atención, su cuerpo reacciona automáticamente a la llegada de alguien de un rango mayor. Esto es lo que él debe recordar, su propósito: esperar órdenes, mantener la disciplina, tal como los soldados que se encuentran formados en línea junto a los muros del patio, que sostienen con firmeza las lanzas a sus costados, y el destello de su filo es un recordatorio de su despiadado potencial.

—Les prometí justicia —su voz retumba al dirigirse a la corte como lo haría con sus propios soldados—. El ministerio encontró a los culpables de ayudar a la antigua princesa y a quienes conspiraban a su lado. Ustedes serán testigos de su castigo y esto servirá para recordar que Dàxī no se intimidará ante aquellos que buscan perturbar la paz que se avecina.

Los oficiales de la corte murmuran entre ellos, se miran unos a otros con inquietud.

Desde las puertas aparece un hombre alto que empuña una larga hacha, es el ejecutor; junto a él se puede ver una silueta atada con cadenas y conducida por guardias del palacio.

El general habla en serio cuando dice que sentará un precedente para su gobierno, eso está claro. De esa manera, todos sabrán que está dispuesto a cumplir sus amenazas. «Un victorioso no duda», era lo que siempre le decía su padre. Sin embargo, su madre tenía más habilidad para la diplomacia. Mi padre decía que ella era el lado opuesto de su espada: uno de los extremos representaba la fuerza, el otro, la misericordia.

Ahora Kang y todo Dàxī verían cómo es que su padre ejerce su gobierno, con solo uno de los lados de la espada.

Kang mantiene su atención en los oficiales, observa sus reacciones mientras el ejecutor afila su espada en una roca: algunos se estremecen, otros lucen imperturbables, pero todos miran con incomodidad la escena.

—Hu Zixuan —el heraldo lee en voz alta el nombre del sujeto, que es obligado a ponerse de rodillas frente al emperador regente—. Deshonraste tu honorable posición como guardia del palacio, ayudaste a la princesa a escapar de la ciudad y serás sentenciado a muerte por decapitación.

El prisionero solo voltea hacia arriba y mira al emperador regente con una expresión vacía. No muestra ninguna emoción, ni miedo ni tristeza ni rabia, es una clase diferente de ferviente convicción. La voluntad de dar su vida por esta causa, sin remordimientos. Kang siente una aguda punzada de admiración hacia la devoción que muestra ese hombre.

Se esfuerza por recordar su promesa. Él será el heredero merecedor que su padre necesita en este momento, aunque pueda no estar de acuerdo con algunos de sus métodos.

La cuchilla cae. Kang no se inmuta, incluso cuando algunos oficiales de la corte se tapan el rostro para esconder su impacto y su disgusto. El ajuste de cuentas que su padre prometió ha comenzado.

Esa noche se convocó a los que encabezan los ministerios a un pequeño consejo con el emperador. Kang se sienta a la mano derecha de su padre, una posición de honor, del otro lado del canciller. Él se siente tieso e incómodo en estas nuevas ropas de color púrpura, el color que corresponde a un miembro de la familia real. Detrás de su padre hay un pequeño biombo, donde se encuentran sentados el probador de veneno y un médico de la corte, escondidos de la vista de todos, su tarea es probar cualquier cosa que pudiera tocar los labios del emperador.

La nueva cabeza del Departamento del Palacio, ansioso por demostrar su valía, le garantiza al general que se tomaron todas las precauciones. Los antecedentes de cada uno de los miembros del personal de cocina, los sirvientes al interior del palacio, las familias de los médicos de la corte, todos fueron revisados. Pero ¿quién sabrá cuál de los sirvientes podría ser un servidor leal al benevolente emperador? ¿Y qué oficial podría albergar todavía el deseo de ver que la princesa recupere su antigua posición?

Kang observa a los cuatro ministros en turno, desea poder entrar en sus mentes como hacen los poderes de los shénnóng-shī. Pero aún falta que el nuevo shénnóng-shī de la corte tome su lugar después de las muertes en la celebración del banquete; los ministros esperan la decisión de si ese rol continuará en la nueva corte. Kang le dijo a Ning la verdad cuando hablaron en el monasterio Língyǎ. Ningún shénnóng-shī ha visitado Lǜzhou, ¿qué sentido tendría para hechiceros y adivinos aislar a exiliados y bandidos?

Después de una comida compuesta por ganso rostizado y col bañados en licor de ciruela, los platos quedaron vacíos. Kang se da cuenta de que aún se siente nervioso, incluso cuando intenta calmar el estómago con alcohol. Después de la reunión con su padre y el canciller, teme el anuncio que se acerca: «Un heredero adecuado».

Observa las mangas bordadas de sus ropas, morado con hilos plateados y azules, con patrones ondulantes que representan el movimiento de las olas. El patrón ondulante se mueve y cambia ante él, y Kang siente que su cabeza gira, tomó demasiado vino.

El canciller aplaude y la música se detiene, todos en la habitación se quedan quietos. Los músicos salen, al igual que los sirvientes y los probadores de veneno, y permiten que el consejo continúe.

—Los he reunido hoy para discutir el futuro del imperio. Cómo podemos avanzar para asegurar una ascensión rápida y sin oposición —dice el canciller Zhou, dirigiéndose a los ministros.

El ministro Hu es el primero en hablar.

—El Ministerio de Justicia desea reportarle que nuestra investigación al personal dentro del palacio continúa. —Su actitud hace a Kang pensar en un nervioso pájaro carpintero, siempre mirando por encima de su hombro—. Mañana, en la corte, cinco sirvientes más se enfrentarán al juicio del emperador regente.

—¿Más ejecuciones? —Las fosas nasales del ministro Song se expanden, su expresión deja ver la repugnancia que esto le provoca.

—No esperaría que un académico comprendiera cómo debe mantenerse la disciplina en la población —gruñe el ministro de Guerra.

—Y yo no esperaría que un bruto entendiera las complejidades de la gobernanza —responde bruscamente el ministro de Rituales, sin preocuparse por las críticas.

—Usted…

—Suficiente. —El general los hace callar con una palabra. Sus mejillas se enrojecieron, pero sus ojos están claros—. Consulté el *Libro de los rituales* con la orientación del ministro y sus diferentes departamentos. El norte se inunda y la inquietud de los campesinos está a nuestro favor. La gente ya se pregunta si la princesa estaría en condiciones de gobernar. Nosotros solo demostraremos que no es digna, al proporcionarles señales de la unificación y el retorno a la antigua gloria de Dàxī. Comenzaremos con un plan de sucesión y el pronunciamiento de mi hijo como mi heredero.

Es una ceremonia que la princesa nunca vivió antes de que su padre enfermara, lo que provocó cuestionamientos acerca de su legitimidad para ascender al trono.

Todos los ministros están de acuerdo, y algo se revuelve dentro de Kang. ¿Sentía alivio por no haber sido denunciado como indigno? ¿O acaso era miedo? No está seguro.

—Y después, el apoyo de los monasterios y las academias.

El ministro Song levanta una ceja.

—¿Ustedes tienen apoyo de los pilares del imperio?

Kang puede ver que esto sorprende al ministro, generalmente estoico, ya que se supone que los monasterios y las academias de los dioses deben estar separados de la política de la corte. Están ahí para educar y dar consejo, pero nunca para interferir. Solo en tiempos difíciles deberían contribuir a la causa, como cuando apoyaron al primer emperador en la fundación de Dàxī.

—Háganlos pasar —ordena el canciller.

Tres personas avanzan a grandes pasos desde la puerta hasta el otro lado de la sala. Cada uno viste una túnica suelta y un pantalón, en sus muñecas brillan esposas de metal, con diseños grabados, que se extienden por encima de la piel morena de sus brazos. No es el azul, casi negro, de los tatuajes en el rostro de su padre, sino una red de cicatrices (su entrenamiento incluía endurecer la piel, atarlos con cuerdas o golpearlos con palos). Son guerreros Wŭlín.

Kang tuvo el honor de enfrentarse a uno de estos venerados guerreros durante el tercer encuentro de la competencia, luego se sintió avergonzado cuando se dio cuenta de que había sido afectado negativamente por la magia de uno de los shénnóng-tú. Sintió que había traicionado a su maestro.

Esos recuerdos vuelven rápidamente a él. Cuando tenía doce años y aún estaba enojado por su nueva vida; cuando sentía que todos lo miraban y murmuraban. Las habilidades que dominaba peleando con la espada y montando a caballo no significaban nada en este mundo nuevo. Él era torpe para jalar las redes, y aún peor para construir botes. Cuando casi murió bajo una ola gigante, intentando demostrarles a los demás niños que podía hacerlo, el wŭlín-shī que lo sacó del agua le dijo que, si continuaba apresurándose con su fuerza de voluntad y desesperación, terminaría por matarse. Si Kang estaba interesado, él lo instruiría en la manera correcta de canalizar esa fuerza de voluntad. Usarla para servir mejor a los dioses. Con el permiso de su padre, Kang entrenó con él.

El maestro Qi era un temible luchador digno de admirar; fácilmente podía combatir contra diez de los soldados del general, con el poder de su cuerpo y aprovechando su energía. Bajo su tutela, Kang aprendió cómo fluir como el agua, en lugar de luchar contra ella. Aprendió a controlar su respiración, a ralentizar su corazón, a manipular cada parte de su cuerpo utilizando el poder de su mente. Le enseñó los principios Wŭlín: proteger a la gente de Dàxī, y seguir solo a la verdad, lo que está bien, lo que es justo.

Un día despertó y su maestro se había ido, y no fue sino hasta años después que descubrió que su padre lo había desterrado por sugerir que Kang lo siguiera a Wŭlín, que se pusiera los grilletes y sirviera al Tigre Negro.

El wŭlín-shī se para en el centro de la habitación, hace una reverencia al general y se coloca a su lado. Son guerreros legendarios, reunidos para servir al imperio en tiempo de necesidad.

—Solicité apoyo de Wŭlín, y ellos están dispuestos a prestar ayuda para respaldar mi causa. Un trono vacío crea un peligroso vórtice que podría destruir al imperio. El solsticio se acerca, debemos realizar los rituales, de otro modo, sin la protección de los dioses, Dàxī podría ser víctima de otros males.

Los ministros se miran inquietos unos a otros. Se dice que la esencia del emperador es alimentar la vida con la fuerza del reino, es por eso que, cuando el antiguo emperador estuvo tan enfermo, se sospechaba que todo estaba relacionado con los acontecimientos sobrenaturales que azotaban al reino: las tormentas y los terremotos eran señales de que los dioses estaban disgustados.

—En el transcurso de un mes debemos tomar una decisión, el destino del imperio está en juego —declara el canciller.

—¿Qué pasa si la princesa regresa y desafía la reclamación al trono? —pregunta el ministro Song.

—Los shénnóng-shī de Hánxiá se reunirán en el palacio durante los próximos días para realizar el ritual de instauración del próximo shénnóng-shī de la corte. Mis enviados ya se encuentran en Yěliŭ —continúa el general, imperturbable ante esos terribles augurios y los posibles opositores—. Pronto conoceremos su respuesta. Si cuento con el apoyo del ejército y de los dioses, ¿estarán dispuestos los ministros de Rituales y Finanzas a prepararse para mi ascensión? ¿Aun si la princesa reclamara también el trono?

—El ministro de Finanzas respaldará al emperador que la corte elija. La tesorería no escatimará en gastos para la ceremonia. —El ministro de Finanzas, el honorable ministro Liu, ya toma notas y registra números, el ábaco imaginario suena bajo sus dedos—. Será un gran acontecimiento, como el imperio no ha presenciado desde la boda del Emperador Ascendido y la emperatriz viuda.

Después de una pausa, el ministro Song asiente, se pone de pie y hace una reverencia.

—Si su alteza puede mostrar que cuenta con el apoyo de Hánxiá y Yěliŭ, estoy seguro de que la corte lo seguirá. Ni siquiera una princesa puede desafiar a los dioses.

Capítulo siete

Ning 寧

Siento que me asfixio en una repentina ola de emociones. El rostro de la anciana Tai se desvanece frente a mí. Estoy furiosa de que este veneno reaparezca, furiosa de que esté por terminar con otra vida. El canciller reveló con júbilo el origen del veneno, dijo que lo habían confirmado por la línea del tiempo en la carta de Wenyi… Todo apunta al padre de Kang. Todo apunta a Kang.

No puedo olvidarlo. He tenido tantas ganas de encontrar argumentos que lo disculpen debido a la conexión que tuvimos, pero este es el resultado de su juego por el poder y yo odio estos métodos tan despreciables. Odio a quienes los utilizan para su propio beneficio.

—¿Puedes traer al niño? —le pido a Ruyi con voz temblorosa. Ella me dirige una mirada de intriga y yo la observo con determinación—. Tráelo, por favor.

Ella obedece y yo aprovecho ese momento para recobrar la compostura, fuerzo a mis manos temblorosas a calmarse.

No puedo dejar que mi rabia me sobrepase, y no quiero que Shu me vea así. No puedo hacer nada que afecte su recuperación, especialmente sabiendo que ella está pasando por la misma impotencia y frustración que siento yo.

Es Zhen quien regresa con el niño.

—¿Cómo te llamas? —le pregunto. El niño siente mi enojo y mantiene su distancia.

—Hongbo —contesta, huraño, después de que Zhen le da un pequeño empujón hacia adelante.

—¿Hace cuánto tiempo que ella está así? —le pregunto, esta vez en un tono más amable.

—Ya tiene un tiempo enferma —responde, todavía con cautela—. Desde una de las últimas nevadas de la temporada.

—¿Sabes qué fue lo que la hizo enfermar?

—Fue el té, eso dijo el gobernador —responde el niño—. Vino para llevarse todos los bloques de té. El comandante pasó semanas quejándose porque prometieron enviar un nuevo lote, pero nunca llegó.

Reflexiono acerca de esto. Entonces, el gobernador Wang también pasó por aquí. Nuestro té envenenado fue mezclado con el lote del Festival de Medio Otoño, y este siguiente debió ser para entregarse en Dōngzhì, en el Festival de Invierno de fin de año. Pero Zhen no lo mencionó en los reportes, así que quizá las noticias nunca llegaron a la capital.

—Ella es otra de las razones por las que el duque Liang se quedó —continúa Hongbo, intentando defender al duque; parece que todos lo estiman. —Él nunca dejaría a nadie atrás.

—¿Ellos la trajeron hasta aquí? ¿Esos soldados? —Zhen apunta a los cuerpos y él asiente.

Volteo hacia el niño.

—¿Qué les pasó a ellos? ¿También fue el té?

Hongbo me observa, frunciendo el ceño.

—¡¿Qué les pasó?! —exijo que me responda; su rostro hace un puchero que se convierte en llanto. Zhen pasa su brazo alrededor de sus hombros.

—No estás en problemas —le dice, mientras él esconde su cara en ese abrazo. Sacudiendo ligeramente su cabeza, Zhen me advierte que no lo presione demasiado. Aun sabiendo que no debería dirigir mis frustraciones a un niño indefenso, no estoy segura de poder mantener la serenidad por mucho tiempo.

Antes de decir otra cosa que pueda hacer que el niño llore aún más, me volteo para arrodillarme ante los soldados muertos. Necesito concentrarme, observar los detalles, no le temo a la muerte. Es el punto de vista con el que una aprendiz de médico crece y a lo que se acostumbra, ya que con frecuencia apoyamos en los rituales funerarios.

No toma mucho tiempo determinar la causa de muerte. Uno de ellos tiene dos flechas en su pierna; el otro tiene una flecha en su espalda, hay sangre oscura ya seca. Aparto la tela para poder ver su piel, y noto los hilos oscuros que se extienden hasta sus extremidades; abro sus bocas y veo sus lenguas negras; al abrir sus párpados, veo que los mismos hilos negros están presentes en lo blanco de sus ojos.

—¿Por qué la encadenaron a la pared si estaba tan enferma? —le pregunto a Hongbo, cuidando de mantener mi voz calmada, para no sonar amenazante.

—Fueron los soldados —dice el niño con un ligero lloriqueo—. La ataron al muro porque arañaba la puerta y la llenó de sangre intentando salir.

Tal como estaba atada Shu cuando la encontré, cuando mi padre me dijo que tendía a vagar desesperadamente en la noche.

—Esto parece familiar. —Zhen se tira en el piso junto a mí, tampoco parece sentirse incómoda con la muerte; toma una flecha de la piel de uno de los soldados.

Se da cuenta de la expresión en mi rostro y sonríe.

—¿Qué? He vendado a Ruyi suficientes veces como para no sentirme asqueada al ver sangre.

Resoplo, mi enojo se va calmando ligeramente.

Zhen voltea la flecha que tiene en la mano, su expresión se torna seria de nuevo.

—El diseño de la punta de flecha, la madera que utilizaron para el cuerpo… es la misma clase de flecha que casi mató a Ruyi. —Su mano se aprieta alrededor de ella, yo sé que podría fácilmente romper el cuello de la gente que lastimara a la mujer que ama.

Si puedo ayudar a la anciana Tai, quizá Zhen obtenga las respuestas que buscamos: la identidad de los responsables de esta masacre. Regreso al lado de la anciana Tai y toco su muñeca para tomarle el pulso. Debe haber habido un médico que mantuviera bajo control sus síntomas con medicina, y sin esa cuidadosa atención, ella se está apagando muy rápido, su pulso se debilita, respira con dificultad, no le queda mucho tiempo.

—¿Puedes salvarla? —pregunta Zhen.

—No lo sé —respondo. No tengo palabras de aliento que ofrecerle, no puedo prometer nada, solo tengo mi magia—. Puedo intentarlo.

—Es todo lo que podemos hacer —asiente, y voltea a ver a Hongbo, que muerde su labio, angustiado. —Quieres que ayudemos a la anciana Tai, ¿verdad?

—Sí —dice sin dudar.

—Ella es tu mejor oportunidad para salvarla —Zhen me señala con el pulgar—. ¿Puedes ayudarla a encontrar lo que necesita?

Él asiente firmemente, aunque sigue mirándome con sospechas. Supongo que eso es suficiente para lo que necesito que haga.

Ruyi nos acompaña a Hongbo y a mí a la cocina. Cada vez que detecto de reojo algún movimiento, pienso de inmediato que es el asesino mirándonos para emboscarnos, pero son solo las sombras.

La luz de la antorcha deja ver una pequeña botica junto a las alacenas de la cocina. Está bien surtida, lo que no me sorprende, pues se encuentra tan alto en las montañas y lejos de las rutas de comercio.

No tengo una canasta de medicina con compartimentos como la de mi padre, pero tomo varias hierbas y envuelvo cada una en papel, que es la forma más ligera de llevarlas. Afortunadamente, encuentro lí lú y regaliz en sus respectivos cajones; pero después de buscar dos veces por todas las repisas, sigo sin encontrar un componente: el polvo de perlas, que es lo que creo ha reforzado mi magia, sin él quizá no sea capaz de sacarla adelante. De cualquier manera, si no lo intento, tendríamos que dejarla morir.

Cuando regresamos al templo, inclino mi cabeza ante Bìxì y junto las palmas de mis manos en una oración, espero que nos mire con gentileza cuando reconozca que intento salvar a una de sus seguidoras, le pido que tenga presente al monje llamado Wenyi, uno de sus devotos, antes de que dejara su cargo y se convirtiera en shénnóng-tú.

Ahora que pienso en él, me pregunto qué habrá sido lo que lo puso en este camino tan peculiar. Desearía haber podido preguntárselo, haber llegado a conocerlo un poco mejor, saber cómo fue que llegó de Ràhoé a Yěliŭ, de Bìxì a Shénnóng, y después, a una competencia de magia en el palacio; pero nunca podré hacerlo, y siento un hilo de tristeza, que ahuyenta lo que quedaba de mi ira encendida.

En nuestra ausencia, Zhen, Shu y Fei encendieron de nuevo el fuego en el brasero. No creo que Bìxì negaría el uso de su fuego sagrado para salvar a uno de sus zhīcáng-sī. Pongo cerca del fuego la tetera que tomé de la cocina para que el agua hierva y entro a la otra habitación para preparar lo que necesito hacer.

Ruyi y Zhen se llevaron los cuerpos de los soldados, pero el hedor permanece. Pongo la vasija de barro y las tazas de Ho-yi en un tapete tejido en el suelo, junto a la anciana. Las tazas se sienten ásperas, se atoran con los callos de mis dedos, pero es una sensación conocida para mí, se parecen a las tazas que mi madre solía hacer.

También tomé algunas herramientas de la cocina de Yěliŭ, por lo que siento un poco de culpa, aun cuando no queda nadie que las eche de menos. Saco el té de verano y lo pongo en la vasija, no son los brotes tiernos que ofrecen los sabores más exquisitos, ni los tés de otoño que aportan profundidad a la bebida; los tés de verano son fuertes y tienden a ser amargos. Necesito su potencia, ya que, al no tener un dān o una conexión previa con la anciana Tai, requiero toda la fuerza que pueda reunir para poder hacer esto.

Siguiendo mis instrucciones, Ruyi me trae el agua hirviendo en la tetera y yo la vierto en la vasija. El aroma del té se eleva por el aire, uniéndose al de las antorchas y al incienso que he quemado sobre la cabeza de la anciana: benzoína, que da calma y concentración.

Cuando vacío el té en la taza mi magia se desvela, filtrándose entre las hebras de lí lú y deslizándose por la raíz de regaliz. Tomo un sorbo del líquido dorado, permitiéndole abrir un camino ardiente que pase por mi garganta. Zhen inclina hacia atrás la cabeza de la mujer y yo vierto un hilo de té por su garganta. La princesa es de gran ayuda para mí en este punto, con sus manos firmes y su presencia tranquilizadora; ya antes hemos hecho juntas este tipo de trabajo.

Cae una niebla sobre la habitación, nublando mi vista. Quito el velo, como haciendo a un lado una cortina de cama, y empiezo a adentrarme en el Cambio. Es más sencillo cada vez y, aun así, el tiempo todavía se siente como si tuviera que dejar ir una parte de mí, para confiar en que la magia me atrapará, como solía describirlo Lian. El espacio entre la vigilia y el sueño, donde puedo ver si los dioses responderán.

Siempre hay una ligera duda, que pregunta en un temeroso susurro por detrás de mi cabeza si un día no obtendré respuesta. Pero Shénnóng me escucha, y me encuentro de pie en el camino de alguna aldea que no reconozco. La niebla hace círculos alrededor de mis tobillos y oscurece el camino frente a mí, de manera que yo solo puedo ver veinte pasos adelante.

Los muros de cada lado son muy altos. Hay una entrada a mi derecha con las puertas cerradas y un letrero de Año Nuevo, descolorido y rasgado, pegado en la madera. Al acercarme, pongo mi mano sobre su superficie y esta desaparece; todo lo que siento es un ligero escalofrío y recupero mi mano.

Esta no es la manera de proceder.

Continúo por el camino, intentando ver lo que hay adelante. Hay un olor en el aire que me pica un poco la garganta, como si alguien hubiera encendido una fogata a la distancia. Paso por otras puertas, pero cuanto más lejos camino, los muros se van haciendo más sucios, están manchados de una especie de sustancia negra; las puertas no están completas, muchas de ellas están rotas, pero solo puedo ver a través de los huecos cómo la oscuridad se arremolina, sé que es mejor no entrar.

Los hilos de magia me empujan hacia adelante, nuestra taza compartida me une a la persona que espera del otro lado. El camino termina frente a una gran entrada, que está sostenida por pilares más anchos que el cuerpo de una persona. A través de las puertas abiertas veo un enorme patio, debió de ser espectacular alguna vez, lleno de arbustos y flores, pero todas las plantas están marchitas o muertas, hay hierba mala creciendo entre los adoquines agrietados.

Levanto mi cabeza, como lo haría un niño, para ver la placa en lo alto de la puerta: TAI SHAN ZHUANG. La familia Tai debe haber sido muy adinerada para mantener una residencia como esta.

Sigo caminando y me detengo frente a un árbol que está en medio del jardín, su tronco está dividido, hay un hoyo en el centro y cada parte está chamuscada, como si se hubiera quemado. Trepo por encima para pasarlo, y la madera gruñe bajo mi peso. Cuando estoy del otro lado alcanzo a distinguir el extremo opuesto del patio. El camino hace una curva y veo que hay un estanque adelante, un pabellón con pilares negros y un techo curvo de tejas rojas en la orilla. De nuevo desearía haber visto este lugar en su máximo esplendor, en vez del descuidado estado actual. Hay algo con forma de una casa a la distancia, pero se ve oscuro por la niebla.

Noto una silueta sentada en el borde del pabellón, jugando con sus dedos en el agua. Es a ella a quien la magia me guía, ella no se da cuenta de que estoy ahí conforme me acerco y subo los escalones del pabellón. Viéndola de perfil, parece tener la misma edad que Zhen. Lleva puesto un atuendo con delicados bordados color rosa, como los pétalos de una rosa, y una falda del mismo color, pero de un tono más oscuro. Su cabello está atado en un peinado adecuado para la hija de un noble y se mantiene en su lugar con solo un broche de plata. Ella es lo único que brilla en este oscuro sitio, rodeada por ruina y decadencia.

Cuando me paro delante de ella, finalmente voltea y me mira con ojos cansados y tristes, no se parece en nada a la mujer que vi hecha bolita en el piso, parece que tiene la vida entera frente a sí, para hacer lo que le diga el corazón.

—Anciana Tai —le digo, y hago una reverencia con respeto.

Ella también inclina su cabeza.

—¿Qué haces aquí? No perteneces a este lugar.

—Usted tampoco pertenece aquí. Fue envenenada. —No sé cuánto tiempo le queda; si logro que salga voluntariamente de aquí conmigo, hay mayor probabilidad de que pueda traerla de regreso a su cuerpo.

Su frente se arruga en una expresión de ligera confusión, luego mira alrededor con profunda nostalgia hacia la residencia en la distancia.

—No había regresado a estos jardines en varios años.

Agita su mano en el aire y algo cambia, veo cómo se levanta ligeramente la niebla. De repente el estanque está claro, lleno de peces naranjas y blancos que nadan en círculos bajo la superficie. Los árboles están ahora verdes y frondosos, el brillo de los capullos naranjas de las flores de osmanto contrasta con las hojas.

—Hay gente que espera su regreso en Yěliŭ. —Me inclino, rogándole que me escuche—. Hay niños de los que usted aún es responsable.

Le ofrezco mi mano, esperando que la tome, para que la conexión me permita ayudarla a pasar y liberarla de este encantamiento. Entonces, los ingredientes del antídoto podrán hacer su trabajo para estabilizar su fiebre y calmar su corazón acelerado.

—Ah, sí… la joven Fei y el testarudo Hongbo. —Un poco de claridad regresa a sus ojos, el recuerdo de la persona que fue y la vida que ya ha vivido, antes de que este lugar se la llevara—. Escucho sus voces, pero pensé que estaba soñando.

Un repentino viento sopla por detrás de ella, levanta y hace volar su cabello. Me estremezco. Un extraño silbido viene de donde está la puerta, como el penetrante sonido de una flauta de bambú que toca muy agudamente.

—Escucha —murmura, y se desconcentra de nuevo, levanta la mirada, distraída—. Puedo oír su llamado.

—¿La flauta? —Las palabras salen espontáneas de mi boca—. No la escuche, no es seguro, hay peligro escondido en ese tono discordante.

—Pero suena tan dulce… —Su expresión vuelve a convertirse en una soñadora y plácida sonrisa. De nuevo se escucha el silbido, esta vez más insistente, violento. Un dolor agudo me quema el brazo, y me quejo. Veo que mi brazo brilla con una luz intermitente y muy peculiar.

—Venga conmigo, por favor —le suplico. Algo se acerca. ¿Qué o quién? No lo sé, solo sé que debemos huir, irnos de aquí antes de que llegue.

La anciana Tai me mira y suspira, como agobiada por el peso de los recuerdos.

—Mi hogar se quemó hace años, no queda nada de él.

Se estira para tocarme y, cuando nuestras manos se unen, siento el puente que construyó el té, la magia está esforzándose para encontrarla. El viento aúlla alrededor de nosotras en una protesta. Levanto mi brazo para protegerme los ojos del repentino vendaval, el polvo pica mi piel y la lastima. Una sensación de desesperanza se apodera de mí, recordándome las tormentas que azotaron el árido suelo cerca del arroyo, cuyo lecho estaba agrietado el año que tuvimos la sequía, cuando todo el tiempo teníamos sed.

El pabellón comienza a derrumbarse alrededor de nosotras.

—¡Vamos! —grito, tratando de ponerla en pie. Logramos salir del pabellón justo cuando el techo se viene abajo, la gran casa que se veía a la distancia se colapsa, los árboles y arbustos a nuestro alrededor tiemblan, como si tuvieran miedo de lo que vendrá.

Intento correr, pero su mano se zafa de la mía. Me volteo, y veo que ella no es tan real como parecía, luce algo transparente, su llamativo atuendo ahora se ve gris.

—Es demasiado tarde —me dice.

Me lanzo hacia ella, trato de imaginar que mi magia es una red dorada que la trae de regreso, pero mis brazos la atraviesan. Ella se desvanece a cada momento, pedazos de ella se desintegran en cenizas que se lleva el viento.

La anciana Tai intenta hablar, sostiene mi mirada.

—Él quiere reclamar lo que siempre creyó que era suyo, lo que le fue quitado desde la primera vez… detenlo… demasiado tarde…

Ella es arrancada de mis brazos, y desaparece en un remolino de polvo. La tormenta me rodea en un violento vórtice. Me paro en el centro, miro hacia arriba y la serpiente me mira maliciosa, sus colmillos brillan, es tan enorme como la recordaba del sueño de Shu. Los puntos rojos de sus ojos están grabados en mente, parecen capaces de leer cada pensamiento oscuro que tengo y de deleitarse con ellos.

El dolor me sube por el brazo y atraviesa mi cráneo, como si alguien tomara una daga y la enterrara en mi frente, hasta el fondo de mi alma.

Grito y caigo sobre mis rodillas, descendiendo a través del Cambio y regresando a mi cuerpo.

Regreso a la realidad y tengo la certeza de que fallé.

Capítulo ocho

Ning 寧

Cuando recobro la consciencia, me doy cuenta de que mi cuerpo está tendido sobre el duro piso de piedra. Todavía siento la asfixia en mi garganta, mi boca sabe como a monedas de cobre, casi puedo ver la sombra de la serpiente sobre mí todavía, su cabeza era tan grande que podía tapar el cielo, el mundo entero. Estiro mis manos, tratando de defenderme, de luchar contra ella…

Me toma unos momentos de lucha darme cuenta de que es Zhen, me está llamando y me agarra fuertemente de las muñecas, manteniendo mis manos lejos de su cara para evitar que la rasguñe.

Mi cabeza palpita de dolor; cuando paro de luchar, ella me suelta, pero yo me arrastro sobre mis manos y rodillas hasta donde está la anciana Tai. Tengo que ver por mí misma lo que pasó, pongo mis dedos en su garganta, buscando desesperadamente una señal, algo que me diga que todo eso fue solo un terrible sueño.

Pero es real, ella dejó este mundo atrás.

Me dejo caer con pesadez, siento que toda la fuerza se va de mis extremidades.

—Lo lamento —le digo a la cuidadora que dedicó su vida a buscar la sabiduría y ofrecer su consejo. A la joven niña que conocí en sus recuerdos y había perdido todo, la niña cuyo camino desviado de alguna manera la llevó hasta mí—. No fui suficientemente fuerte.

—Lo intentaste. —Zhen trata de tranquilizarme, pero yo no quiero escucharla, me pongo de pie y alcanzo a rozarla. No hay ningún lugar al cual ir donde pueda encontrar un respiro, siento que me aplasta el peso del desprecio a mí misma, el desamparo que me envolvía cuando mi madre murió y luego la constante preocupación cuando me sentaba junto a la cama de Shu noche tras noche.

Pensé que si acogía la magia, entonces el camino estaría claro, que tendría todas las respuestas y las soluciones en mis manos, pero ahora me doy cuenta de que aún no es suficiente, nunca seré suficiente.

Pateo una vasija contra la pared y hago que se levante una nube de polvo; me levanto y lanzo una canasta hacia una repisa, salen volando pergaminos y también los pateo. Alguien me toma del brazo y yo le gruño a quien sea tan tonto como para agarrarme. Es Shu, me ve con unos ojos tan parecidos a los de mi madre.

—¡Te dije que te quedaras afuera! —le grito, porque es más fácil hacer eso que derrumbarme llorando sobre mis rodillas. Cuando todo a mí alrededor está roto, significa que no soy la única que lo está.

—Tú me salvaste —trata de recordármelo—. Hiciste tu mejor esfuerzo.

—Mi mejor esfuerzo no es suficiente. —Arrebato mi brazo de sus manos, apoyo la cabeza contra la pared y respiro profundo hasta que mi ira se calma, dejando solo vergüenza tras de sí. Sé que ya no soy una niña, ya no puedo correr al bosque a gritar y llorar.

Cuando vuelvo a un estado mental de más claridad, me encuentro sola en la cámara. Zhen y Ruyi sostienen una profunda conversación cuando regreso a la habitación principal del templo, Shu y los niños las escuchan atentos.

Zhen me hace una seña cuando se da cuenta de que estoy ahí, y todos se comportan como si no me hubieran visto perder la compostura.

—Debemos continuar hacia el norte, ver si podemos seguir el rastro del comandante —dice Ruyi—. Veremos si podemos encontrar a aquellos que todavía sean leales al Emperador de la Benevolencia en Kallah.

—De acuerdo. —Zhen asiente—. Dormiremos aquí esta noche y reuniremos suministros por la mañana, antes de cruzar por el barranco. ¿Tenemos un mapa de esta zona?

—Sí —dice Fei. Tiene los ojos rojos de tanto llorar, mi corazón se contrae de nuevo. Quiero disculparme por no salvar la vida de la anciana, pero las palabras están atoradas en mi garganta.

Ruyi me lleva a un lado después de darnos instrucciones de cómo prepararnos para pasar la noche.

—Recuerdo la pérdida de los que no he sido capaz de salvar —dice con voz ronca—. Recuérdalos, eso te ayudará cuando necesites seguir adelante, aun si sientes que no hay nada más que puedas dar.

Asiento, no confío en mis palabras, si empiezo a llorar, podría no ser capaz de detenerme. De todos, quizás es Ruyi quien puede entenderme mejor. Por lo que Liam me dijo, la sacaron de su casa cuando era muy pequeña. ¿Qué le pasó a su familia? ¿A quiénes perdió?

Toco mi costado, aún tengo la carta de Wenyi en mi faja. Le hice una promesa en los calabozos, debajo del palacio, le entregaré el mensaje a su familia y les diré lo que le pasó. Aún hay trabajo que debo hacer.

Encomiendo las palabras de Ruyi a la memoria, los nombres de los que he perdido o tenido que dejar atrás.

Mi madre, mi padre, Wenyi, la senescal Yang, el Pequeño Wu, Quing'er, la anciana Tai.

Aquellos a quienes he perdido a manos del gobernador Wang, del canciller y del general Kǎiláng.

Me aseguraré de que paguen por lo que hicieron.

Me quedo dormida, exhausta. A la mañana siguiente, Shu tiene que sacudirme para despertarme. Llenamos nuestras cantimploras con agua de pozo y cargamos a los ponis con más provisiones. Desearía que pudiéramos mover los cuerpos y prepararlos para el ritual de fuego y tierra, darles la preparación final para que una parte de sus almas pudiera regresar a sus familias, pero todo lo que puedo ofrecer es murmurar una disculpa, dejándoles saber que algún día regresaré para ayudar a reunir lo que queda de ellos y dejarlos descansar.

Hongbo encuentra unos mapas de la librería que nos ayudarán a transitar por las montañas. El camino a Kallah debería ser relativamente sencillo de seguir, pero debemos estar alertas. Quienes hayan sido responsables de la masacre en Yěliŭ podrían estar esperando en el bosque, o los soldados del emperador podrían estar tras nuestro rastro. Cuanto antes dejemos Yěliŭ atrás, mejor.

Conforme el sol continúa su curso sobre nuestras cabezas, Yěliŭ va desapareciendo lentamente entre los árboles, hasta que nos adentramos en el bosque. A lo largo de este sendero hay muchos pequeños santuarios, algunos son solo pilas de rocas o una placa de piedra tallada, con la figura de un pájaro grabada. Parece que la Dama Blanca todavía tiene influencia en el norte, incluso cuando la reconocemos como nuestra patrona del sur. Es como dice Lian: «Ella es la misma diosa que nos cuida a todos, tener un nombre diferente no lo cambia». Ver estos tributos que le rinden, significa que caminamos en sus dominios, y que puedo encontrar un poco de consuelo.

Es aquí donde debo hablar con Shu acerca de lo que pasó mientras ella estaba bajo el influjo del veneno. Reflexiono conmigo misma mientras Shu y Fei caminan adelante, la joven niña se ha atado a sí misma al lado de Shu desde anoche. Yo he evitado hablar con mi hermana acerca de eso, pues pienso que eso la llevaría a revivir esos malos recuerdos, pero me doy cuenta de que trataba más de protegerme a mí misma. No quería saber lo que ella tuvo que soportar mientras no estuve. Ahora, si no quiero arriesgarme a perder a alguien más que me importe, tengo que enfrentar esos temores.

Camino hacia Shu para que estemos lado a lado y pregunto si Fei podría darnos algo de privacidad. La pequeña niña se aleja para unirse a Hongbo, que va más adelante y, entonces, solo queda un silencio expectante entre nosotras.

—Yo… lamento lo que dije ayer —comienzo despacio—. No debí haberte gritado. —Tan solo decir esas palabras calma un poco la pesadez en mi pecho.

Shu me regala una ligera sonrisa y sacude su cabeza.

—Has pasado por mucho —me dice con voz suave—. Me habría preocupado más si fingieras que todo está bien.

Me río, casi sin querer.

—Me estás diciendo que no soy muy buena mentirosa. —No me da ninguna respuesta, excepto una amplia sonrisa.

Es ahí cuando sé que estoy perdonada. El amor de mi hermana por mí es sencillo. Mi padre me diría que mi conducta avergonzó a nuestra familia, pero Shu me acepta tal como soy, sin pedir nada a cambio. Sin ella, siempre estaría perdida; puedo verlo ahora. También quiere que cuente con ella, que no solo la vea como alguien a quien necesito proteger.

—Sí necesito tu ayuda —le digo entonces—, necesito que me digas lo que recuerdes de cuando estuviste atrapada en el bosque con la serpiente.

—El bosque... —comienza, dudosa—. El bosque parecía conocido, pero no era como nuestro bosque, era misteriosamente silencioso. Nunca escuché un sonido de animales, fue como me di cuenta que debía estar soñando. Algunas veces podía escuchar susurros, alguien hablaba en la distancia; otras veces escuchaba... un silbido, justo detrás de mí, pero cuando volteaba no había nadie. —Se frota los brazos como si tuviera frío. Un silbido, como lo que viví con la anciana Tai.

—¿Qué decían esas voces?

—Decían una y otra vez que yo tenía que... que ir hacia ellos, que ellos tenían lo que yo estaba buscando.

—¿A dónde querían que fueras?

—Las voces solo me decían que me acercara —susurra—. Por momentos veía un ciervo entre los árboles; otras veces, era un pájaro. Las últimas pocas veces... sonaba como mi madre —su voz se quiebra.

Me duele el corazón, ella no tenía que haber vivido ese terror, el veneno alterando su mente.

—Algunas veces me despertaba y seguía estando en el bosque, pero era el bosque que conozco, y no sabía cómo había llegado ahí, mis pies estaban llenos de lodo, y yo estaba sola y asustada. A veces, mi padre me encontraba y me traía de regreso, lo recuerdo cargándome en ocasiones; otras, me despertaba de nuevo en mi cama. Se volvió difícil saber qué era real y qué no. Veía cosas que no deberían existir, sin embargo..., estaban ahí.

Pongo mi brazo alrededor de ella y aprieto cariñosamente sus hombros para recordarle que estoy aquí y que ya no está sola.

Conforme el terreno se hace más empinado, el ascenso a la montaña cambia de una suave pendiente a una serie de curvas. Caminamos la mayor parte del día, pero cuando la luz del sol comienza a ocultarse, Zhen decide que debemos detenernos a pasar la noche, en lugar de continuar. Es demasiado peligroso, podríamos correr el riesgo de calcular mal un paso en la ladera de la montaña, si alguno de nosotros resbalara, podríamos caer en el bosque que hay allá abajo y rompernos cada hueso del cuerpo. Montamos campamento en un pequeño claro y compartimos nuestros víveres, nos acomodamos en el suelo y me estremezco de dolor al frotarme los pies adoloridos.

Fei y Hongbo platican animados alrededor de la fogata, su timidez inicial se ha ido. Todos comemos las frutas secas y los bollos, mientras Zhen les hace preguntas acerca del duque. Con su conversación, entiendo que el duque siguió los principios del Emperador Ascendido, quien unió al imperio, que antes estaba dividido, compartiéndoles comida de sus propios graneros.

Zhen se ríe y habla libremente con ellos, no con el lenguaje formal de la corte; su calidez me sorprende, no me había dado cuenta de qué tan apartada se mantenía, hasta ahora. Aquí ella se mostraba abierta y relajada, tenía las rodillas dobladas y hacía gestos con un pastelito de melón blanco en la mano. Incluso Ruyi, que generalmente estaba alerta y seria, lograba esbozar una sonrisa ante las travesuras de Fei.

Recostada en mi colchoneta, veo el cielo nocturno más allá de las copas de los árboles, las estrellas lucen especialmente brillantes en el cielo esta noche, me les quedo viendo un rato, incluso después de que la respiración de Shu se hace más profunda a mi lado y el bosque se quedó en silencio. Desearía poder leer sus patrones, saber qué es lo que nos espera, si estamos en el camino correcto, pero sus secretos se me siguen escapando.

No duermo nada cómoda. Sueño que me persigue un venado con demasiados ojos, las sombras se deslizan tras de mí diciendo mi nombre.

Capítulo nueve
Kang 康

Cuando Kang entra en el Salón de la Armonía Celestial, la conversación se acalla. Tantas miradas sobre él lo hacen sentir inquieto y su piel se eriza; es solo un momento, pero siente el efecto de su prolongado escrutinio como una pesada carga.

El general mantiene su promesa, y continúan los severos castigos en público, a tal punto en que, incluso Kang, que está acostumbrado a las medidas de la disciplina militar consistentes en azotes y flagelación, encuentra estos juicios —mejor dicho, estos espectáculos— excesivamente crueles. Esta mañana, el mayordomo de la cocina fue pisoteado por caballos hasta morir por participar en el escape de la princesa. Kang solicitó a su padre que tuviera misericordia de su hija, una doncella del antiguo emperador, argumentando que la evidencia de que ella había contribuido a la revuelta en la cocina era insuficiente, pero su apelación no funcionó, aun con el apoyo de un buen número de oficiales, y la mujer fue colgada frente a la corte.

Diversas formas de tortura y ejecución que el ministro de Justicia ya había prohibido anteriormente, bajo la dirección de la emperatriz viuda y el Benevolente Emperador, regresaron por un tiempo. El ministro insiste en que solo será durante el periodo de transición. El general ha demostrado que mantendrá su promesa de justicia, de cortar de raíz lo que él considera que está podrido. Entonces, según él, habrá orden.

Kang camina por el pasillo hacia su padre, que está sentado en el trono, sobre el estrado que está hasta el final de la habitación, sube los escalones y toma su posición a la derecha del trono, como apropiándose de su estatus. Un pensamiento fugaz pasa por su mente mientras el heraldo llama a iniciar el consejo: espera que no se derrame mucha sangre esa noche.

Dos sirvientes dirigen una procesión al interior del salón. Cuatro hombres de cabello blanco y una mujer de aspecto majestuoso encabezan el grupo, parecen ser los líderes de aquellos que los siguen. Usan ropas de un azul pálido, bordadas con hilos de plata, y de sus fajas cuelgan dijes de jade, color azul verdoso.

De pie, atrás de ellos, hay una solitaria silueta que parece nerviosa. Es más joven que los demás, Kang lo reconoce: Shao, el shénnóng-tú que ganó la competencia, cuya magia ya experimentó una vez. Estos deben de ser los shénnóng-shī que fueron llamados a la capital para la ceremonia. Los siguen otros practicantes, también vestidos en diferentes tonos de azul, deben de ser sus mejores túnicas para presentarse ante la corte.

Tal como las variaciones en sus atuendos, de la seda bordada al áspero tejido de cáñamo, sus expresiones también son diferentes. Algunos miran con interés lo que hay a su alrededor; mientras que otros parecen nerviosos, observan la habitación y a los oficiales que los esperan; algunos más están perfectamente estoicos.

—Reconocemos al príncipe de Dài, emperador regente de este gran imperio —dice en voz alta el heraldo una vez que la procesión se detiene, a diez pasos de distancia del trono. Las ropas de los shénnóng-shī hacen ruido mientras se arrodillan y se inclinan para tocar el suelo con sus frentes.

El padre de Kang hace un gesto.

—De pie.

El gran canciller Zhou se levanta de su asiento.

—Matriarca Guo, acérquese al trono.

La anciana, que es la líder de Hánxiá, se dirige a ellos desde su lugar, caminando por todo el perímetro, da la impresión de que ya es parte de la corte. Parece que su padre y el canciller ya tienen avanzado el proceso para garantizar el Ministerio de Rituales, manipularán los corazones de la gente y ganarán el apoyo de los dioses.

La matriarca Guo hace un gesto con su manga; el sirviente que estaba detrás de su asiento también se aproxima, lleva una bandeja de madera en su mano; los dos se arrodillan frente al trono. El canciller se encuentra con el sirviente frente a la escalinata y toma la bandeja, la corte observa con profunda atención cómo el canciller sube los escalones y le ofrece la bandeja al general para que la examine.

Kang observa un disco redondo de jade, color blanco pálido, con vetas de luz verde y motas grises. Aun con su conocimiento limitado, sabe que este jade no pertenece a la variedad altamente codiciada que coleccionan los ricos: no brilla con un tono blanco lechoso o un rico y profundo verde; tampoco está bellamente esculpido, no como el valioso tallado que un famoso artista realiza en una col china, con sus hojas verde oscuro, guardada bajo llave en las bóvedas del palacio. El disco es delgado e imperfecto, por lo tanto, casi sin valor.

El general lo levanta y lo examina con ojo crítico. Esto intriga a Kang, su padre jamás muestra interés en tesoros materiales, él prefiere los ambientes austeros y minimalistas, que le dan claridad a la mente.

—¿Esta reliquia pertenece a Hánxiá? —pregunta el general.

—Sí, su alteza, Hánxiá se la ofrece como un tributo, una demostración de nuestra lealtad al trono —habla la matriarca Guo, aún arrodillada—. La leyenda dice que fue usada por Shénnóng.

Los sonidos de asombro por toda la habitación son genuinos, así como Kang tampoco pudo ocultar el murmuro que salió de sus labios. He aquí uno de los tesoros que, según se rumora, alguna vez sostuvo el Primer Emperador para contener parte de la magia que le permitía unir a los clanes.

—Como pueden ver, ministros y oficiales de la corte —pronuncia el canciller con una sonrisa—, estamos agradecidos por el ofrecimiento de Hánxiá en estos desesperados momentos, lleven la reliquia a la bóveda para protegerla.

Otro sirviente se aproxima, listo para recibirla.

—¡Esperen! —Uno de los shénnóng-shī levanta su voz en protesta, avanza hacia enfrente y cae sobre sus rodillas junto a la matriarca Guo—. ¡Permítanme hablar!

—¿Cómo te atreves a dirigirte al emperador regente de esta manera tan insolente? —grita uno de los soldados. ¿A qué ministerio pertenece? Kang no está seguro.

Dos guardias avanzan de inmediato y se sitúan a ambos lados del estrado, con las manos en sus espadas. El hombre toca el suelo con su frente.

—No es mi intención faltar al respeto al emperador regente —dice—. Por favor.

—Te escucharé —habla el general, levantándose del trono, su túnica morada cae en cascada detrás de él—. Ponte de pie y háblale a la corte.

—Gracias, su majestad. —El hombre anciano se levanta poco a poco, primero sobre sus rodillas y luego sobre sus pies, haciendo una ligera mueca. Aclara su garganta y se inclina desde la cintura también ante la corte—. Honorables ministros, les suplico, permitan que esta reliquia sea devuelta a Hánxiá al terminar la ceremonia de esta noche. La emperatriz viuda decretó que tendría que permanecer ahí como un símbolo de que los monasterios y las academias debían estar separados de la capital, permitan que la matriarca Guo continúe hablando a nombre de Hánxiá ante la corte, ella será nuestra representante; creo que eso sería suficiente.

Los otros shénnóng-shī y algunos miembros de la corte asienten mostrando su acuerdo y murmuran, expresando su reconocimiento.

Otras voces se unen a la causa.

—¡Es una tradición! —gritan algunos.

La matriarca Guo se pone de pie, parece alarmada.

—¡Yo no sabía de los planes del Estimado Wan para hablar ante la corte, honorable! —Parece que su disculpa va dirigida al canciller.

—¿Qué dice usted, ministro Song? —pregunta el general. Kang está lo suficientemente cerca como para ver el ligero espasmo en la mejilla de su padre, sabe que está disgustado.

—Eh… —La compostura que generalmente muestra el ministro parece tambalearse ante la pregunta; Kang nota que el hombre lucha por encontrar la respuesta más respetuosa, que no ofenda al futuro emperador—. Sí, yo creo que el Estimado Wan está en lo correcto, su alteza. La emperatriz viuda efectivamente realizó ese decreto en tiempos de paz: los monasterios y las academias deberían gobernarse a sí mismos.

—¡Exacto! —El general aplaude entonces, y hace que varios oficiales salten sobresaltados—. En tiempos de paz. Entonces podremos continuar cumpliendo con los decretos de la brillante emperatriz, largo sea el recuerdo de la sabiduría de mi madre; pero estos son tiempos turbulentos…

Entrelaza sus manos por detrás y se pasea frente al trono.

—Esto fue antes de que descubriéramos planes de traición dentro de la corte. ¡Un emperador fue envenado, frente a los ojos de todos ustedes! —Él mira a los oficiales de la corte fijamente a los ojos y ellos se encojen ante su mirada—. Una envenenadora estaba entre ustedes y llegó utilizando una competencia como pretexto.

—¿Ya olvidaron que ella asesinó al Estimado Qian? —ruge—. A uno de los suyos.

Con un grito ahogado, el shénnóng-shī cae sobre sus rodillas, la corte lo imita, todos muestran su subordinación.

Por un momento, Kang siente que ese miedo va dirigido a él, y siente una pizca de vergüenza por dentro.

«No confundas miedo con respeto», escucha las palabras de su madre como un murmullo en su mente. «Ellos los seguirán a ambos, pero tú verás cuán fácilmente uno de ellos fallará».

—Usted habla de rituales y tradición. —La voz del padre de Kang arremete como un látigo—. Uno de los suyos murió, y ustedes protestan acerca de cómo solían ser las cosas. Ustedes no entienden, una vez más estamos al borde de una guerra: los hermanos pelearán contra las hermanas; las madres, contra los hijos.

—¡Ministro Hu! —dice el canciller en voz alta—. ¡Traiga la proclamación!

—¡Pónganse de pie para recibir el decreto del emperador regente! —dice con fuerza el heraldo, y todos se levantan.

El ministro de Justicia da un paso al frente, sus manos sostienen un pergamino. Detrás de él está otro oficial, que despliega un retrato para que todos lo vean. Para sorpresa de Kang, reconoce el rostro, las ondas en su cabello, la curvatura de sus labios. Es aquella cuya presencia siempre está en el fondo de su mente.

Ning, la chica proveniente de Sù, mira fijamente desde el retrato en blanco y negro. En una esquina, se encuentra estampado el sello del Ministerio de Justicia: «Se busca».

Kang se esfuerza por hacer que su rostro permanezca sereno, aunque por dentro está gritando. Sabe que la corte lo observa a cada momento, estudian cada una de sus expresiones y lo juzgan.

—Zhang Ning de Sù es declarada enemigo del reino —lee el ministro de su propio pergamino—. Bajo falsas pretensiones, fue instruida y reclutada por la antigua princesa, Li Ying-Zhen, para unirse a la competencia por convertirse en shénnóng-shī de la corte y llevar a cabo su vergonzoso plan.

La necesidad de protestar hierve en el pecho de Kang, quiere hablar a favor de Ning, decirles que nada de eso es verdad. Él habló con ella, sintió sus pensamientos tan íntimamente como si fueran propios, en ese otro lugar en que todos los secretos son revelados. Él conoce el profundo dolor que ella siente por la pérdida de su madre. Sintió su conmoción al descubrir las complicadas historias de sus padres, tan complejas como las de él.

«Espera y observa», le susurra su madre con voz tranquila. «Ahora no es el momento, perderás tu cabeza».

—Me aseguraron que es imposible que un solo shénnóng-tú realice una hazaña semejante. —La voz del general retumba sobre la acobardada multitud reunida ante él—. Un shénnóng-shī debe haberlo instruido para desarrollar este tipo de veneno. ¿Quién de ustedes fue ese traidor? ¿Quién de ustedes es un enemigo de Dàxī?

Algunos levantan sus manos negando toda acusación, otros caen postrados, rogando clemencia.

—No importa —dice el general con un gesto desdeñoso—. Todos ustedes estarán sujetos a la observación del Ministerio de Justicia, cooperen y quizá sus vidas sean perdonadas.

—¡No puede hacer esto! —grita el Estimado Wan, uno de los pocos shénnóng-shī que se levantan, indignados. Él se da la vuelta y observa a la gente de la corte, que se estremece ante su mirada—. ¿Quiénes de ustedes aún reconocen a los dioses? ¿Quiénes de ustedes darán un paso adelante y levantarán la voz en contra de esta toma de poder? Yěliŭ, Wŭlín y los otros monasterios, ¡todos sabrán de esto!

Pero nadie alza la voz.

—¿No escuchó, Estimado Wan? —le pregunta el canciller Zhou, apenas conteniendo su regocijo—. Llega demasiado tarde, Wŭlín ya juró lealtad.

Desde hace un rato, Kang había notado la ausencia de los guerreros de Wŭlín en la habitación, pero ahora que entraron por la puerta lateral, se da cuenta de que el canciller los escondió para crear un máximo efecto al ser desplegados en este específico momento. Ahora son más numerosos, de tres que eran, ahora es un grupo de diez. Sus brazaletes de metal brillan en la oscuridad, sus brazos muestran poderosos músculos, sus piernas desnudas lucen fuertes como árboles; pero no es su apariencia lo que inquieta a la corte, sino lo que cuatro de ellos llevan consigo.

Con un golpe seco aterriza en el piso, frente a la asombrada audiencia, un pilar roto de piedra, en el que fueron cincelados personajes de Yĕliŭ. En la base, una tortuga grabada con la cabeza rota, lo que es una profanación a la representación de Bìxì.

El ministro de Justicia da un paso al frente y, con voz grave, anuncia:

—Yĕliŭ ha caído. El consejero Liang fue encontrado culpable de traición, él asesoró a la princesa sobre cómo quitar a su padre del poder, y por eso fue ejecutado.

—¿Dónde están sus pruebas? ¿Dónde está su evidencia? ¡Yo no creeré eso! —La voz del Estimado Wan suena fuerte, casi histérica. Los oficiales de la corte se miran unos a otros con incertidumbre, pero parece que el asombro los dejó sin palabras. Solo se escucha el roce de las túnicas y el sonido de alguien sollozando.

—Este traidor no habla por Hánxiá. —La matriarca Guo se defiende rápidamente—. Yo sí. Hánxiá no tiene nada que ver con el complot. Nos someteremos al Ministerio de Justicia, descubrirán que somos inocentes.

—¡La corte dará testimonio! —exclama el canciller Zhou—. Wŭlín es leal a nuestra causa, Yĕliŭ no lo es más. Ahora, Hánxiá se ha rendido, llévenselos.

Aparecen soldados, entran por las puertas abiertas y rodean a los shénnóng-shī que se encuentran reunidos en un oscuro torrente. Los wŭlín-shī apoyan a los soldados y Kang observa el caos que se desata con un muy mal presentimiento, no podía creer que esto fuera lo que su padre quería decir cuando afirmó que obtendría el apoyo de los monasterios y las academias, forzándolos a someterse mediante coerción y amenazas. Los pilares del imperio se fueron. Los guerreros legendarios lo apoyan en su plan tan contrario a sus principios. Quizá la academia ha cambiado en los años que han pasado desde que él era un niño.

Los ojos de Kang se posan en el rostro de un wŭlín-shī en particular que se destaca entre la multitud, su semblante luce desencajado, muestra un gesto feroz mientras lidia con el lamento de uno de los practicantes de Shénnóng. Probablemente no lo habría reconocido de no ser por la distintiva e inolvidable cicatriz a lo largo de su quijada.

Es Qi Meng-Fu, su antiguo maestro.

Él tendrá las respuestas que Kang necesita. Debe tenerlas.

CAPÍTULO DIEZ

NING 寧

Por la mañana, salimos del bosque de pinos a un terreno más pedregoso. Como queremos poner tanta distancia como sea posible entre nosotros y Yěliŭ, viajamos desde muy temprano, cuando la niebla de la mañana aún está presente, lo que nos dificulta distinguir en qué camino nos encontramos.

En una bifurcación nos decidimos por la ruta más corta hacia la provincia noroccidental, aun si esto pudiera ponernos en un riesgo mayor. El tiempo siempre está en nuestra contra.

Es hasta entonces que empezamos en realidad nuestro ascenso sobre la primera colina en la que el sol atraviesa la neblina. Ya en la cima se disipa, revelando una gloriosa vista de los picos grises y afilados y la franja de vegetación en el valle bajo nosotros. Es el paso Guòwū, que marca el camino hacia Kallah.

Un río cristalino fluye a través del cañón en dirección al horizonte distante, como una anguila de plata. Se percibe como si estuviéramos parados encima del mundo entero. Ruyi señala el Pico del Paraíso y la Puerta del Cielo, dos de las más legendarias montañas, a la distancia, más allá de la meseta de Kallah, pasando las fronteras de Dàxī. Al otro lado de las montañas hay otros imperios, otros reinos. Los viajeros suelen contar historias de cavernas brillantes y hermosos templos. Estar de pie aquí me hace sentir que mi sueño de ver esos otros lugares no parece tan imposible como alguna vez pensé.

La belleza de este escenario nos da fuerza y por primera vez estamos de buen humor conforme continuamos nuestro viaje. El aire fresco de la montaña llena mis pulmones y me despierta.

Ruyi se une a mí en este tramo de la caminata, balanceando sus brazos y meneando sus hombros.

—Está bonito, ¿verdad? —dice—. Me recuerda a casa.

—¿Dónde está tu hogar? —le pregunto.

—En las montañas de Yún, no muy lejos de Hánxiá —me dice, y hace una pausa—, hace mucho que no regreso.

—Gracias —le expreso—. Por el otro día.

—¿Por qué? —Ella entrecierra sus ojos por la luz del sol.

—Por recordarme lo que es importante: la gente que aún está viva.

—Ah —suspira—. Los muertos no pueden regresar, pero nosotros podemos continuar con su legado.

—Palabras sabias —reconozco.

—Cuando la emperatriz viuda me salvó de los disturbios, yo era la única que quedaba de mi clan. Estaba llena de rabia y medio salvaje, no me comportaba como la compañera de la princesa que debía ser —me cuenta Ruyi—. Pero ella confió en mí, peleó porque me quedara, y dijo que nos haríamos bien la una a la otra: Zhen y yo. Tenía razón.

A pesar de todo, se encontraron la una a la otra. De alguna manera eran opuestas: una huérfana, a quien no le quedaba nada, y una princesa, que lo tenía todo. Una conexión que se transformó en amor; pusieron en riesgo su seguridad para salvarse, como cuando mi madre y mi padre huyeron del palacio.

El palacio te obliga a esconder tu verdadero ser para sobrevivir; ahora lo entiendo, las sofocantes reglas y las tradiciones, las intrigas y las decepciones. La princesa que una vez conocí en el palacio es muy diferente a la persona que estoy tratando ahora, y lo mismo pasa con la feroz protectora guardaespaldas que sube la montaña junto a mí. Sostuve un cuchillo sobre una de sus gargantas, compartí la comida y bebí con ellas, juntas escapamos de casi ser asesinadas. Hemos encontrado suficientes peligros para toda una vida y más, al menos los suficientes para esta plebeya.

¡Arriba! —grita Zhen.

Vemos gente de negro sobre la siguiente colina, se dirigen hacia nosotros; si la niebla no se hubiera disipado, habríamos tropezado directamente unos con otros.

Ya se percataron de nuestra presencia y apresuraron sus pasos.

Debí saber que nuestro respiro no duraría mucho, recordando la masacre que dejamos atrás. Debí imaginar que podríamos encontrarnos con los asesinos en nuestro viaje por el camino de los peregrinos de Xìngyuán.

Shu reúne a los niños mientras yo sostengo a los ponis y Ruyi observa cómo las personas se aproximan, no tenemos mucho tiempo antes de que nos alcancen.

—¿Retirada o pelea? —pregunta Zhen en voz baja.

—Con los pequeños nos alcanzarán rápidamente —afirma Ruyi. Luego, tras una pausa, agrega—: Si les digo que huyan, ¿me harán caso?

Zhen la mira de una manera que indica exactamente lo que ella piensa al respecto, su guardia suspira.

—Pelea será.

—Si el mapa es correcto, una vez que crucemos aquella cresta, estaremos pronto en Kallah —indica con firmeza Zhen—. Hay un campamento que recibe a los viajeros durante esta estación, en el borde del lago Tiānxiáng. Me parece que está ocupado, esa podría ser la razón por la que regresaron… espero.

—Ning, regresa con Shu y los niños por el sendero —indica Ruyi, asumiendo el rol de comandante. Ata a los ponis y luego adéntrense en la maleza, escóndanse de la vista. Zhen y yo buscaremos la manera de abrirnos paso entre ellos, correr hasta el campamento y ver si podemos pedir ayuda.

Parece una estrategia desesperada. Me doy vuelta y guío a los ponis hacia Shu mientras elaboro mi propio plan. Pongo las dos riendas en sus manos, ella me mira insegura.

—Ata a los ponis y luego lleva a Hongbo y Fei entre los árboles tan rápido como puedas correr.

Shu duda.

—Sus vidas están en tus manos, tengo que ayudar a Zhen y Ruyi. Juntos saldremos de esto.

Shu asiente y endereza sus hombros, aceptando su misión. Se da vuelta en dirección a los niños y yo regreso mi atención a la princesa. Si me aseguro de que ellas logren llegar al campamento, puedo salvar a Shu. Llegar a Kallah es nuestra mejor oportunidad para sobrevivir, y al mantener viva a Zhen, tengo la esperanza de limpiar mi nombre y garantizar un regreso seguro a casa de mi padre, en vez de pasar mi vida huyendo como fugitiva, acusada de envenenar a la Corte de Oficiales y escapando de los calabozos del imperio.

Ahora puedo ver los destellos plateados de las espadas que portan los que avanzan hacia nosotros no hay duda, no son peregrinos, y nos superan en número. Puede que no tenga mis herramientas habituales, pero vi a mi madre reunir ingredientes improvisados cuando no tenía un fuego a la mano. Ella utilizaba cataplasmas, como lo hacía mi padre, además de sus variaciones, otras aproximaciones al rango de potenciador de la magia que yo podría hacer. Aun si corriera el riesgo de ponerme en una situación vulnerable cuando esté en el Cambio, eso es preferible a ser directamente asesinados en la ladera de la montaña sin siquiera intentarlo.

La desesperación permite la innovación.

Saco de mi bolsa varios paquetes envueltos en papel, echo un ojo a las letras garabateadas, hasta que encuentro los ingredientes que necesito. Deslizo en la cantimplora que tengo en la mano delgadas hebras negras de té de puntas doradas tratadas. A este tipo de té no le afecta el frío, aun así, su esencia se filtrará lentamente. Rompo las bayas de goji para abrirlas, hasta que se revela su pulpa y la pongo también en el frasco. Estoy muy consciente de lo que pasó la última vez que usé goji, y sé cómo ser cautelosa con la cantidad que debo añadir.

Revuelvo el agua. Viene el sueño. Las palabras conocidas de mi madre hacen eco en mi mente. «Luego el cielo y la tierra siguieron. Pero lo que vino después fue agua y, con ella, la vida misma».

El agua está dentro y alrededor de nosotros, cielo y mar. El té refuerza la conexión con los dioses, pero el agua es el vínculo con ellos. Cierro mis ojos e imagino a mi madre sentada junto al arroyo, el agua corre a través de sus dedos, brillando a la luz del sol, como estrellas derramándose de sus palmas.

Zhen y Ruyi se encuentran ahora en una cresta angosta, debajo de un grupo de árboles que se aferran a la vida en este terreno. Del otro lado del camino hay una cuesta rocosa, que termina en un pronunciado precipicio. Trepo por las rocas para unirme a ellas, me preparo para que Ruyi me reprenda, pero no lo hace, solo me ve y asiente.

Le ofrezco la cantimplora primero a ella.

—Ayudaré de la manera que pueda, no dejaré que los enfrenten ustedes solas.

Zhen duda, pero Ruyi se estira y toma un sustancioso trago del brebaje.

—¿Princesa? —Le ofrece la cantimplora a la otra chica, y hay un indicio de reto en su tono. Zhen la mira sorprendida, y hay una silenciosa conversación entre ellas.

—Sé que no es tu intención, pero, aun así, debo cuidarme de quien pudiera tener la habilidad de ejercer influencia sobre mí. ¿Juras que no intentas hacerme ningún tipo de daño? —pregunta Zhen, volteando hacia mí.

Desde luego sé que debe ser cautelosa, pero sus palabras me lastiman. Todavía no confía en mí.

—Si quisiera envenenarte, pude haberlo hecho en más de diez ocasiones —le digo, recordando todas las veces que compartimos nuestra comida, aquellas noches en que dormimos en la misma habitación.

Ruyi arquea la ceja.

—Lo que dice es cierto, ella salvó mi vida, y yo he experimentado su magia. Sé que ella fue tocada por los dioses y ese otro lugar revela su verdadero ser. Si tuviera malas intenciones hacia nosotras, después de todo este tiempo, tiene poderes más grandes de lo que nosotras podríamos superar. Ning nos ha ayudado una y otra vez, este no es momento para dudar de ella.

Zhen fija su mirada por un largo momento y luego dice con ironía:

—Lo que quieres decir es que necesitamos toda la ayuda que podamos tener.

Ruyi enchueca la comisura de sus labios.

—Podrías decirlo así.

—Hay momentos para la cautela y tiempos para confiar —acepta la princesa.

Toma la cantimplora y bebe de ella, me ve a los ojos en reconocimiento, acepta mi ayuda. Su decisión es trascendental: estar en este precipicio entre el cielo y la tierra.

Vuelvo a tomar la cantimplora y bebo, el té de puntas doradas deja una dulzura en mi lengua y la magia despierta dentro de mí, esperando que le dé dirección. Toco el brazo de Zhen a través de la delgada tela de su túnica, luego, el brazo de Ruyi. La magia suspira, conectándonos a las tres.

No soy Lian, esta no es mi especialidad, no soy capaz de dotarlas con una asombrosa velocidad o una fuerza descomunal, pero sí puedo asegurarme de que sus pasos sean certeros y sus movimientos veloces.

—Montaremos nuestro puesto ahí arriba —decide Zhen. —Será difícil para ellos rodearnos en un camino tan estrecho, tendrán que recurrir a pelear con nosotras uno a uno, y tendremos la roca tras nosotras como ventaja. —Ruyi simplemente asiente para mostrar que está de acuerdo.

—Yo iré entre los árboles —les digo—, de esa manera no me interpondré en su camino.

Escalo por la cornisa rocosa y encuentro fácilmente puntos de apoyo para manos y pies. Retiro y acomodo una rama del árbol que está junto a mí, las espinas picudas logran llegar hasta mi cabello, pero su corteza se siente cálida bajo mi piel, a través de ellas siento el pulso de la tierra. Los árboles beben el sol en su tapete de tierra, se aferran a la roca para seguir sobreviviendo. Encuentro mi equilibrio en ese sentimiento.

Cierro mis ojos y me estiro, conectando con Ruyi y Zhen. Siento la expectativa en sus cuerpos, su concentración en las figuras amenazantes que avanzan hacia nosotras.

El primer atacante está aquí, balancea su espada en un gran arco. Ruyi saca su arma para encontrarse con la otra y recibe el golpe. Su esencia es roja, tal como cuando la vi en el Cambio, ella brilla con su espada. Zhen está bañada en luz de plata. Mientras el atacante cae hacia atrás, sube el siguiente. La espada de Ruyi resplandece y se mueve como si tuviera luz propia. Zhen también los afronta con su dao; luchan lado a lado, una ataca, la otra defiende, y luego al revés.

Estos atacantes usan armaduras, no son simples bandidos, luchan con la disciplina de aquellos que tienen entrenamiento de combate. Son soldados.

Pesco un destello de recuerdo, Ruyi y Zhen haciendo ejercicios de simulacro como parte de su entrenamiento para aprender a pelear juntas en espacios reducidos. Las dos se enfrentaban casi a diario, arremetían y contraatacaban; también con los otros guardias, hasta que aprendieron a moverse como una sola. Las negras figuras intentan separarlas, pero las espadas gemelas las rechazan.

Se escucha un grito a mi izquierda, entonces me distraigo. Algo avanza por los árboles y pisotea sus raíces, estos gritan una advertencia, pero es demasiado tarde, unas ásperas manos me toman por los hombros y me jalan hacia atrás. Las ramas tratan de sujetarme, dejan marcas rojas en mis brazos cuando soy arrancada de sus manos y caigo rápidamente hacia atrás, pedazos de rocas se encajan en mis palmas.

Miro hacia arriba y veo otra figura envuelta en negro, tiene una oscura armadura pulida hasta brillar, y usa un casco con cuernos que sobresalen de su cabeza, la parte inferior de su cara está cubierta por tela negra, de manera que solo se ven sus ojos oscuros.

—Te encontré —declara con regocijo el soldado de las sombras y su espada apunta directamente hacia mi cabeza.

CAPÍTULO ONCE

NING 寧

Estoy al mismo tiempo dentro y fuera de mí. Una parte todavía está atrapada en la fiera batalla que pelearon Zhen y Ruyi, y otra parte levanta la mirada ante la visión de mi muerte. Recuerdo fugazmente el fragmento de una melodía, una canción que solíamos cantar acerca de la diosa: «Concédeme la rapidez de tus alas, haz que tu bendición descienda sobre mí ahora…».

Aunque se supone que mi magia pertenece a Shénnóng, es en ella en quien pienso, y es ella quien escucha mi llamado, La que Tiene Muchos Nombres, La que Todo lo Abarca… la que algunos creen puede ser un vestigio de la mismísima Gran Diosa.

El mundo se estremece y la espada se detiene sobre mi cabeza.

El Cambio es abrupto, no es más una sutil separación. Soy violentamente empujada al otro lado, la luz desciende y toma todos los colores con ella. Yo estoy parada junto a mi cuerpo, pero todo es blanco y negro, no es como el mundo en medio del Cambio, después de todo. Esto es… algún otro lugar.

Levanto mi mano frente a mi cara y noto que mi piel es gris. Volteo hacia abajo, me veo congelada en mi lugar, acobardada, con las manos arriba para protegerme de la espada; observo la forma del soldado con su arma levantada, a punto de partirme en dos, pero hay algo peculiar en su silueta: de ella sale un polvo negro que crea un sendero hacia la distancia, siento que debo seguirlo. Es una sensación como la de los hilos de magia que me guiaron a través de los recuerdos de la anciana Tai para encontrarla, sé que debo ver a dónde lleva esto.

Camino y camino, hasta perder el sentido del tiempo. ¿O estoy en algún lugar fuera del tiempo? ¿Habrán pasado solo unos momentos? ¿Años? Hasta que encuentro mi camino al final del polvo negro, veo a un hombre que me espera al final del sendero.

También es gris y viste una túnica negra; formas indefinidas nos rodean en la niebla, como picos de montañas, pero no estoy segura. Se abre paso caminando al ritmo de una serie de artes marciales. Empuje, patada con giro, barrido en el aire, salto hacia atrás. Aun en este lugar apagado y sin vida, su espada brilla como un faro.

—¡Detente! —grito, la espada se tambalea y cae a su lado.

Él me observa con sospecha. Desde aquí veo marcas negras alrededor de sus muñecas y una línea negra que rodea su garganta; también hay marcas en sus brazos: líneas en zigzag, una serie de cicatrices.

—¿Qué haces aquí? —me pregunta casi como un ladrido—. Los aprendices nunca deben interrumpir los ejercicios vespertinos. ¡Regresa a tu salón de clases!

Él cree que está en algún otro lugar, haciendo su rutina diaria, aún perdido en algún recuerdo en el que este reino lo atrapó.

—Estás soñando —le digo.

La ceja le tiembla por la confusión.

—¿Soñando? —me reprocha en tono de burla—. Eso es nuevo. ¡Haré que corras con cubetas de agua arriba y abajo en los Mil Escalones por esa insolencia!

—Escucha. —Avanzo, pero él levanta su espada, colocándola entre los dos.

—No te acerques más —me advierte.

Me preparo y extiendo la mano para sujetar la hoja. No conozco las reglas de este mundo, no sé si las armas me pueden lastimar aquí, pero es una amenaza para mí en el mundo real y tengo que detenerlo antes de que me corte. Mi mano atraviesa su espada, con solo una ligera sensación de frío, parece que aquí las reglas funcionan diferente.

Me paro más cerca y me estiro para tomar su brazo, mi mano pasa a través de él como humo, y a través de esa conexión, atrapo un vistazo de algo, un recuerdo. «Estoy explorando a través del bosque cercano a Wŭlín. Cae una sombra sobre la luna, algo desciende de las copas de los árboles, se fuerza para avanzar por mi garganta, y me ahogo con eso. Sabe a humo, siento sus hilos hundiéndose en mi cerebro y, lentamente, comienzo a desaparecer…».

—¿Qué es esto? —pregunta con la respiración cortada, y me doy cuenta de que él ve el mismo recuerdo a través de la conexión entre nuestras mentes—. Estoy soñando —murmura de nuevo y se tambalea hacia atrás—. Eso debe ser. —Frota su ceja con la mano, tratando de averiguar si está despierto.

—¿Cuál es tu nombre? —pregunto.

—Soy un instructor en la renombrada Academia Wŭlín, un afamado wŭlín-shī. —La espada de nuevo apunta a mi cara—. No me inclinaré ante nadie. ¡Fuera de aquí, demonio!

—Deberías despertar —le digo, esta vez más insistente.

A nuestro alrededor la niebla comienza a girar. De reojo veo movimiento, son formas cambiantes y de repente me doy vuelta, asustada por lo que viene.

Una oscuridad se acerca, al principio es solo una ligera sombra, pero conforme se acerca se hace más grande hasta formar una figura encapuchada que se reduce a una forma delgada.

La serpiente, aquella que me siguió a través de mis sueños, la que me acechó al otro lado del Cambio, la que me encontró otra vez, de alguna manera, en este otro reino.

La serpiente se acerca y el brazo comienza a dolerme, lo aprieto contra mi pecho, donde lo siento palpitar.

El hombre retrocede.

—¡¿Qué es eso?! ¿Esa es tu verdadera forma?

—Este es tu sueño —murmuro, y después le grito—: ¡Tienes que despertar!

La conexión entre nosotros es tan frágil como el humo, pero veo una delgada hebra que me conecta a él. Envío mi magia por ese cordón, trato desesperadamente de alcanzarlo para ver si puedo traerlo de regreso al mundo despierto.

Pero veo con horror cómo las marcas en sus muñecas y alrededor de su cuello cobran vida. Él hace un sonido, como si se estuviera ahogando, y los hilos de lo negro lo arrastran y lo levantan en el aire. Sus pies patean frenéticamente, al tiempo que se agarra el cuello tratando de respirar, pero sus brazos están retorcidos por esa fuerza invisible que lo jala hacia arriba y hacia atrás. El cordón entre nosotros se tensa y luego se rompe. Parece un títere, solo que hecho de carne y hueso.

La serpiente se ríe sobre él, el cruel sonido hace eco en el espacio alrededor de nosotros.

—«Tú otra vez interfiriendo, pequeña tonta».

—Déjalo ir —ordeno, aunque no tengo nada que usar como ventaja, ni magia para atacar, ni armas. El hombre continúa sacudiéndose encima de mí, esforzándose por respirar.

La serpiente me observa con sus rojos y fríos ojos.

—«Este hombre representa a toda la humanidad, sus patéticas y cortas vidas, cómo continúan agitándose y luchando en su lastimosa forma humana».

—¿Qué es lo que quieres? —Me las arreglo para ahogar mi miedo.

—«He tenido que esconderme en los límites de su mundo por tanto tiempo, en la oscuridad de sus corazones, en el filo de sus pesadillas; y ya no es suficiente» —sisea la serpiente—. «Me atrincheraré en sus almas, tomaré todos los deseos de sus corazones para mí».

—Eres un demonio, sin embargo, quieres ser humano; son dos cosas contradictorias…

El wŭlín-shī se mueve en el aire sobre mí y luego cuelga de sus ataduras, ya sin fuerzas. No estoy segura de que siga vivo.

—«No puedo existir con su dolor y su desesperanza, su rabia y su tristeza, me rehúso a estar encerrado por más tiempo». —Los ojos de la serpiente brillan de una forma peculiar, inclina su cabeza, es un extraño movimiento humano—. «¿Por qué no hablamos de ti, Zhang Ning?, la niña de la pobre y lastimosa provincia de Sù. Siento tu deseo de poder, sé que quieres arruinar a la gente que te hizo daño. Si me ayudas, me aseguraré de que tengas más poder del que jamás podrías imaginar. Permíteme deleitarme con tus compañeros humanos, y te daré la habilidad para destruir a tus enemigos».

Que sepa mi nombre, que reconozca quién soy, me hace temblar por dentro.

—No soy como tú —le digo, aunque mi voz suena pequeña y petulante a mis oídos—. Soy una hija de Shénnóng; yo sano, no lastimo.

Se ríe.

—«Shénnóng no camina más en esta tierra y lo que queda de su poder es cada vez más débil. Tu gente desciende a la oscuridad; todos ustedes mienten, engañan, traicionan, solo para tomar ventaja uno sobre otro. Se destruyen voluntariamente».

—Tú eres el veneno —escupo—. Sin tu corrupción, nuestra naturaleza estará bien.

En el Salón de la Reflexión, yo cuestioné el dilema del filósofo, pero debo creer que somos inherentemente buenos. De otra manera, ¿por qué continuamos luchando inútilmente, si el mal es inevitable?

—«¿Estás tan segura?» —dice, y me dirige una mirada maliciosa, que se acerca a una sonrisa—. «Tú odias que la princesa aún no confíe en ti; odias a los hombres en el poder que te han traicionado; odias que el chico que te importa sea hijo del hombre que mató a tu madre; odias no haberla vengado aún, después de todo este tiempo; odias estar tan indefensa, tan débil, tan asustada… ¿Debo seguir?».

Las palabras me aplastan lentamente, me recuerdan todas mis fallas, pero no es nada que no me haya dicho a mí misma antes, una y otra vez. Nada que yo no sepa ya, en realidad.

—¿Qué clase de monstruo sería si me hiciera a un lado para salvarme? —le pregunto a la serpiente—. Yo lucharé contra ti hasta mi último aliento.

—«Si no te unes a mí…» —hace brillar sus colmillos y se levanta sobre mí, una visión de pesadilla—, «entonces morirás».

La serpiente destraba su quijada y sus fauces cavernosas descienden sobre mí, cierro los ojos y espero que me encaje sus dientes para que la oscuridad me devore.

Pero no llegan.

Una fuerza misteriosa me saca del Reino de las Sombras y vuelvo a aterrizar en mi cuerpo. Me duele todo, pero sigo viva. Todavía están por despedazarme, reconozco el rostro que se cierne sobre mí, no es la princesa, sino un hombre que alguna vez conocí en la habitación privada de una casa de té, el astrónomo que aconsejó a Zhen y me guio hacia el antídoto que salvó la vida de mi hermana.

—Astrónomo Wu… —me las arreglo para decir, con voz ahogada. Me siento mareada, entonces ruedo sobre mi costado, tosiendo y dando arcadas.

—Estuviste muy lejos —me dice, y me ayuda a levantarme en cuanto mi estómago está mejor—. Tan lejos que casi no podía traerte de regreso, en ese lugar de sombras.

Algo se desliza por un lado de mi cara y me froto la mejilla, al separar mis dedos, veo que tienen la pegajosa sensación de un bálsamo, y en mi nariz siento la penetrante esencia del alcanfor. Él me pasa un pañuelo para limpiar los residuos.

Es hasta entonces que recuerdo a quien dejé atrás, en ese otro lugar.

—¡Espera! —le grito—. El que me atacó.

—Lo encontramos. —El astrónomo Wu se da vuelta y apunta a la distancia. Dos soldados luchan para controlar a alguien que está entre ellos escupiendo y gritando. La cubierta se resbaló de su cara, y reveló al mismo hombre al que torturaba la serpiente.

—Está atrapado en sus sueños —le comunico—. En algún lugar dentro de su mente, hay algo más que controla su cuerpo.

El astrónomo Wu les indica que acerquen al hombre. Él lucha por todo el camino, sus pies se arrastran por la tierra; por un momento, mientras gruñe, sus rasgos se distorsionan en un grito silencioso, y luego vuelve a retorcerse con una furiosa expresión.

—¿Puede sacarlo? —le pregunto al astrónomo—. Es un maestro de Wŭlín.

—Puedo intentarlo. —Observa al hombre, evaluándolo. Entonces noto que en su mano sostiene un pequeño frasco, y en su otro puño cuelga un cordón deshilachado y gris.

—«Patético». —La voz que sale de la boca del hombre es irritante, la reconozco, es la voz de la serpiente, la voz que retumbaba en mi cabeza.

El astrónomo está alerta, toma el frasco abierto, unta el bálsamo en sus dedos.

—«Todos ustedes, luchando contra lo inevitable» —gruñe el hombre con una voz que no es la suya—. «¿Pueden detener la avalancha y hacer que la montaña no se venga abajo? ¿Se pararían en el camino de un deslave? Continúen con su lucha inútil y sean devorados».

—No tienes control sobre Dàxī —declara firmemente el astrónomo—. Seguiremos combatiendo tu influencia. —Se acerca al hombre.

El wŭlín-shī lo mira también con ojos demasiado brillantes. Entonces, su cabeza se sacude hacia atrás y se desploma sobre sus rodillas, su peso jala a los soldados hacia abajo. La oscuridad llena sus ojos hasta que nada blanco queda, emite un ruido como un burbujeo y su cabeza cae hacia un lado. Comienza a resbalar sangre de sus labios, que gotea en el suelo junto a él. Los soldados lo bajan lentamente hasta que se apoya sobre su costado.

—¡Cuidado! —advierte el astrónomo—. Podría ser otro intento de engaño.

Uno de los soldados sujeta el brazo del hombre, el otro coloca los dedos en su cuello y sacude su cabeza, con expresión lúgubre.

—Se ha ido.

Escucho unos pasos en las rocas junto a mí, y al voltear veo a Zhen y a Ruyi llegar hasta donde estamos. Observan la horrible escena.

—Los otros también —dice Ruyi. Junto a ella, la boca de Zhen está apretada en una tensa línea—. Todos mordieron sus propias lenguas.

—¿Qué son? El soldado más cercano al cuerpo del hombre luce conmocionado, el otro está pálido, como a punto de vomitar. Parecen soldados veteranos, no jóvenes reclutas. Es difícil verlos tan perturbados…

Me acerco y levanto la manga del hombre que murió, se revelan las marcas en su piel: líneas delgadas, onduladas, cicatrices que muestran su dedicación a Wŭlín.

—Este hombre era un wŭlín-shī —les digo a todos—. Lo vi en el… Reino de las Sombras.

—¿Cómo es eso posible? —pregunta Zhen.

—Su mente estaba en algún otro lugar, mientras su cuerpo era manipulado. —Pongo con cuidado su brazo en el suelo, junto a su costado. Fue usado y luego desechado, yo no quiero deshonrar su muerte ni su memoria; él no tuvo elección al respecto.

—¿Derrotaron a Wŭlín? —pregunta suavemente Ruyi.

—No hemos tenido contacto con ellos en meses. —Otro soldado se une a nosotros, por las características de su armadura y la confianza con la que habla, veo que tiene un rango más alto que los demás—. La última comunicación que recibimos fue la noticia de la muerte del emperador. Vamos de regreso a Yĕliŭ con refuerzos, por petición del duque.

Zhen baja la mirada, su tristeza es evidente.

—Siento comunicárselo, comandante, Yĕliŭ no existe más, los dos niños que nos acompañan son todo lo que queda.

La mejilla del comandante se tuerce y parpadea rápidamente, como si perdiera las palabras.

—Parece que tenemos mucho que conversar —expresa con seriedad el astrónomo Wu—. Vengan, vamos a hablar.

Capítulo doce

Ning 寧

El campamento que está ubicado a las orillas del lago es un conjunto de edificaciones, la mayoría son chozas de madera, desgastadas y estropeadas por el tiempo, el viento y el sol; el lago se ve todavía más azul al acercarse. Tengo la sospecha de que, a esta altura, el agua debe de ser bastante fría. Los picos nevados que se ven a la distancia parecen gigantes que vigilan, me recuerdan a las historias de los *Cuentos maravillosos del Palacio Celestial.*

Con el tiempo, los primeros dioses se cansaron de crear la Tierra, los cielos y los océanos, así que se recostaron para descansar, y sus cuerpos se convirtieron en cadenas de montañas. Alguna vez, estas montañas fueron conocidas con otro nombre: Gǔlún, las Cordilleras Óseas; pero después de que se formó el imperio Dàxī, se les dio un nombre nuevo, en memoria del nombre del primer emperador: Kūnmíng, las Montañas de la Paz Brillante.

Shu y los niños lanzan piedras a la superficie del lago, los ponis sumergen sus cabezas en el agua, beben hasta saciarse, sin importarles el frío. Me invitan a unirme al consejo, en una de las tiendas del campamento, el interior se calienta con una fogata que está en el centro.

Esto era una actuación, una demostración del poder de la serpiente, casi puedo oír la horrible y aguda risa en mis oídos.

—¿Cómo es posible que mi tío tenga tanto poder? —pregunta Zhen, la voz le tiembla con una rabia que apenas puede contener—. Siempre fue desdeñoso respecto a la magia y los antiguos dioses. Creía en la disciplina y la estrategia, no en la magia.

—Yo, por ejemplo, no creo que esto sea una muestra de influjo mágico —expresa el comandante Fan. Él piensa que mi afirmación respecto a que una misteriosa serpiente puede controlar las mentes de los guerreros Wŭlín carece total y absolutamente de sentido y cree que simplemente seguían órdenes del general, que se suicidaron para prevenir que se descubrieran mediante tortura los secretos que guardaban—. Astrónomo Wu, ¿usted vio al demonio del que habla esta chica?

—Eso no está dentro del rango de mis habilidades —responde el astrónomo, frunciendo el ceño. Pero…

—Entonces es caso cerrado —interrumpe el comandante Fan—. Deberíamos hablar de estrategia, encontrar a quienes son leales al Benevolente Emperador y hacer que se unan a nuestra causa para enfrentarnos al falso príncipe y asegurarnos de que no ascienda al trono, es mejor que lo reclame la princesa; no deberíamos hablar de monstruos imaginarios.

Él no estuvo presente cuando el soldado sombrío habló en sus tonos guturales ni cuando sus ojos se tornaron negros, él solo vio lo que quería ver. Mi mano se aprieta en un puño debido a la familiar ofensa. Cuando los demás competidores me rechazaban por venir de una provincia rural, sin un mentor famoso; la facilidad con la que me manipularon, cual títere, para conseguir el triunfo del canciller parece repetirse una y otra vez, estoy harta de eso. Por un momento pienso en el poder que me prometió la serpiente. Qué fácil sería si los convenciera de la fuerza de mi magia y los forzara a ver lo que yo veo, a creer lo que yo creo.

Me lo trago todo, siempre hay un precio para esa clase de poder, no importa cuán tentador pueda ser.

Antes de que yo pueda decir algo impulsivo e imprudente, el astrónomo inclina su cabeza.

—Si usted quiere conversar acerca de estrategias con el comandante, ¿me permitirá entonces hablar con su guardaespaldas y con la shénnóng-tú?

—Desde luego —asiente Zhen, mientras el comandante hace una señal despectiva y se da la vuelta para hablar de otro asunto.

Zhen levanta una ceja en dirección a Ruyi, ella asiente y se acerca a mí.

Caminamos por la orilla del lago con el astrónomo y, cuando estamos a una distancia a la que los demás ya no pueden oírnos, escupo las palabras que me guardé.

—¡¿Cómo puede desacreditar lo que yo vi?! Esos soldados no se comportaron como se debe comportar un soldado.

—Hay quienes se rehúsan a ver cosas aun cuando la verdad está justo enfrente de ellos —dice con un suspiro el astrónomo Wu—. Algunas veces es mejor trabajar cerca de ellos que tratar de convencerlos de una verdad que no pueden entender.

—El comandante Fan ejerce una gran influencia entre los oficiales de la corte —explica Ruyi—. Su familia ha mantenido siempre sus conexiones, y él brindó su apoyo al emperador durante la última guerra civil. Él sabe el riesgo que corre su familia si el general asciende al trono. Desafortunadamente necesitamos sus conexiones, su riqueza y su influencia, no es alguien a quien podamos darnos el lujo de faltarle al respeto.

El astrónomo Wu asiente.

—El general es un hombre que puede comprender y combatir, no puede pelear contra una amenaza que le resulta incomprensible y, por lo tanto, se rehúsa a reconocerla como una realidad.

Reflexiono sobre esto mientras el astrónomo nos guía hacia arriba, por un camino sinuoso en medio de los árboles. Aún hay tanto que no comprendo acerca de la magia, acerca de mis propias capacidades; cuanto más aprendo, más cuenta me doy de que soy solo un grano de arena en la playa, que corre el riesgo de ser arrastrado por las olas.

Sin embargo, ya experimenté mucho de esa ignorancia y prejuicios, desde que era una niña. Yo vi a la gente menospreciar las habilidades de mi madre, cuestionar su magia, pero nunca compartir con ella una taza de té, pues pensaban que eso los podría en riesgo de caer bajo su influjo. Nunca lo entendí, ¿cómo podían temerle a algo que no creían que existiera? Nuestra paradójica naturaleza humana.

La última parte del ascenso es desafiante, el camino está cubierto de follaje, vamos agarrándonos de raíces y troncos de árboles para ayudarnos a subir la pronunciada pendiente, pero cuando llegamos a la cima, nos encontramos en un peculiar espacio, escondido a la vista de la orilla del lago.

Hay una torre, decolorada por el sol, sus costados están desgastados y corroídos. La vegetación en esta parte del bosque es espesa, sin embargo, nada parece crecer alrededor de la ella. Mis ojos la recorren hasta llegar al cielo, donde se va estrechando hasta convertirse en una punta afilada. Alguien construyó esto a mitad del bosque, ocultándola intencionalmente de la vista. ¿Será en honor a algo?, ¿será un santuario?

Entre los árboles, apenas alcanzo a ver una parte del lago en la distancia. A nuestro alrededor, el bosque está vivo, el aire se siente dulce, por el aroma de los brotes verdes. Por un momento estamos parados en la cima del mundo, lejos de las preocupaciones del imperio y las intrigas de la corte, pero nos sentimos abrumados con todas las cosas de las que ahora estamos conscientes: las sombras, la serpiente, el otro reino.

Veo que el astrónomo espera que mi atención regrese a él, me inclino para indicarle que lo escucho.

—Lo que me dijiste acerca de la serpiente es perturbador —manifiesta—. Nosotros hemos hablado de la oscuridad que las estrellas vaticinan, ahora creo que ese tiempo ya llegó.

»Confío en que están familiarizadas con la legenda de los Dioses Gemelos, ¿el dragón y la serpiente? —Ruyi y yo asentimos. La matriarca Guo contó con rapidez la historia a los shénnóng-tú durante la competencia. Por un momento me pregunto qué habrá pasado con ella, si habrá regresado a Hánxiá o si estará todavía en el palacio, si será una de las personas que cayeron víctimas del veneno de la corte, un crimen por el que yo fui acusada y casi ejecutada.

»La Gran Diosa creó al dragón a partir de las nubes y, como todas las cosas en la creación tienen su equilibrio, creó a la serpiente de su sombra en el océano. El Dragón de Jade invocó a las lluvias y creó el río que asegura la fertilidad del Valle Púrpura. La gente lo veneró por eso, porque es gracias a ese río que podemos sobrevivir. La serpiente sintió celos de los humanos y de la admiración que tenían por su hermano; veía a los humanos como juguetes para su propio entretenimiento y diversión, como criaturas inferiores que deberían postrarse ante ella. Así que movió la tierra bajo las montañas, trajo con ello la inundación y reveló la destrucción que podían generar. Ella creó las abominaciones que se arrastraban y que salían de las profundidades del mar o descendían del cielo, y disfrutó la miseria que eso trajo sobre los humanos. Hasta que, finalmente, los dioses dijeron que era suficiente.

»Pero la serpiente se alimentaba del miedo y del dolor de los humanos, y se hizo más poderosa; fue necesaria la intervención de todos los dioses para contenerla. Con un movimiento de sus alas, la Dama Blanca la hizo volar hasta los confines del imperio, donde había una trampa esperándola. Bìxì ofreció su caparazón para capturarla y Shénnóng dejó caer sobre ella un manto mágico que la mantendría presa en su forma debilitada. El Tigre la cortó pedazo a pedazo, hasta que su sangre corrió en grandes torrentes por toda la tierra y creó nuevos ríos y lagos. El Dragón de Jade arrancó el ojo de la serpiente, que era el centro de su magia, y lo arrojó a las profundidades del Mar del Este.

El astrónomo Wu señala las montañas que se ven a la distancia, sus indoblegables picos, que parece que han estado ahí por siempre y que estarán mucho después de que todos nos hayamos ido.

—Me imagino que han escuchado los antiguos nombres de estas cordilleras y la leyenda detrás de ellos. Pero algunos creen que, en vez de ser el lugar de descanso de los primeros dioses, estas montañas fueron formadas por el cuerpo de la serpiente. En Kallah, nosotros transmitimos estas historias, mientras que el resto del reino las ha olvidado. Recordamos que la serpiente está dormida, pero que podría volver a despertar. Ella va a empezar susurrando a aquellos que son susceptibles a su influencia, y reunirá a los que estén dispuestos a ayudarla.

—¿Cómo es posible que extienda su influjo si está atrapada bajo la tierra, como dicen las leyendas? —pregunta Ruyi.

—La conocemos como gobernante del Reino de las Sombras, el reino de los sueños y las pesadillas —responde el astrónomo Wu—. Ahí es donde es la más fuerte y ahí se alimenta. Cuando surgió la profecía acerca de la princesa, supimos que había fisuras en las corrientes celestiales. Murmuraba desde la oscuridad, nos decía que algo se avecinaba; esa fue la razón original por la que me enviaron a Jia, para advertir al emperador. Sin embargo, él creyó que sería el objetivo de una amenaza terrenal, así que mandó a sus asesinos a Lùzhou para matar a su hermano, pero a quien mataron fue a la esposa de su hermano.

La madre de Kang, de quien él hablaba con gran respeto y afecto. Su muerte fue la chispa que encendió los disturbios, los eventos que se pusieron en marcha mucho antes de que el té envenenado se distribuyera. Ella podría ser el origen de todo esto.

Algún día el camino de Kang y el mío se cruzarán de nuevo, estoy segura de eso. Llámalo magia, destino o profecía, algo se empeña en reunirnos. Todavía recuerdo aquel día en la cueva, la forma en que nos besamos… Sé que debería desechar esos pensamientos y no permitir que se quedaran demasiado tiempo, porque quizá al final deba tomar una decisión y mis emociones no deberían hacerla difícil.

—El emperador desestimó mis advertencias —dice el astrónomo—. Pensó que, al destrozar el espíritu de su hermano, también acabaría con su deseo de rebelión. Yo permanecí en la capital para instruir a la princesa y ver cómo el curso de las estrellas cambiaba, colisionaba y formaba nuevos caminos.

Wu nos guía cerca de la torre blanca, agachamos nuestras cabezas para pasar debajo de la entrada, que es muy baja, y poder entrar. El interior es sorprendentemente brillante, la torre está construida de delgadas piedras blancas, apiladas en una espiral que se tuerce hacia arriba. Miro de cerca y veo que la estructura está hecha de… espadas labradas, deben de ser miles de daos, presionados unos contra otros como ladrillos para dar forma a este espacio. Es extraño.

—Falta una, ahí arriba —señala Ruyi con su aguda vista, como siempre.

Sigo la línea de su dedo, veo un hueco entre las filas y filas de espadas.

El astrónomo Wu alza la vista y nota la pieza faltante.

—Escondido en esta torre había un tesoro que la gente de Kallah había custodiado por siglos. Alguien se lo llevó de aquí, se decía que era una espada hecha de hueso, labrada del fémur de la forma humana de la serpiente. —Nos mira a las dos y, en tono grave, hace una advertencia—. Temo que ya inició su plan para regresar a este mundo y completará lo que empezó hace tantos siglos: convertir a Dàxī en su zona de juegos, hacer que este reino sea el hogar de sus pesadillas.

—¿Usted cree que alguien le sirve de mensajero en este mundo? —pregunta Ruyi.

—Alguien es su vehículo y, a través de esa persona, ella susurrará y ejercerá su influjo hasta que vuelva a caminar por esta Tierra como alguna vez lo hizo.

Ahora todo tiene sentido; la anciana Tai trató de advertirme, dijo que ella se acercaba. Me asusta lo que las palabras del astrónomo Wu significan para nosotros, no solo para Shu y para mi padre, sino para todo Dàxī.

Cuando los aldeanos hablaban de la profecía y compartían historias acerca de príncipes desterrados, sus grandes cacerías y la fortuna que marcaba su destino, siempre se trataba de alguien más, personas con legados mucho más grandes que mi sencilla vida en el campo y mi origen plebeyo. Yo estaba destinada a los jardines, a sembrar y cosechar, a ayudar a mi padre hasta que llegara el momento de encargarme de su trabajo.

Ahora mi camino se cruzó con el de dos figuras legendarias: la princesa de las profecías y el Príncipe Desterrado, que luchan por el futuro del imperio. ¿Cuál se supone que sea mi aportación en este complicado entramado?

Capítulo trece

Kang 康

Cada mañana, a la Hora del Gallo, Kang ya está vestido y listo para ir a supervisar los entrenamientos matutinos de los guardias del palacio al lado de su padre, al menos esto continúa igual. Una rutina que está impresa en su ser desde que fue lo suficientemente mayor como para sostener una espada; algunas veces todavía se despierta sobresaltado en mitad de la noche, pensando que no escuchó el gong y que tendrá que soportar los azotes como castigo.

Hace no mucho tiempo, su sueño era ganar la confianza y el apoyo de los soldados, forjar su propio lugar en el escalafón de rangos, liderar un día a sus propias tropas, defender al reino de quien buscara debilitarlo, pero eso se ve fuera de alcance estando en la capital.

El general usa siempre el mismo uniforme que sus comandantes, listo para intervenir y ajustar una postura, corregir una forma o hacer una demostración, si es necesario. Él nunca está a distancia, lidera al ejército, pero sin ser parte de él. Así ha sido siempre y eso le ha hecho ganarse el afecto de sus tropas, una de las muchas razones para que sus soldados lo sigan a cualquier lugar, incluso al exilio en el rincón más lejano del imperio, y luego regresar a marchar en la capital y tomarlo como un desafío del emperador, como un gesto de lealtad. Quizás es así como persuadió a Wǔlín para que lo respaldara, con esa confianza con la que él mismo se dedicaba a su causa y su promesa de arreglar las dificultades del imperio.

A la luz de la mañana, los acontecimientos de la noche anterior parecen como un mal sueño. Los gritos de los shénnóng-shī mientras los arrastraban; la escultura rota de Bìxì en el piso de madera reluciente, que contrastaba con el elegante entorno.

Por primera vez, los wŭlín-shī se unen al general para los ejercicios de entrenamiento, y ahora su presencia fue revelada ante la corte y el resto del palacio. Los reclutas, e incluso algunos de los guardias, los observan, con sus túnicas negras, sus fajas rojas y sus conocidos ornamentos. Como la representante del Tigre Negro, la mujer que luchó con él en la ronda final del juicio de los shénnóng-shī; tal como el maestro que alguna vez tuvo en Lùzhou, y que ahora se encuentra entre ellos.

Parece que el camino en el que habría sido puesto sería el mismo tanto si se hubiera quedado en Lùzhou como si hubiera ido a Wŭlín. De cualquier manera, habría regresado a servir al lado de su padre, una parte de ese pensamiento es reconfortante y reafirma su decisión. Hay un propósito para el sangriento camino que está tomando su padre, él lo sabe, necesita que creer que es así.

—¡Marshal Li! —grita su padre, y Kang adopta la posición de atención, atrapado en un momento de distracción—. Demuestra las formas a los aprendices.

Que lo llame de esa manera frente a todos los comandantes y los wŭlín-shī… debe ser otra de las maneras en que su padre lo está preparando para el rol de príncipe. Que lo observen, que lo escudriñen. El corazón de Kang salta hasta su garganta y se ahoga.

—¿Señor? —Tan pronto como la pregunta sale de su boca se da cuenta de su error. Tose y rápidamente intenta salvar su posición—. ¡Sí, señor! ¿Cuál forma?

El general lo mira con los ojos entrecerrados y Kang casi se descompone bajo esa mirada.

—Todas.

Kang toma su lugar frente a las filas de aprendices, sus pensamientos son caóticos, inadecuados para la tarea que le encomendaron. Nunca lo admitiría ante nadie, pero hubo otra razón por la que le suplicó a su padre que le permitiera dejar Lùzhou: quería escapar de la casa que guardaba recuerdos de su madre, el lugar que representaba seguridad y refugio, pero que se había convertido en una jaula.

Respira profundo para forzar su mente a aquietarse y se concentra en su interior hasta convertirse en la superficie de un lago tranquilo, una perfecta reflexión. Una vez que encuentra su centro, Kang comienza con la primera forma de Wǔ Xíng.

Hay cinco formas que fluyen a través de la respiración, el cuerpo y la mente. Para Kang son tan familiares como respirar, ya que lo instruyeron en ellas desde que pudo caminar. La zigzagueante forma del dragón para calmar el espíritu, la ferocidad de la forma del tigre para construir la postura, la figura de la pantera para una fuerza explosiva, la escurridiza forma de la serpiente para la perseverancia y, finalmente, la forma de la grulla para la concentración.

De un movimiento a otro, Kang se encuentra deslizándose en ese conocido y meditativo estado, un lugar en el que su mente finalmente está tranquila, donde su corazón no duele cuando piensa en su madre, donde no hay sospechas acerca de lo que su padre le esconde y donde no hay recuerdos de una chica de Sù que lo llevó a cuestionarse acerca de todo.

Cuando termina, su cuerpo se siente lánguido y reconfortado.

Kang abre sus ojos, su padre asiente con la cabeza y da la instrucción para que los aprendices continúen con sus ejercicios. Los wǔlín-shī son impasibles, no pronuncian palabra. Algo dentro de Kang se libera con un suspiro.

Es tiempo.

Después de concluir la práctica matutina, Kang se dirige con paso firme hacia el agrupamiento de guerreros Wǔlín con un propósito. Están limpiando sus armas, enfocados en sus tareas; ensaya las palabras en su cabeza, analizando cuidadosamente cómo saludará a su maestro, después de todo este tiempo. Abogará por su causa y solicitará que lo ayude, apelando a su historia como mentor y pupilo.

—¡Maestro! —lo llama—. —¡Maestro Qi!

Diez cabezas se levantan al mismo tiempo, lo observan con expresiones vacías. El paso de Kang se tambalea en respuesta, debe de ser una coincidencia, quizá su llamado fue muy fuerte.

—Es bueno verlo otra vez. —Se detiene frente a la figura de su mentor—. Han pasado años desde la última vez que hablamos.

—Lo saluda con el puño cerrado, tocando su frente con los nudillos, como alguna vez le enseñó.

El maestro Qi lo observa en silencio, los otros wǔlín-shī se colocan detrás de él, Kang siente un escalofrío en la nuca debido al peculiar e inquietante interés que hay en sus miradas, como si lo examinaran y lo encontraran imperfecto. Por un momento piensa que cometió un error, quizá creyó reconocer a la persona equivocada. Pero la cicatriz, los ojos negros como tinta, el tono marrón intenso de su piel... él es su maestro, alguien importante, sería imposible que lo olvidara.

—Señor, con respeto. —Las palabras suenan a súplica en sus oídos, como un niño que ruega—. Por favor, solicito un poco de su tiempo. ¿Podríamos hablar en privado?

Alguien lo roza, es uno de los ministros, su sombrero está ladeado y casi sin aliento en su prisa por llegar al lado de Kang. Hace una profunda reverencia y fuerza a Kang a dar un paso atrás.

—Este sirviente se disculpa por no llegar a tiempo con usted, su majestad, debí haberlo detenido.

—¿Por qué? —replica Kang con brusquedad, irritado por la interrupción.

—Los wǔlín-shī hicieron un voto de silencio —le dice el ministro—. No hablarán con nadie hasta que haya un emperador en el trono.

Kang está desconcertado. «¿Un voto de silencio?». Por un momento no sabe qué decir.

—Lo hacen para demostrar su compromiso y devoción a la causa del emperador regente —una voz suena detrás de ellos, Kang se da vuelta y se encuentra con el canciller Zhou—. Debo pedirle que respete su espacio.

Algo dentro de él se eriza.

—Bien —dice Kang con firmeza. Gira en dirección al grupo de wǔlín-shī y se inclina de nuevo—. Me disculpo por la intrusión.

Su maestro se aleja, ignorándolo, y eso se siente como un puñetazo en el estómago. No hubo ni una chispa de reconocimiento, Kang es un extraño para él, a pesar de que sus lecciones le cambiaron la vida. Para su amado maestro, él es solo un breve momento, perdido en los vientos del tiempo.

Kang pasa el resto del día cavilando sobre ese encuentro. Parece que ahora los wǔlín-shī están en todas partes, recordándole su vergüenza: siguiendo a su padre, montando guardia en las puertas de la cámara del consejo, en el perímetro del salón de banquetes. Él picotea la comida durante la cena, no es capaz de digerir los ricos platillos; generalmente disfrutaría el estofado de puerco y los gruesos fideos, pero su mente continúa recordándole su torpeza, la cual, está seguro, el canciller ya puso en el centro de atención de su padre.

Al llegar el postre, Kang apenas pone atención al vibrante sonido de la flauta de bambú y el guǎn; las bailarinas aletean con sus abanicos, pero para él sus movimientos son borrosos; toma un postre de hojaldre que tiene un punto rojo en el centro y lo muerde, las capas se deshacen en su lengua, tiene un sabor extraño, algo seco; lo mira para averiguar qué puede ser.

Hay un pedazo de papel doblado, oculto en el hueco junto a la yema amarilla, su corazón comienza a latir rápido, echa un vistazo alrededor de la habitación para ver si hay alguien en espera de su respuesta, pero la atención de la corte está en las bailarinas o en sus conversaciones entre ellos, nadie observa en su dirección.

Saca el papel y lo coloca en su plato, es apenas del tamaño de su dedo medio, tiene el grosor de una uña, en él hay caracteres escritos en tinta roja, cuatro en un lado y cuatro en el otro, pero el significado es claro.

小心武林
装神弄鬼
Desconfía de los Wǔlín,
es un engaño.

Kang lo observa detenidamente por un momento más, pero se acuerda de dónde se encuentra y del peligro que corre. Alguien se arriesgó demasiado para llamar su atención. ¿Quién? ¿O se trata de una artimaña para hacerlo salir y para poner a prueba sus simpatías?

Pone el papel de nuevo en el postre y lo mete por completo a su boca. Mastica y traga, tratando de evitar las náuseas hasta que la evidencia desaparezca.

Sabe tan seco como las cenizas, como una amarga decepción.

Capítulo catorce

Kang 康

Durante el resto de la noche, sus sentidos están en alerta máxima, el sonido de las flautas se convierte en discordante y falso, los movimientos de las bailarinas parecen extraños y poco naturales. Cada vez que la atención de alguien se posa sobre él, se pregunta: «¿será esta la persona que puso la nota en su comida?, ¿habrá otros?». Desde este momento él sabe que sus acciones tendrán que ser lo más cuidadosas posible, lejos del escrutinio del canciller y de la atención de su padre.

En el camino de regreso a su estancia, Kang decide ir a la cocina. Necesita saber, o al menos darse una idea, de quién puede estar detrás del mensaje secreto. Sus guardias parecen dudar, pero al estar dentro del palacio, no hay razón para que lo detengan, aun cuando el canciller dio instrucciones de cuidar su «seguridad personal».

Antes de entrar a la cocina ya alcanza a oír a gente hablando. Puede distinguir el característico sonido de las cucharas contra los tazones y la gustosa conversación, tan diferente de los banquetes formales y forzados de la corte. Kang no sabía que extrañaba esto hasta ahora, y recordó las comidas que compartía con sus amigos soldados alrededor de las fogatas.

—Quédense afuera de la cocina —les indica a los guardias—, estaré bien ahí adentro. —Aunque protestan, él les hace una seña con su mano. Él es un príncipe, ¿cierto? Supuestamente.

En cuanto entra, la conversación se detiene; una de las sirvientas lo reconoce y de un brinco se pone de pie, los demás la imitan.

—Su alteza —dice con una reverencia pronunciada—. No lo esperábamos, ¿algo no fue de su agrado?

Kang siente el nerviosismo del personal que está detrás de ella; arrastran los pies, lucen como si ya esperaran algún castigo.

Él no sabe quién podría estar viendo o escuchando, no sabe si hay alguien en la corte en quien pueda confiar lo suficiente como para discutir sus sospechas, y el canciller está determinado a mantenerlo lejos de su padre. Todos a los que podría llamar amigos están en Lùzhou, que de pronto se siente muy lejano.

—Quisiera agradecerle al chef que horneó los deliciosos postres para esta noche —dice Kang, manteniendo su voz plana y sin emoción—. Me gustaría hablar con él.

—¡Es un gran elogio! —Ella sonríe con evidente alivio de que él no esté ahí para quejarse de la cena de esa noche—. Lo buscaré de inmediato.

La sirviente desaparece por las puertas, y poco después regresa con un hombre corpulento; con un sonido, la mujer le ordena al resto del personal que salga, dejándolos solos en el patio de la cocina.

El chef de postres es, por una cabeza, más alto que Kang, y tiene los hombros anchos. No parecía alguien que pudiera hacer los delicados manjares que provienen de la cocina, con sus pliegues detallados y sus cuidados relieves.

Los pensamientos de Kang acerca de la imponente figura del hombre debieron notarse en su rostro, porque el hombre suelta una carcajada.

—Usted no es el primero y no será el último en reaccionar así, su alteza. —El hombre hace una reverencia—. Mi nombre es Wu Zhong-Chang, pero todos me llaman Pequeño Wu.

Hay cierta insolencia en lo que dice, algo de rudeza en su actitud que a Kang casi le gusta; está más acostumbrado a eso que a la distancia política de los nobles y los oficiales con los que debe relacionarse.

—Disfruté sus postres esta noche en el banquete —comenta Kang, eligiendo cuidadosamente sus palabras, consciente de que otros pueden estar escuchando justo a la vuelta de la esquina.

El Pequeño Wu sonríe, parece mostrar una agradable máscara que Kang no logra descifrar—. Por favor, acepte esto como muestra de mi reconocimiento. —Kang sostiene un pequeño saco que contiene algunas monedas, el Pequeño Wu lo recibe con las dos manos y una reverencia aún más profunda.

—Por favor, espere solo un momento, majestad —pide en cuanto se endereza—. No puedo permitir que se vaya con las manos vacías.

Kang intenta protestar, pero el hombre se ha ido y regresa con una cesta cubierta en las manos.

—Esto es todo lo que puedo ofrecerle a cambio de su gentileza; como su humilde sirviente, le ruego que lo acepte —dice ásperamente el hombre. Kang la acepta porque no sabe cómo negarse. Después de una pausa, el Pequeño Wu añade—: Y le agradezco por hablar en favor de Chunhua ayer.

Esto toma por sorpresa a Kang. No creyó que alguien hubiera notado su intento por liberar a la hija del antiguo encargado de la cocina del brutal castigo impuesto por su padre.

—Desearía haber podido salvarla —murmura Kang. Pero en este momento no puede permitirse permanecer en el pensamiento de su fracaso, hay más preguntas que él necesita hacer.

—¿Hay otros a quienes deba agradecer… por los postres?

—No, solo yo. Estamos cortos de personal debido a los recientes, eh… —El Pequeño Wu sacude su cabeza. Kang sabe a lo que se refiere: las depuraciones recientes. Las confesiones que les arrebataron a base de tortura a los sirvientes que fueron implicados, antes de ser ejecutados—. Por favor, alteza, disfrute los presentes.

Es entonces que Kang se da cuenta del comportamiento incómodo del Pequeño Wu, el nerviosismo con el que se agarra las manos. Aun con esta simple conversación, podría poner en un riesgo aún mayor al personal de la cocina; volvió a olvidar su posición. Susurra de nuevo un agradecimiento, y se retira.

Cuando Kang regresa a su residencia, coloca la cesta barnizada sobre la mesa, piensa de nuevo en las palabras que había en el trozo de papel escondido. Alguien le advierte acerca de los Wŭlín, usa la cocina como su mensajero, pero ¿por qué? Y la traducción literal de esa frase en particular:

装神弄鬼

disfrazándose de dioses, actuando como fantasmas.

En el lenguaje cotidiano, esto habla de un engaño, señala a alguien como un charlatán, pero da la impresión de que es una pista. ¿Es alguien que finge ser un dios con un objetivo malévolo?

Observa de nuevo la canasta y levanta la tapa, hay tres postres: uno dorado, espolvoreado con semillas de ajonjolí negro; uno blanco pálido, con un punto rojo —como el postre del banquete—; y uno verde claro.

Kang toma el postre con el punto rojo, lo parte con la mano, revela la yema que tiene dentro y encuentra un nuevo trozo de papel.

Con manos temblorosas lo saca para descubrir su contenido; ve los pequeños caracteres rojos, escritos con los mismos rasgos cuidadosos que en la nota anterior. Alguien se aseguró de que recibiera el postre con la nota, alguien sabía que le daría seguimiento con el personal de la cocina, que podría darle la siguiente pista. Abre también los otros postres, pero esos solo tienen el relleno normal.

Examina las palabras, las estudia con mayor atención. Quienquiera que sea el misterioso proveedor de estas notas, es alguien con educación, pues las frases que elige parecen haber sido seleccionadas con un propósito específico, aunque todavía no lo puede descifrar. Quizá sea un oficial que se opone al gobierno de su padre, pero ¿por qué contactarlo a él? Después de todo, él es el príncipe, su lealtad debería ser, primero y por encima de todo, para el general. Y, sin embargo, esta persona sin rostro quiere hacerlo dudar.

茶毒生靈
春生秋殺

Un sacrificio de inocentes.
Lo que la primavera trae a la vida, el otoño lo mata.

Un mensaje alarmante para tiempos alarmantes. Cada frase es acusatoria, específicamente escrita en tinta roja, el color de los malos augurios. Alguien quiere que sepa quién es el responsable de tantas muertes en Dàxī, ya sea a manos de los opresores o por el té envenenado.

Kang siente la culpa de todo eso pues, de alguna manera, él es cómplice; pero se da cuenta de que ahora es el momento de ocupar el rol que le aseguró a su padre estaba listo para asumir.

No se quedará de brazos cruzados mientras la gente sufre. Ya no.

Capítulo quince

Ning 寧

Antes de descender por el camino y regresar al campamento, el astrónomo Wu nos dice que hay otros mensajes que debe comunicarnos, lejos de los oídos indiscretos; uno para mí y otro para Ruyi.

—¿Compartirás con la princesa la información que te he transmitido? —pregunta primero a Ruyi—. Esta información es... delicada, y, como has observado en nuestras conversaciones con el comandante Fan, hay una audiencia apropiada para tal conocimiento, y hay otros que pondrían obstáculos en nuestro camino.

—Entiendo, procederemos de acuerdo con este consejo.

El astrónomo gira entonces hacia mí con una respetuosa reverencia, y yo sé que en ese momento va a decirme algo que no deseo escuchar.

—Debo advertirte, con mis más profundas disculpas, que no podrás acceder a Kallah en este momento —anuncia y, aunque su voz es suave, siento esa desaprobación como un golpe físico—. Te digo esto con la intención de que estés preparada para lo que revelaré al consejo esta noche, cuando nos reunamos con la princesa.

—¿Por qué? —logro balbucear. Yo fui a la capital para salvar a Shu y terminé involucrada en el desastre de la corte. Ahora estamos huyendo y Kallah es el único lugar que conozco que nos puede ofrecer refugio, ¿no va a permitirme la entrada?

—La serpiente te llamó por tu nombre —me recuerda—. Hay una conexión entre ella y tú que no puedo ignorar. Hasta que estemos seguros de que su conexión ha sido cortada, tu presencia pone en riesgo a la gente de Kallah y a la princesa.

—Y ¿no existe algo que pueda hacer al respecto? —pregunta Ruyi. Yo agradezco que al menos una persona hable en mi nombre, saber que el vínculo que forjamos no es algo irreal, algo que me haya imaginado.

—No me es posible. —Sacude su cabeza—. No hasta que logremos descubrir cómo detener a la serpiente, y eso está fuera de mi alcance. Yo veo el movimiento del futuro por medio de las estrellas y realizo una pequeña magia protectora, como la que usé para romper el encanto de la serpiente sobre Ning hace un momento, pero ese es el límite de mis habilidades. —Voltea hacia mí—. Sé que esto no es lo que querías escuchar, pero te prometo que encontraré la manera de resolver este problema.

El astrónomo comienza a inclinarse de nuevo, pero pongo una mano en su hombro para detenerlo; él debe proteger a esta gente, lo entiendo y no puedo culparlo por eso.

—Pero sí puedo ofrecer una opción alternativa —me dice—. Sí tienes un rol que desempeñar en la profecía de la princesa, aunque es una parte diferente de la que esperabas.

—No estoy segura de lo que quiere decir —expreso.

—Hay una shénnóng-shī que vive en un desfiladero cerca de la Academia Wŭlín, se dice que tiene un gran poder. Ella fue quien le comunicó al emperador la profecía.

—¿Es ella quien habló acerca de la princesa? —pregunto.

Esa conocida frase que alguien le dio al Emperador de la Benevolencia hace mucho tiempo: «Su cría le traerá un gran dolor y una gran alegría. Caminará por un sendero de luz, pero las sombras caminarán detrás de ella».

Él asiente.

—La misma. Quizá ella tenga conocimiento de la serpiente. Tal vez nos hable de sus debilidades, si hay una manera en que podamos luchar contra su influjo e impedir que regrese al mundo humano.

—¿Usted cree que ella me escuchará?

—Dicen que algunas veces está dispuesta a tomar un pupilo, alguien que demuestre un don para la magia shénnóng, creo que tú podrás convencerla de unirse a nuestra causa.

Dejamos la torre de hueso justo cuando el sol se está poniendo sobre el lago. El acuartelamiento alrededor del campamento se hizo más grande, llegaron caravanas adicionales y se levantaron tiendas mientras no estuvimos; además, otro grupo de viajeros se acerca a lomo de ponis.

—Hay algo que puede interesarte ver de nuevo —me dice misteriosamente el astrónomo Wu conforme nos acercamos a los recién llegados.

Escucho un grito de alegría, y Lian llega corriendo hacia mí, balancea las riendas y me abraza con el entusiasmo que se siente cuando nos reunimos con un querido y extrañado amigo. Correspondo a su abrazo, río y me siento un poco más ligera por un momento. Alegre por el cariño y la calidez que ella destila, y por la distracción que me ofrece para no tener que detenerme a pensar en lo que me espera esta noche en el consejo.

—¡Estoy tan feliz de que estés aquí! —Retrocedo un poco y la miro a detalle. Viste la ropa tradicional de Kallah: un chaleco rojo, con flores bordadas en la parte de arriba de una camiseta con mangas anchas, su falda también es blanca, bordada con más flores y los pantalones que usa debajo son rojos también; en los pies lleva unas sandalias con aves bordadas.

—Y tú, mi amiga. —Sonriente toma mi mano y entonces su expresión cambia y me examina—. Me preocupé tanto cuando supe lo que pasó en la capital y las horribles mentiras del canciller. Yo siempre pensé que era un hombre honorable, pero incluso él puede rebajarse y traicionar. ¡Y culparte a ti! —exclama con un sonido de desagrado.

Solo puedo sonreírle, me doy cuenta de que yo también estaba preocupada por Lian desde que dejó la competencia; desearía que se hubiera quedado conmigo hasta el final del desafío, pero fue mejor para ella estar lejos, especialmente porque así pudo proteger a Ruyi mientras se recuperaba.

—Ven, te traje muchos bocadillos y regalos de Kallah. —Entrelaza su brazo con el mío.

—Y yo tengo que presentarte a mi hermana —le digo.

Pasamos el resto de la tarde alrededor de la fogata, tomando té y comiendo los regalos prometidos en su tienda. Ella los llama «bocadillos», pero es más bien un festín: cerdo asado sobre el fuego bañado en una salsa picante y ligeramente ácida, que está hecha de varios tipos de chiles, granos de pimienta, ajo crudo y jengibre mezclados con salsa de soya. Otro platillo contiene ciruelas secas, cortadas en forma de flores y espolvoreadas con azúcar. Todo esto acompañado de pan calientito de nuez, que se siente como una explosión dulce y avellanada a cada bocado. El calor del té y lo picante de la comida hacen que mis manos y pies se sientan calientes, aunque cada vez que la puerta de la tienda se abre, siento el leve frío del viento vespertino.

—Tengo un regalo para ti —me dice Lian después de comer y beber hasta hartarnos. Busca entre sus cosas, encuentra y me da un pequeño saco bordado. El estilo de bordado de Kallah es diferente al de Sù, sus hilos brillan con la luz, se enrolla con un material que lo hace resplandecer y sus extremos están tejidos con pequeñas cuentas. La elaboración es similar a los detalles en su ropa y sus zapatos, observo en el diseño un paisaje con un río, pero Lian me anima a abrirlo y ver qué hay adentro.

Encuentro tres bolas en el interior, las acerco a mi nariz y las olfateo, encuentro una ligera fragancia medicinal.

—Pasé algún tiempo con mi maestro —me cuenta—. Él trabajaba en una manera de crear un dān, una forma en que podamos usar nuestra magia sin tener que pasar por toda la ceremonia. Estos estaban entre los pocos que quedaban en su almacén, y me pidió que te los diera a ti.

Miro los dān con sorpresa, consciente de su gran poder.

—¿Quieres dármelos a mí? —le pregunto—. ¿Por qué no guardas algunos para ti? —Ella sacude su cabeza.

—Yo seguiré aprendiendo y trabajando para replicar su procedimiento; él me dijo que tú podrías necesitarlos.

Aunque los shénnóng-shī no ven los hilos que tejen y revelan los imperios, como pueden hacerlo los astrónomos, en ocasiones son capaces de captar un destello del futuro de una persona. Yo estaba conectada con Lian a través de la oportunidad de conocernos y el tiempo que pasamos juntas en el palacio; de alguna forma, su mentor pudo verme a través de ella, lo que es un regalo invaluable.

Le doy las gracias y guardo el saco bordado en mi faja. Los usaré con lo mejor de mis habilidades.

No mucho después de eso, uno de los guardias abre la puerta de la tienda y nos pide que nos reunamos con la princesa en su tienda. Cuando se nos concede el permiso para entrar vemos un consejo conformado por gente sentada alrededor de la luz de un brasero que se encuentra en el centro, una abertura en el techo permite que salga el humo y veo un puñado de estrellas justo arriba de nosotros, y de alguna manera me hacen sentir más cómoda, aun sabiendo los desafíos que se avecinan, porque sé que las estrellas nos cuidan.

Ahí están Ruyi, el comandante Fan, el astrónomo Wu y algunas otras personas que no reconozco y que están vestidas con los colores de Kallah. Zhen está sentada en una silla, como corresponde a su estatus, mientras que todos los demás descansan sobre cojines.

—Bien. —Zhen hace un gesto para indicarnos que nos sentemos junto a ella en dos cojines que están desocupados—. Podemos comenzar.

Cuando todo el consejo está acomodado, ella comienza a hablar.

—El comandante ofreció escoltarnos para entrar a Kallah, ya que conoce los peligros con los que podríamos seguir encontrándonos. Creo que esos soldados que nos atacaron eran solo la primera ola. Nos iremos mañana, después de levantar el campamento.

Se ven y se escuchan murmullos de conformidad, acompañados de señales que asienten por todos lados.

—El embajador está de acuerdo en proporcionarnos refugio entre su gente, y personalmente nos ofrecerá su casa. Nos sentimos profundamente agradecidos con esta oferta, y aceptamos. Tenemos una deuda con usted, embajador. —Zhen pone la mano sobre su corazón.

Uno de los hombres de Kallah, que tiene el cabello canoso y la barba de un gris similar, inclina su cabeza en señal de confirmación; comprendo que puede tratarse del padre de Lian, el embajador Luo.

—Aunque estoy reacio a decir esto, debo ofrecer una palabra de consejo —dice el astrónomo Wu con tranquilidad, pero también con firmeza—. No creo que la shénnóng-tú deba ser admitida en Kallah.

Los ojos de todos se dirigen hacia mí y, aunque estoy preparada para esto, no es fácil de escuchar.

Lian se pone rápidamente de pie en señal de protesta.

—¡¿Qué?! ¿Cómo puede decir eso?

—Lian —amonesta su padre. Mi amiga se sienta a regañadientes, todavía rezongando para sí misma.

—Ning ha demostrado ser capaz de realizar elecciones difíciles bajo intimidación, y se ha puesto a sí misma en situaciones de peligro para salvar a otros. Ella arriesgó su vida por Ruyi y por mí en repetidas ocasiones —le dice Zhen al astrónomo, con un dejo de desafío en su voz—. ¿Por qué no le permitiría la entrada a Kallah?

Yo no sabía cómo reaccionaría Zhen a la noticia, y ese rechazo se aligera un poco cuando me doy cuenta de que le importo a ella, a pesar de que dudó aceptar mi magia en la ladera de la montaña.

—He percibido una oscuridad sobre ella —explica el astrónomo—. Una influencia malévola que podría ponerla en riesgo a usted o a la gente de Kallah. Aunque ella puede ser pura de corazón, ese es un riesgo que no estoy dispuesto a correr.

«Por ser una plebeya», no tiene que decir el resto de la oración en voz alta, lo escucho de todas maneras.

—¿No puede ayudarla a liberarse de esa oscuridad que usted sintió? —Continúa presionándolo Zhen. Algo en sus palabras emite un destello de vergüenza, pues sabe lo que la serpiente vio en mí, esos oscuros y torcidos pensamientos que pensó que podría usar como ventaja para llevarme a su lado. Quizá tenía razón.

—No puedo hacerlo —afirma el astrónomo.

—Sé que mi hija hablaría por la integridad de esta shénnóng-tú, la considera su amiga —dice el padre de Lian con gran autoridad—. Yo confío en la palabra de mi hija, pero pasé todo un año construyendo refugios para mi gente y preparándonos para la guerra que llegará a cruzar mis fronteras. Conocemos estas montañas y colinas porque nos pertenecen, y si existe siquiera el mínimo riesgo de que ella guíe al enemigo hasta nuestras puertas, aun sin ser su intención, no puedo dejar que entre.

—Si se me permite, quisiera presentar una propuesta alterna —expone el astrónomo Wu—, con la intención de procurar la seguridad de la shénnóng-tú, ya que quedó claro, a partir de nuestro breve encuentro, que ella es un objetivo de esa fuerza oscura.

—Continúe. —Zhen asiente.

—Propongo enviarla a otra misión, una que es igual de importante que nuestra causa —dice el astrónomo Wu—. Necesitamos que alguien entregue el mensaje a Wǔlín de que Yěliǔ fue derrotada.

—Y ustedes necesitan que alguien actúe como anzuelo —dice Zhen tajantemente—. Ustedes la utilizarán como distracción para mantener la atención del enemigo lejos de nosotros.

—Es un plan estratégico —opina el comandante Fan. Por supuesto que aprobarán enviarme lejos, el astrónomo Wu no lo niega y el embajador Luo también asiente.

Los escucho discutir mi destino, hacer planes para mi futuro. Ni siquiera la confianza que hace un rato me mostró el astrónomo Wu alivia este dolor dentro de mí, todo esto es un recordatorio de que no soy digna.

—¿Qué clase de protección le ofrecerá? —pregunta Ruyi.

—Mis dos mejores soldados pueden acompañarla —dice el comandante Fan—, ella estará protegida.

Zhen me mira de nuevo y se dirige directamente a mí, interrumpiendo las discusiones de los demás.

—Yo nunca enviaría a alguien que no está dispuesto. Si tú prefieres ir a otro lugar, encontraremos un camino diferente para ti.

Lo considero por un momento, pero ¿a dónde iría? ¿De regreso a Sù y llevar el peligro a mi padre y a la villa? ¿Adentrarme en Yún y el desierto e intentar sobrevivir en el norte?

O puedo ver a dónde me lleva este camino. Recuerdo la misión que el astrónomo Wu me dio, encontrar a la shénnóng-shī que tejió la profecía de Zhen; si eso es lo que se necesita, entonces lo haré.

—Estoy dispuesta —digo finalmente—. Si llevan a Shu con ustedes a Kallah. —Es lo único que quiero, lo único por lo que estoy dispuesta a negociar con mi propia vida. Si Shu estará a salvo, entonces valdrá la pena.

—Desde luego —el embajador Luo inclina la cabeza—. Nosotros cuidaremos que esté segura, mi propia hija será su acompañante.

—Prometo mantenerla a salvo. —Lian se agacha para decírmelo al oído, y esa es la única promesa que me convence. Asiento hacia la princesa y acepto mi destino.

Capítulo dieciséis

Ning 寧

Regreso a nuestra tienda, tratando de ser lo más silenciosa posible. El consejo duró hasta entrada la noche, la fatiga me lleva al límite de la consciencia y me ruega que me duerma, pero los pensamientos siguen corriendo por mi mente. Aunque sé que los líderes de Kallah están protegiendo a los suyos, a una parte de mí aún le duele no tener permiso de entrar a la provincia, ser una amenaza para su existencia, estar escondida mientras ellos se encuentran más allá de sus fronteras montañosas; al menos Shu estará a salvo.

Mientras me preparo para dormir, mi hermana está sentada en la oscuridad, me esperó todo este tiempo.

—¿Qué pasó en el consejo? —pregunta, hace una pausa y termina su frase—. Quiero saber.

Quiere sentirse involucrada, tomada en cuenta. Espero que comprenda la determinación que tuve que tomar: no puede ir conmigo y sé que va a enojarse porque tomé esa decisión sin consultarla.

Le cuento sobre las conversaciones que sostuve con el astrónomo en la torre de hueso, le platico que seré enviada a Wǔlín y de mi nueva misión para encontrarme con la shénnóng-shī. Finalmente, temiendo su reacción, le digo:

—Tú tendrás que ir a Kallah con Lian. Yo regresaré cuando sea seguro. —El destello de furia en el rostro generalmente sereno de mi hermana me toma por sorpresa.

—¡¿Me estás abandonando?! —pregunta con enojo.

—No puedes venir conmigo, es demasiado peligroso.

—¡No me abandonarás! —presiona—. ¡No puedes!

—No es seguro —enfatizo, deseando que ella entienda el motivo—. Recorreremos las montañas de arriba para abajo, dormiremos en el suelo. Tú viste a esos soldados sombra que nos atacaron; nos perseguirán, podrían intentar matarnos o algo peor.

—La única razón por la que me fui de Sù fue para estar contigo —me dice con vehemencia—. Yo sé que hay cosas que me escondes, sé que viste cosas en el palacio y que dependías solo de ti misma para sobrevivir. ¡Pero ya no tienes que hacerlo sola! ¡Yo estaba muy débil para ayudarte, pero ahora estoy mejor! ¿Ya olvidaste lo que dijo mi madre? Somos familia, juntas somos más fuertes.

No es justo que saque a relucir a mi madre. Yo no quiero volver a estar lejos de Shu, pero tampoco podría soportar si algo le pasara.

Suspiro.

—Hablaremos nuevamente de esto mañana temprano.

Doy la vuelta y me alejo de ella. Me acuesto y dejo que el sueño se apodere de mí, preguntándome cómo haré para convencerla de que me deje ir.

Cuando despierto en la mañana Shu no está y sus pertenencias están cuidadosamente empacadas, listas para viajar. Salgo de la tienda y la veo hablando con el astrónomo Wu, asintiendo. Un feroz sentido de protección me domina y camino con rapidez para unirme a ellos, con el corazón latiendo deprisa en mi pecho, preocupada por lo que le puedan estar diciendo.

—Habíamos llegado a un acuerdo anoche, durante el consejo —me dice el astrónomo Wu con ojos tristes—. Pero tu hermana acaba de informarme que ella también experimentó una conexión con la serpiente, por esa misma razón debo aconsejar al embajador no acogerla en Kallah.

—Tú… ¿tú hiciste qué? —Volteo hacia ella furiosa. Que se haya atrevido a hacer esto sin preguntarme, que se haya declarado a sí misma como tocada por la serpiente, es algo demasiado peligroso para compartirlo con las personas equivocadas.

Shu me observa firmemente, sin ningún remordimiento.

—Entonces iré contigo. —Se encoge de hombros—. ¿No es así de simple?

La tomo del brazo y la alejo, no quiero que el astrónomo presencie nuestra discusión familiar.

—¡No puedo creer que hayas hecho una cosa tan tonta! —le grito—. No tienes idea del peligro en el que te has puesto a ti misma. ¡Esto no es un juego ni tampoco es una aventura! ¡Casi mueres por el veneno y ahora quieres tirar tu vida por la borda!

Shu se queda de pie, permitiéndome que le grite, y dice con una calma exasperante:

—Ya está hecho, no puedes cambiar nada. Si no me dejas ir contigo, entonces trataré de encontrar mi camino sola. Si me caigo en un barranco en el camino, puedes culparte a ti misma.

—Tú... tú... —Pienso que podría simplemente estrangularla justo donde está. En lugar de eso, me volteo y me alejo dando pisadas muy fuertes, maldiciéndome; maldiciendo su impulsividad, su inmadurez, su insensatez.

De pronto me encuentro en la orilla del lago, pateo una piedra hacia el agua y observo cómo salpica. No debería reaccionar de esta manera; yo soy la hermana mayor, siempre me dicen que debo poner el ejemplo, hacer lo que es correcto. En varios aspectos no cumplo con esas expectativas...

—¡Ning!

—¿Qué? —Volteo con una mueca y veo a Zhen y Ruyi que se acercan. Trato de tragarme mi enojo, pero aún hierve bajo la superficie, listo para hacer erupción.

—Queríamos verte para... despedirnos —dice Zhen amablemente.

—Ah. Nos veremos de nuevo después de... todo esto. —Hago un ligero gesto hacia el cielo y el agua, sin poder formular frases coherentes por encima de mis emociones turbulentas.

—Serás capaz de viajar con rapidez hacia Wǔlín con la ayuda de los soldados del comandante —dice Ruyi—. Ellos conocen el bosque, procurarán que Shu y tú estén a salvo.

—Tienes una importante tarea por delante —me recuerda Zhen—. Aprecio lo que haces; cuando todo termine serás recompensada.

—Solo quiero que todo termine —contesto con amargura. No me interesa un título ni riquezas ni un palanquín lleno de tesoros ni el estatus. Solo quiero sobrevivir, mantener a Shu a salvo, sin añadir más nombres a mi lista de muertos que vengar.

—Así será, te prometo que haré todo lo que esté en mi poder para detenerlo. —La princesa toma mi mano y la aprieta; yo la observo con sorpresa—. Cuídate, Ning, sé cautelosa.

Cada una carga su propio saco y comenzamos la caminata hacia la montaña, nos dirigimos al este. Shu me da espacio, sabe que sigo furiosa por lo que hizo. El comandante Fan efectivamente nos mandó con compañía, como lo prometió; la capitana Tsai es una mujer mayor que no platica mucho, solo habla para darnos instrucciones concisas; el teniente Huang es un hombre jovial, nos dice que podemos llamarlo Hermano Huang, aunque es como diez años mayor que nosotras. Shu conversa con él y yo encuentro igual de amigable el silencio de la capitana Tsai.

Me despido de Lian a la orilla del lago, abrazo a mi amiga una última vez. Ella prometió que me vería después, realmente espero que sea así. Para entonces sabremos si todos nuestros esfuerzos fueron exitosos.

Al inicio, hay pocos árboles esparcidos a lo largo del camino que tomamos por una rocosa ladera de la montaña, se parece mucho a nuestros viajes anteriores a través del paso Guòwū. Esto me hace extrañar a los ponis, aunque tenían un olor ligeramente ácido por el pasto que les encantaba masticar; su calmada presencia me ayudaba a mantener el equilibrio, sin ellos mis botas constantemente se resbalaban sobre las piedras pequeñas. Pero los ponis nos harían ir más lento, fue lo que nos dijo la capitana, que seríamos más rápidos si íbamos a pie; también nos informó que nos tomaría medio día llegar al Mar de Bambú, y luego una caminata de seis a siete días para atravesarlo y llegar a Wǔlín.

Conforme aumenta poco a poco el calor del día llegamos a las orillas del bosque de bambú; crece tan denso aquí que estando dentro de la arboleda se siente como si pasáramos a través de la penumbra. Los árboles se balancean en la parte de arriba, suenan como si mil voces murmuraran, y en poco tiempo eso es todo lo que vemos; estamos envueltos, rodeados por la vegetación, una maravilla que vale la pena contemplar. El sendero serpentea a través de los interminables tallos que se balancean.

Sería fácil perder el sentido de la orientación en este lugar; si no fuera por la habilidad de la capitana Tsai para guiar, estoy segura de que Shu y yo nos perderíamos fácilmente. El Hermano Huang es una buena compañía y nos obsequia divertidas historias acerca de su entrenamiento con el regimiento de Yĕliŭ, como cuando los monos los atacaron con una lluvia de manzanas mientras patrullaban en el bosque, o cuando se colaron en la cocina intentando obtener una segunda ración de comida.

Su expresión solo se torna un poco sombría al recordar cómo algunos de sus amigos guardias murieron en la masacre, y deja salir un profundo suspiro.

—Yo… simplemente no puedo creer que no los volveré a ver. —La capitana Tsai lo mira, pero no dice nada, solo acelera el paso, como si le preocupara que los soldados enemigos que atacaron Yĕliŭ ya estuvieran sobre nuestros talones.

Yo sigo maravillada con el bambú mientras caminamos; el aire está cargado con un cautivador aroma que hace que el viaje no sea del todo desagradable.

He escuchado acerca de estos bosques de bambú, pero los que yo había visto siempre estaban comprimidos, los transportaban a los jardines de ricos mercaderes o de familias eruditas y los guardaban en pequeñas parcelas.

El primer día pasa sin mucha fanfarria, y el silencio cae sobre el bosque demasiado rápido; sin un pregonero que marque el tiempo aquí es fácil perder la noción del movimiento del sol. Montamos el campamento rápidamente para pasar la noche bajo una cornisa de roca.

Cuando nos sentamos alrededor del fuego, el Hermano Huang saca una escultura hecha en madera y empieza a tallarla a la luz de las llamas.

—¿Qué es eso? —le pregunta Shu.

El Hermano Huang se la pasa y yo me inclino para ver: es la delicada figura de una mujer; él capturó los detalles de su cabello peinado hacia atrás en una media coleta, dejando despejado su rostro; también hizo un gran trabajo con los pliegues de su vestido.

—Es hermoso —dice Shu con suavidad—. Eres talentoso.

—Es solo un pasatiempo. —El Hermano Huang agacha la cabeza, a la luz del fuego se puede ver su timidez—. Es una manera de pasar el tiempo.

—¿Es alguien cercano a ti? —pregunta Shu, y le da vuelta a la escultura en su mano.

—Mi prometida. Ella juró esperarme hasta que regrese de esta asignación, pues por fin tendré el dinero para pedir su mano.

—Te deseo éxito en este camino —Shu le regala una sonrisa—, para que logres regresar a la felicidad que te espera en casa.

—Gracias. —El Hermano Huang le devuelve otra amplia sonrisa—. Regresaré como un héroe, luego de haber conocido a la princesa. ¡Cuántas historias emocionantes podré contarle a mi chica!

La facilidad de Shu para crear conexiones con otros es algo que siempre he envidiado; yo suelo tropezarme con mis palabras o desviarme de lo que quiero decir, y luego las palabras correctas llegan cuando la persona con quien hablaba ya se fue.

Poco después, la capitana Tsai nos indica que nos vayamos a dormir, partiremos de nuevo con la primera luz del día. Cuanto antes logremos llegar a Wŭlín, más pronto podremos dormir en una cama de verdad.

En cuanto abro mis ojos, de alguna manera estoy de regreso en ese lugar: el Reino de las Sombras, donde todo carece de color: el dominio de la serpiente. Hay tantas preguntas que nunca tuve oportunidad de hacerle al astrónomo Wu, por ejemplo, si el Reino de las Sombras es lo mismo que el Cambio o si es un sitio completamente diferente.

«Estoy soñando» me digo, como si eso lo hiciera más fácil de entender.

Las formas oscuras alrededor de mí se convierten en árboles, como solían ser los huertos de mi familia; el fuego cae como lluvia en torno a mí y enciende la maleza; el aire huele amargo, hay humo negro ondeando en gruesas nubes que toman formas amenazantes.

Aprieto mis ojos cerrados. No estoy aquí, estoy en el bosque de bambú, recostada junto a Shu.

Entonces escucho murmullos, algo imperceptible, un canto malévolo. Hasta que se convierte en…

—«Ning…».

Mi nombre.

—«Ning…».

Me llaman.

El fuego sigue ardiendo alrededor de mí, yo lucho para salir de los árboles. Me parece ver a la distancia los tejados inclinados de mi aldea y corro en esa dirección. Un árbol se cae enfrente de mí y aterriza con una ráfaga de chispas.

—«¡Ning! ¡Ninger!».

Reconozco esa voz: es mi abuela, la madre de mi madre, quien trató de ayudar en el incendio de los cultivos y contrajo una tos rasposa que duró hasta que falleció el año pasado. Mi tío utilizaba eso para convencer a todos de que yo era una maldición para la familia, una desgracia.

—«¡Ning!».

Volteo. Suena como… ¿Mingwen? La doncella de la cocina que fue sentenciada a recibir sesenta azotes por haberme ayudado. ¿Habrán aplicado el castigo? ¿Todavía estará viva o…?

Diferentes voces siguen diciendo mi nombre, suplican mi ayuda y gritan para que me acerque.

Y entonces, en medio de todo eso, escucho la voz de mi madre llamándome.

Comienzan a salir de entre los árboles ardientes, sus rostros se iluminan por las llamas: la abuela, Mingwen, Wenyi, el Estimado Qian, el marqués, la administradora Yang, el Pequeño Wu, A'bing, mi madre.

Me cubro los oídos con las manos y caigo sobre la tierra; me rodean las voces de todos aquellos por quienes siento alguna culpa, todas las vidas arruinadas por influjo mío. Tratan de alcanzarme a través del fuego, aun cuando este los consume, avanzan con movimientos irregulares, las lenguas de fuego los recorren de las extremidades al rostro hasta que las llamas los consumen por completo.

Lloro por ellos, desearía tener el poder para traerlos de regreso.

Se escucha otro crujido entre los árboles, una larga y serpenteante figura se mueve detrás de ellos.

—«El sabor de tu culpa y tu vergüenza es tan dulce…».

Despierto sintiéndome destrozada, las manos de Shu están en mis hombros, me sacude para que despierte. Me toco la cara y mis dedos se empapan.

—Estabas llorando dormida —me dice. Sostiene un frasco—. Tuve que salpicarte para que despertaras.

—Lo siento, estaba… soñando —murmuro.

Me alejo y me pongo un nuevo camisón; tiendo afuera el mojado para que se seque.

Los demás están igual de preocupados, también los desperté con mi llanto, pero Shu les dice que estoy bien. Deseaba tanto regresar a casa con mi familia; pensaba que si encontraba el antídoto todo volvería a ser como era antes. Pero regresé como otra persona, perseguida por cosas que nunca habría querido que Shu soportara; quiero que su inocencia y su esperanza se mantengan intactas, pero ahora huimos de fuerzas malignas. No le digo a ella nada de esto, mejor trato de quedarme dormida de nuevo.

Después de lo que pareció apenas un parpadeo, la luz comienza a filtrarse entre el bambú, la mañana llegó. Aunque mi cabeza aún se siente pesada, sé que es hora de levantarse. Después de un ligero desayuno, que consistió en mijo hervido con vegetales encurtidos, continuamos nuestro viaje.

Esto significa caminar. Una caminata interminable.

El bambú nos ha devorado, ahora entiendo por qué lo llaman el Mar de Bambú. En el bosque cerca de mi casa cada árbol tiene su propia voz, ocupa su propio espacio alejado uno del otro, sus raíces pueden cruzarse y sus ramas encimarse unas en otras, pero cada uno es independiente. Cuando intento escuchar al bambú es… un coro de voces que hablan todas juntas, es algo que se siente inmenso y expansivo. Trato de ignorarlo y enfocarme en la caminata, pongo un pie frente al otro.

La capitana Tsai nos dibuja un mapa en la tierra durante nuestro descanso de mediodía.

—Aquí está el lago Tiānxiáng —explica—, y ahí está el paso Guòwū hacia Yěliŭ. Nosotros estamos al norte de ahí. En el Mar del Olvido hay un lugar al que le llamamos la Tierra Rota, ahí solo crece un tipo específico de bambú: el bambú espinoso, es tan duro que puede ser usado como arma o como barrera contra los animales salvajes, debemos ser cuidadosos con él. —Señala con su dedo el camino hacia el bosque que tenemos delante y vemos a la distancia una sección en la que el bambú se aparta y nos permite ver el cielo. Nunca pensé sentirme tan agradecida por verlo.

Cuando llegamos a la Tierra Rota, vemos que el bambú crece en pequeños matorrales, que son más parecidos al tipo de bambú con el que estoy familiarizada. Aquí hay un camino más despejado y mejor trazado en el bosque, está cubierto por hierba alta que fue cortada. En las partes en que el bambú está demasiado crecido, la capitana Tsai utiliza cuidadosamente su espada para doblar hacia atrás los tallos, y nos muestra las delgadas y prominentes espinas que sobresalen de sus costados. Nos las arreglamos para evitar caminar demasiado cerca o pasar sobre las varas caídas, sería demasiado fácil que esas duras espinas se encajaran en nuestras ropas o pincharan las suelas de nuestras botas. Como el camino es ancho, nos es fácil caminar rápidamente y la tarde se pasa hasta que encontramos una casa en medio del bosque.

Es una extraña visión, parece de otro mundo. La casa está hecha totalmente de bambú, lejos de cualquier señal de civilización, es un lugar que solo debería existir en los cuentos populares. No puedo evitar pensar que un sabio adivino saldrá para saludarnos y decirnos nuestra fortuna, pero cuando entramos, vemos que la construcción está vacía.

—¿Cómo es que existe un lugar así? —pregunto—. ¿Quién lo cuida? —Al haber vivido cerca del bosque sé que es fácil que un sitio como este se llene de maleza y caiga en ruinas, pero esta casa parece casi recién construida.

—Hay gente que viaja a través del Mar del Olvido para darle mantenimiento —explica la capitana Tsai—. Algunos de ellos perdieron a quienes aman en este lugar y lo usan como un santuario para preservar la memoria de sus seres queridos. Otros vienen para recoger brotes de bambú, que son ricos para comer y pueden venderse en otras aldeas, y después de aventurarse demasiado lejos pasan la noche aquí.

Cuando subimos los escalones veo marcas en el marco de la puerta; al acercarme me doy cuenta de que son nombres que fueron tallados en el bambú, es una manera de recordar a los que ya se fueron. Pensar en toda la gente que ha desaparecido en estas verdes profundidades me hace sentir intranquila, pero la capitana Tai toca las marcas con cariño y una sonrisa.

Esa noche contamos con un lugar apropiado para cocinar y tenemos una cena abundante compuesta por hongos de tierra, rebanadas de jabalí ahumado y tubérculos en trozos, junto con unas misteriosas hojas de sabor dulce que el Hermano Huang recogió. Me voy a dormir con el estómago lleno y por fin tengo una noche de sueño reparador. Debe de haber algo poderoso en el Mar de Bambú, algo que me protege de la atención de la serpiente, pues ella no me visita; en cambio, sueño que me encuentro de pie en una colina de estrellas.

Aquí me siento en paz.

CAPÍTULO DIECISIETE

KANG 康

El Salón de la Luz Eterna está brillantemente iluminado con braseros ardientes y faroles que se balancean. El general se sienta en el trono del dragón; aún debe ponerse la vestimenta de emperador, sin embargo, usa una túnica bordada con aves fénix y dragones.

Han pasado algunos días desde que Kang recibió los mensajes en los postres y aún no está cerca de descifrar el enigma que se esconde en las frases. Observa con atención ese pequeño trozo de papel tan seguido como se atreve, pero solo cuando tiene la certeza de que está solo. Mira con detenimiento a los miembros de la corte, trata de adivinar sus pensamientos, o si hay miradas furtivas en su dirección o algún gesto que pudiera delatar a alguien; no obstante, por mucho que se esfuerce en notar la menor sutileza, nada está fuera de lugar.

La corte parece funcionar como siempre, los consejeros siguen ahí; precedida por su padre o por el canciller, se reúnen para revisar asuntos del reino. Kang hace lo que se le dice; va a donde tiene alguna reunión agendada y se sienta donde le indican que lo haga.

Todos los reportes de varios ministros, gobernadores y funcionarios de menor rango de Dàxī hablan de tiempos difíciles, la gente ruega por asistencia debido a los diferentes desastres que ocurrieron durante el último año. Al caminar después del último consejo, Kang pasa junto a un grupo de oficiales y escucha a uno de ellos decir:

—Parece como si la Tierra misma pidiera ayuda a gritos…

La princesa continúa eludiendo al Ministerio de Justicia, y cada vez que Kang ve al ministro Hu, parece más abatido; ha visto cómo lo reprende el ministro de Guerra y cómo lo desprecia el ministro de Finanzas. Sospecha que el ministro podría no durar mucho tiempo en ese cargo, si no captura a la princesa o a la falsa shénnóng-tú. Kang todavía estaba poniendo atención a sus pensamientos cuando escucha que alguien la menciona; hay tantas cosas que él le escondió, fue tan poco lo que pudo decirle. Quiere desesperadamente borrar algún día esa mirada de traición en el rostro de ella, pero sabe que quizá no tenga oportunidad de hacerlo. Debió saber que eso estaba condenado desde el inicio, no debió regresar a ella, una y otra vez, tratando de cambiar lo que no podía ser cambiado.

El golpe de un gong lo libera de su introspección. El ministro Song se pone de pie.

—Es hora de que la gente de Dàxī rinda su tributo —anuncia a la corte—. Honramos al emperador de Dàxī de la misma manera en que honramos a los dioses, porque él nos llevará a la gloria. —Hace una reverencia, que indica que la procesión puede comenzar.

La prefectura de Huá presenta una escultura dorada con la forma de un búfalo; esa próspera región posee las minas más productivas del imperio. La provincia de Yún es famosa por sus bordados con hilos de oro y plata. Ānhé presenta pergaminos de caligrafía, elaborados por una famosa erudita, que fue muy apreciada por el Emperador Ascendido debido a la fluidez de sus trazos.

Los representantes dieron monótonas charlas con lenguaje florido acerca de la belleza y rareza de sus ofrendas, y Kang le da sorbos a su vino.

Cuando el ministro anuncia la ofrenda de Sù, Kang no puede evitar voltear hacia la puerta, recordando una vez más a esa chica que había encontrado la manera de meterse en su cabeza demasiadas veces para contarlas. El gobernador Wang se aproxima, sostiene algo en ambos brazos, envuelto en una tela roja y oculto a la vista.

El canciller se levanta de su asiento y se une al gobernador en el centro del salón, los dos se inclinan ante el emperador regente. El gobernador Wang coloca el objeto sobre la mesa de ofrendas y el general, que ha escuchado las presentaciones medio reclinado, se inclina ligeramente hacia adelante. Es un pequeño movimiento, pero Kang sabe, porque es su padre, que las armas llaman mucho más su atención que el oro o las joyas.

El gobernador retira la tela con un ademán ostentoso y revela una simple base de madera en la que descansa una espada que tiene una empuñadura blanca tallada, ligeramente amarillenta por el paso del tiempo. La hoja es curveada y está envuelta con cuerda, una funda construida apresuradamente. Tiene un aspecto de baja calidad, parece fuera de lugar entre los otros tesoros que hay en la mesa. Se oyen murmullos de la audiencia, que cuestionan por qué una cosa tan deteriorada sería digna de presentación.

—¡La encontraste! —El general se pone de pie, su túnica se mueve con él en una oscura fusión. Kang nota que le habla al canciller, quien luce complacido consigo mismo.

—Sí, su alteza. —El gobernador se inclina—. Cuando el canciller nos pidió localizarla, Sù no escatimó en recursos para buscar esta reliquia.

—¡Hijo mío! —llama el general; Kang se sobresalta y se pone de pie tambaleándose, le disgusta sentir todos esos ojos sobre él. Se inclina ante su padre y espera instrucciones.

—Acércala a mí —ordena el general.

Kang obedece, levanta la espada de la base con las dos manos; las partes que están expuestas y que no están cubiertas por la gruesa cuerda se sienten cálidas al tacto; hay un brillo en el material, como si estuviera iluminado desde adentro. Desenreda las ataduras y algunos pedazos de estas caen en la mesa. La hoja se ve pálida, tiene la longitud de un antebrazo, con una ligera curvatura; es más ligera de lo que esperaba. Voltea y se aproxima al trono, se pone en una rodilla y ofrece la espada a su padre.

—Deben estar preguntándose acerca del origen de esta reliquia. —El general la levanta con reverencia, con una mirada de satisfacción. Toma la empuñadura y revisa su balance antes de deslizar un dedo por el lado plano de la hoja—. En el tiempo del Emperador Ascendido él encontró un clan que burló a sus tropas, en un intento por calmar los disturbios de las tierras altas occidentales. Ese clan era liderado por el guerrero Han Qi, quien dirigió una violenta campaña en contra del emperador porque creía que estaba destinado a ser gobernante, a ser rey. Su gente era feroz y luchaban como si cada batalla fuera la última. Incluso cuando fue capturado, se rehusó a rendirse y murió por su propia espada. El Emperador Ascendido admiró esa ferocidad y, con el tiempo, uno de los hijos de Han Qi se convirtió en gran general, siguiendo el legado de su padre.

»Dice la leyenda que la espada está hechizada con el fantasma del guerrero. Empuñarla implica una victoria segura, pero al costo de la propia vida. —El padre de Kang tose al decir esto—. Yo no creo en tales supersticiones, pero sí me gusta cómo se siente esta espada, el simbolismo que tiene. La usaré como recordatorio para mí mismo, en las batallas que vendrán.

El canciller se acerca y se inclina.

—Debemos elaborar una funda para que pueda hacerlo, majestad.

El general coloca la espada en las manos levantadas del canciller. Esta brilla con la luz.

El emperador regente asiente.

—Encárgate de que se haga así.

Una vez que se han hecho los tributos, la corte se levanta, Kang está entre ellos. Hacen una reverencia y repiten las palabras del heraldo.

—Larga sea la vida del príncipe de Dài, honorable regente de Dàxī, larga sea la vida del príncipe de Dài, gobernante del reino.

Capítulo dieciocho

Kang 康

En el ala interna del palacio hay un estricto seguimiento del itinerario. Desde que se mudó a los aposentos de la princesa, Kang cree que hay sirvientes que solamente existen para llevar la cuenta del tiempo. El reloj de agua corre en un flujo constante a todas horas del día y las espirales de incienso continúan ardiendo toda la noche. Los sirvientes llegan en la mañana y dan lectura al pergamino que registra los eventos del día, lo asisten para vestirse y desvestirse a lo largo de la jornada, cambian atuendos, peinados y calzado de acuerdo con lo que es apropiado para cada evento al que tenga que asistir.

Mañana, mediodía, tarde y noche. Hay todo tipo de restricciones domésticas y rituales de la corte que nunca le importaron a su padre en su casa de Lǜzhou. Ahora lo empujan a su lugar todo el tiempo, lo reprenden por dar una vuelta incorrecta en alguno de los patios o por servirse un platillo que aún no debía consumirse. Hay tantas reglas, tantos comportamientos complejos, que le duele la cabeza tan solo de intentar recordarlos todos.

Hasta el tiempo avanza lento en el palacio, los días se vuelven cada vez más largos conforme se acerca el solsticio de verano. Se despierta temprano en las mañanas para entrenar, y de ahí siguen largas tardes de consejos y reuniones; se queda hasta tarde en las noches observando los misteriosos acertijos hasta que el dolor de cabeza y el sueño lo vencen una vez más.

Una tarde, en cuanto terminaron las reuniones, escribe con cuidado la primera frase en su aceptable caligrafía, asegurándose de hacer igual cada trazo, y la lleva a la pagoda de la biblioteca. Debe haber algo en esas palabras que él no está viendo, algo que está pasando por alto en las claves. Cuando el primer erudito lo saluda, y casi se desmaya al reconocerlo, Kang le pide consulta con alguien que tenga un entendimiento de los textos antiguos y el hombre lo dirige con la jefa erudita en persona.

La profesora Bao lo saluda con una sonrisa, al tiempo que el otro erudito se escabulle.

—¿A qué debo este honor, alteza? No lo habíamos visto poner un pie en nuestro humilde pabellón.

—Eh, sí… —Kang arrastra los pies, no se siente cómodo entre estos estantes, ya que nunca ha sido muy académico. Recuerda que fue aterrorizado por el antiguo tutor imperial, que ya falleció, pero él todavía puede sentir el dolor fantasmal de los latigazos en sus dedos por quedarse dormido durante las lecciones. Recobra la compostura y ofrece una explicación para su presencia—. Últimamente me encuentro estudiando algunos textos clásicos en un esfuerzo por mejorar mi educación, la cual, estoy descubriendo, es tristemente deficiente. Me encontré con una frase que no había visto antes y esperaba que usted pudiera proporcionarme su contexto.

—Me esforzaré para hacerlo utilizando mis mejores habilidades. —La profesora Bao inclina la cabeza—. Por favor, venga conmigo.

Lo lleva a una alcoba en la que hay una mesa de piedra y bancos. Hay pergaminos apilados en la superficie, así que llama a un sirviente para que los retire. Numerosas ventanas están dispuestas en lo alto de la pared, de manera que no dé la luz directa en los estantes que están en el centro de la biblioteca. La luz es dirigida hacia las alcobas, donde los académicos pueden revisar sus textos sin necesidad de una vela hasta que oscurezca. Es un brillante diseño arquitectónico.

En cuanto se sientan, Kang le da su hoja enrollada de pergamino. Ella examina su caligrafía con ojo crítico, hasta que él casi siente cómo se encoge y se prepara para la crítica.

—Le falta un trazo aquí. —Usa el mango de un pincel para señalar la parte de en medio del primer ideograma.

Kang se inclina, con el ceño fruncido. Revisó y volvió a revisar su trabajo, sin embargo…

—Es un error bastante común —afirma ella—. Uno que muchos estudiantes no notarían. ¿Lo ve? El símbolo que usted escribió es uno que se usa frecuentemente, se utiliza para «té». Pero aquí, observe el siguiente.

Ella dibuja cuidadosamente en otro trozo de papel, hasta que él ve que en la frase original hay una línea adicional en el centro del símbolo.

茶荼

—¡Ah! —Kang apenas puede creerlo. Un simple y pequeño trazo; sin embargo, significa todo.

La profesora Bao asiente.

—Esa es la belleza de nuestro lenguaje escrito. En la frase que es correcta, este símbolo representa un tipo de vegetal amargo, y le sigue otro que se utiliza para «veneno», significa «matar». La segunda parte de la frase representa el alma, las vidas de plebeyos inocentes, aquellos a quienes juraron proteger los que están en el poder.

La comprensión golpea a Kang como una luz brillante, es tan claro que se odia por no haberlo visto de inmediato.

—Profesora, ¿podría usted encontrarme algún texto que explique esto? Quisiera estudiar la referencia por mí mismo —pide Kang, intentando aparentar indiferencia. Necesita asegurarse de que esta reunión no sea reportada a su padre, ya que no está seguro de a dónde lo llevará esta información.

Mientras ella se retira para buscar los textos, Kang se esfuerza por respirar profundamente, dentro y fuera. En su mente, se mueve a través de la forma del dragón de viento de Wǔ Xíng, en un esfuerzo por encontrar algo de paz. Pero de eso hay muy poco.

Con un delgado volumen en la mano, que le prestó la profesora Bao, Kang sale de las oscuras profundidades de la pagoda de la biblioteca hacia el jardín. La acusación es tan intensa como las marcas rojas en el papel: la misteriosa persona que envía las notas se refiere específicamente a los envenenamientos por el té y a los asesinatos irracionales de gente común. Seguramente descifrar la segunda frase le permitirá conocer el verdadero significado de esa acusación. Revelar la verdad acerca de quién ordenó el envenenamiento, ¿representa una amenaza? O ¿solo tratan de determinar de qué lado está su lealtad?

Kang observa las piedras del camino del filósofo y espera que andar en él le ofrezca alguna clase de revelación. Cae el atardecer a su alrededor y los sirvientes encienden las linternas que iluminan las piedras. El camino serpentea detrás de la biblioteca, a través de las arboledas de bambú verde y hermosas rosas que florecen. Sus guardias lo siguen, dándole el espacio que solicitó. El sendero hace una curva pasando el jardín y, a la distancia, ve la puerta que da al ala oeste; más allá está su antigua estancia.

Su corazón empieza a latir tan rápido en cuanto los símbolos de la segunda frase aparecen en su mente. Cada estancia está asociada a una estación en particular, y la frase hace referencia a dos de ellas: primavera y otoño.

春生秋殺

La primavera es donde se origina la vida. Pero ¿y si la vida se refiere también a… el nacimiento, el origen del veneno, la masacre? Y el otoño… ¿el otoño trajo las matanzas? Kang hace un gesto a sus guardias para que se acerquen.

—Díganme, ¿quién vive ahora en la Residencia de la Añoranza Otoñal?

—Los wǔlín-shī se han quedado ahí —reportan los guardias.

Y Kang sabe quién habita la Residencia de la Primavera Armoniosa: el gran canciller Zhou.

Tarde esa noche, mientras todos duermen, Kang se abre camino a través de los túneles que conectan el interior del palacio con el ala oeste. Esta es la única manera que se le ocurre para desplazarse sin ser detectado. Moverse a través de la humedad y la oscuridad le recuerda cuando jugaba de niño en esos túneles, con la princesa y su sombra. Los últimos reportes indican que ella se mueve hacia el oeste, y se sospecha que viajará hacia Kallah, donde quizá pueda apelar a quienes son leales a la emperatriz viuda y al Emperador Benevolente.

Él es un falso príncipe. ¿Qué príncipe no es ampliamente versado en las políticas de la corte? ¿Qué príncipe no fue educado en los textos de historia y el uso de ciertas frases por los responsables académicos? ¿Qué príncipe siente que es un fracaso, tiene una sospecha en sus entrañas, pero ninguna forma de determinar lo que es real y lo que es una mentira?

Se apresura por los túneles y encuentra el particular aro que busca, el cual abre la puerta para deslizarse por la pared y poder entrar a la Residencia de la Añoranza Otoñal.

Hay una sola farola en el patio que se mece suavemente con el viento. Las sombras que proyectan los árboles son largas y siniestras figuras en la pared. Por lo que Kang recuerda, hay tres habitaciones privadas en esta residencia. Se desliza a través de la ventana abierta del primer cuarto y lo encuentra vacío. Los opulentos muebles, los regalos caros, todo indica que una persona de un rango mayor solía vivir aquí, todo eso debió pertenecer al antiguo residente de este lugar: el marqués de Ānhé, quien encontró su desafortunado final en el banquete. Kang también encuentra vacía la siguiente habitación, que está decorada de manera más modesta, y que parece que la usan como un estudio.

A través de la ventana, Kang ve luz en la última recámara; debe de ser en la que algunos de los wǔlín-shī se quedan. Con cuidado se abre camino por un costado de la estancia manteniéndose oculto, al menos es bueno en esto. Años de entrenamiento sobre cómo ser sigiloso en sus pasos y cómo hacerse pequeño, como un buen explorador necesita hacer.

Escucha una voz baja, alguien sigue despierto. Ahora podrá ver por sí mismo hasta dónde llega el voto de silencio, si hablan con libertad cuando piensan que están solos. Cualquier cosa que obtenga de sus conversaciones y su comportamiento lo ayudará a entender de qué manera están ligados al canciller, y si su conexión es tan fuerte como el autor de las notas cree.

Abre apenas un poco la ventana y se asoma, solo hay un brasero en la esquina, del cual emana la tenue luz. Una persona está de pie frente a un espejo de bronce insertado en un marco de madera, de tal manera que Kang solo ve su reflejo; es uno de los practicantes de wǔlín, a quien reconoce por su rostro, aunque no por el nombre.

—El ministro de Rituales ha mantenido el mismo itinerario, como lo predijimos, nada parece estar fuera de lugar. —La voz es profunda y plana, casi un gruñido, parece que le habla al espejo, pero entonces Kang se percata de que hay otras personas de pie en la habitación.

Una línea perfecta de tres, de pie, con las manos cruzadas por detrás y postura erguida. Observan al hombre ante el espejo, como estatuas de piedra. Kang se sorprende al ver que, aun estando solos, no parecen soltar su entrenamiento. No existe ni asomo de un movimiento involuntario ni de algún músculo fuera de control. Frunce el ceño y trata de ver más de cerca. Aun siendo lo disciplinados que son, ¿cómo pueden cuatro personas quedarse tan quietos, incluso inmóviles, como si se hubieran dormido con los ojos abiertos?

—Mañana ustedes harán lo mismo.

Kang se muerde los labios para contener el sonido de sorpresa que casi se le escapa, su diente le perfora el labio inundando su boca con el sabor de la sangre. Esa voz… es la voz del canciller. Pero ¿cómo es posible que él dé órdenes a los wǔlín-shī? Ante cualquier intención y propósito, son los guerreros leales del general, responden solo a él. Tres de ellos siguen cada movimiento del general como sus devotos guardaespaldas, y tres más montan guardia afuera de cualquier salón, habitación o lugar en el que el general se encuentre.

Pero los otros… Kang no podía dar cuentas de ellos en cada momento del día; deben de ser espías, pero no para su padre.

La conversación continúa en la habitación, mientras Kang trata de armar las piezas de esta nueva información. Nada tiene sentido: la repentina obsesión de su padre por el poder de los dioses, su interés en las reliquias de los días pasados, y su confianza en el canciller… Nada de eso va de acuerdo con el padre que conoce. El general es reconocido por su estrategia en el campo de batalla, su destreza para sitiar en una guerra, el poderío de su habilidad para pelear. Él no cree en supersticiones ni en magia; de hecho, siempre ha desdeñado todo eso.

Kang se talla los ojos y regresa su atención a todo lo extraño que sucede en esa habitación; quiere averiguar dónde se esconde el canciller, pero hay un eco peculiar en su voz…

Y entonces, lo ve. Lo que pensó que era una imagen distorsionada en la superficie curveada del espejo es otra cara: el canciller les habla a los wŭlín-shī a través del espejo.

La mano de Kang se resbala del alféizar de la ventana y pierde ligeramente el equilibrio, una rama se rompe bajo su talón.

—¡Alguien está ahí!

Con horror, Kang ve cuatro cabezas voltear hacia él al mismo tiempo, cuatro pares de ojos negros, llenos de oscuridad: no tienen nada de blanco, no son ojos humanos.

Se cae debajo de la ventana, su corazón martillea un desesperado latido mientras corre a lo largo del jardín trasero. Escucha que lo persiguen, moviéndose sigilosa y firmemente tras él; las pisadas parecen estar en una escalofriante sintonía con las piedras.

Desliza su cuerpo a través del hueco por el que entró y cierra la puerta lo más silenciosamente posible. Con manos torpes busca a tientas la antorcha y le sopla para apagarla, quedándose solo en la oscuridad, su respiración es demasiado brusca y ruidosa. Los oye dar vueltas por el techo, moviéndose a la distancia en busca de su presa.

De pie en la oscuridad, Kang tiembla; todas sus sospechas fueron confirmadas.

«Algo está terriblemente mal en el palacio».

Capítulo diecinueve

Ning 寧

Despierto en la mañana, me siento descansada y fresca, entonces noto que el saco de dormir de Shu ya no está. Una breve oleada de pánico hace erupción en mi pecho al pensar que está vagando por el bosque debido a todas esas cosas terribles que le dije.

Cuando atravieso la puerta la veo sentada en los escalones que están en la entrada de la cabaña. Me quedo parada viendo su silueta delgada, siento un conflicto dentro de mí y, una vez más, sé que debo poner mi propio enojo y temor a un lado.

Me siento junto a ella en los escalones; por alguna razón ella ya tiene una taza de té y la pone en mis manos, como si supiera que yo despertaría pronto y vendría a buscarla. Ahora tiene quince años, pero aún la recuerdo como una niña, jugueteando alrededor de mí en el jardín trasero. Yo siempre asumí mis responsabilidades con mucha seriedad, para asegurarme de que no se cayera en el horno de cerámica ni se pinchara con las espinas. Ella estaba siempre tan deseosa de ayudar, aún lo está.

—Deberíamos hablar de lo que pasó mientras estuviste lejos —dice.

Parece que no soy la única que ha pensado en nuestra pelea.

—Yo… —comienza, pero se queda callada.

Me sorprende que titubee porque no siento que ella haya hecho nada malo, yo soy la que le grita todo el tiempo por ponerse en peligro, pese a que he sido hipócrita al arriesgarme también.

—No te lo conté todo —finalmente logra decir.

La veo encorvada sobre su taza de té; su evidente preocupación acerca de lo que sea con lo que está luchando está presente en toda su expresión. Algo me aprieta el pecho.

—El veneno hacía que me sintiera más débil y más confundida —me cuenta—. Pero seguí tomándolo, tenía que intentar encontrar el antídoto lo más pronto posible, porque sabía que, cada día, mi conexión con Shénnóng se debilitaba aún más.

—¿Qué quieres decir? —logro decir, casi ahogándome con las palabras. ¿Cómo es eso posible? La salvé del veneno con la correcta combinación de hierbas e ingredientes, el polvo de perlas. Ella debería ser la misma que era antes, saludable, completa.

—Después de que regresaste, intenté una y otra vez. Seguí las instrucciones de mi madre: serví el té, le añadí las cosas que debieron mejorar mi conexión con la magia: yuǎnzhì, bānjǐtiān..., pero nada funcionaba. —Ella me mira, las lágrimas corren por su rostro—. No podía sentir nada en absoluto. Ya no queda nada, no hay magia.

Pongo a un lado mi taza de té y la abrazo, aunque estoy impactada por su revelación. Sus lágrimas mojan mi hombro y dejan una mancha húmeda. Esto es todo lo que había temido. Antes de que me fuera de casa, a mitad de la noche, antes de cada ronda, incluso en el momento antes de que yo sirviera el té, siempre dudé. Tenía miedo de que, cuando alcanzara la magia, se me negara, pero ¿por qué Shénnóng se la quitó a ella?

Conforme nos preparamos para el día, Shu está inusualmente callada, pero les dice a nuestros compañeros que tuvo una noche de poco descanso. Mientras tanto, yo continúo preocupada por lo que me contó. ¿Por qué el veneno afecta su conexión con Shénnóng? Ella teme haber sido manchada por él, y yo tengo miedo de que ahora sea susceptible al influjo de la serpiente, tal como lo fui yo. ¿Podría esto ponerla en riesgo de ser poseída y atrapada en el Reino de las Sombras como los wǔlín-shī?

—Usted mencionó a los viajeros del bosque —le digo a la capitana Tsai, mientras busco distraerme del constante bucle de preguntas que hay en mi mente y que no me lleva a ningún sitio—. Ellos les dieron mantenimiento a los lugares sagrados, ¿sabe si le rezaban a un dios en específico?

—No es a ningún dios —responde—. Es al bambú en sí mismo.

—Hay historias que hablan del Mar de Bambú. —El Hermano Huang se suma a nuestra conversación—. Son historias perturbadoras. —Él intenta hacer una cara terrorífica, pero a mí me da risa, así que finge sentirse ofendido y resoplar con indignación—. ¡Yo solía estudiar interpretación! ¿Cómo te atreves a despreciar esta excepcional demostración de mis habilidades? —Veo a Shu tratando también de esconder una sonrisa.

—¿Por qué a veces se refieren a este lugar como el Mar de Bambú y otras como el Mar del Olvido? —pregunto—. ¿Por qué este bosque de bambú tiene diferentes nombres?

—La familia de la capitana Tsai es de una aldea en el borde del Mar de Bambú —nos platica el Hermano Huang—, ella debe saber más acerca de las leyendas.

La capitana se detiene a un lado del camino, pone sus manos juntas, se toca los labios con sus dedos e inclina su cabeza.

—Por favor, permítanme compartir su historia con estos viajeros —la escuchamos decir, y un escalofrío me recorre la nuca. ¿Qué clase de entidad vive aquí que amerita tal reconocimiento?

—Les mencioné que hay quienes se pierden en el bosque, es por eso que lo llaman el Mar del Olvido —dice la capitana, su tono es reverencial, reconoce el poder del bosque—. De vez en cuando, las personas que están familiarizadas con estos caminos, que crecieron cortando y recolectando el bambú, desaparecen. Las familias piensan que mueren en alguna parte del bosque, ya sea cayendo en un precipicio o atrapadas por una bestia salvaje, pero vuelven veinte años después, aparentando la misma edad que tenían cuando desaparecieron. Otros dicen que fueron perseguidos por un depredador, que al final es empujado y ahuyentado por algo en el bosque. Como si hubiera una barrera imposible de cruzar…

—¿Qué cree usted que sea? —pregunta Shu—. ¿Alguna vez ha visto algo en este bosque?

—Yo nunca lo he visto por mí misma, pero cuido dónde pongo mis pies, respeto lo que sea que vive aquí y le pido que me conceda un camino seguro para entrar y salir. —La capitana Tsai me mira—. Me preguntaste qué clase de dios vive aquí, creo que es una forma salvaje de magia, algo a lo que nunca se le ha dado un nombre.

Reflexiono sobre esto, ahora entiendo por qué no he sentido la presencia de la Dama Blanca desde que entramos a este lugar; pero, aun así, durante la noche me protegió de los sueños que me habían acechado. Quizás al menos una parte de esto sea benevolente.

Es entonces cuando comprendo que debo convocar a un consejo Shénnóng. Tengo que alcanzar mi propia magia, ver por mí misma qué le impide a Shu atravesar el Cambio. Cuando nos detenemos para almorzar, le solicito a la capitana Tsai que encienda un fuego y le pido algo de agua caliente para preparar té. Ella me ve con sospechas, no estoy segura de lo sabe respecto a la magia shénnóng, pero sé que reconoce la existencia de algo más allá de este mundo.

—¿Por qué?

—Voy a realizar un ritual —le digo con honestidad—. Hay algunas preguntas personales para las que quisiera obtener respuestas.

Ella se ve intranquila con esto.

—¿Qué esperas que hagamos nosotros?

—Ustedes no tienen que participar —le aclaro—. Todo lo que pido es su ayuda para prender el fuego.

Después de un momento de duda, ella asiente y le indica al Hermano Huang recolectar agua de un arroyo cercano para nosotros, mientras yo enciendo el fuego con ella.

Cuando estamos listas, Shu se sienta con las piernas cruzadas junto a mí, de cara al fuego. No se ve contenta, las comisuras de sus labios y de sus ojos se curvan hacia abajo. Sé lo orgullosa que estaba de ser una shénnóng-tú, lo feliz que se sintió cuando mi madre la nombró su aprendiz. Ella ya se había entregado a aprender cómo cosechar y cómo tratar el té, a comprender las hojas, el agua y los diferentes ingredientes. Yo desearía poder darle todo, pero un pensamiento brusco surge. «No, tú no renunciarás a tu propia magia, no serías nada sin ella. Es inútil, no te mientas».

Empujo ese pensamiento al lugar oscuro de mi mente del que vino.

Me pongo de rodillas y vacío el agua burbujeante en la vasija; esta gira en un vórtice y me doy cuenta de que mi magia me sigue, desvelándose a sí misma. Todo lo que quiero es ver; con ese propósito elegí el crisantemo blanco, una preparación muy común por su agradable dulzura. No requiere hojas de té, aunque típicamente se usa para funerales, por lo que mi madre sentía cierto desprecio por él. Yo conozco su uso para fortalecer la conexión entre las mentes; le paso la taza a Shu, quien sopla el vapor con un suspiro y lo bebe.

El té me quema al pasar por la garganta, la preocupación que siento por mi hermana es tan caliente como el líquido. Tiene un sabor que no me resulta familiar, diferente a lo que estoy acostumbrada. Tomo la mano de Shu, que se encuentra con la mía, ella me mira con esperanza, pero un poco perdida. Nos adentramos juntas en el Cambio, hasta que estamos en ese otro lugar. Ahí, nuestro entorno se ve como inundado de una penumbra plateada, pero aún se pueden ver los colores.

Me quedo sola en la orilla del bosque cercano a nuestra casa; regresé a un recuerdo de cuando nos mandaban a recoger hierbas del jardín y me decían que vigilara a Shu. Estoy tan concentrada en escoger las flores correctas que no me doy cuenta de que Shu ha desaparecido, hasta que mi madre sale y me pregunta dónde está. Doy vueltas alrededor; recuerdo vívidamente cómo se veían las flores cayéndose de mis manos ese día, lo fuerte que sonaba mi corazón, sentía como si se me fuera a salir del pecho, recuerdo lo estruendosos que eran mis pasos mientras corría y gritaba su nombre.

Ahora, de pie en el bosque, el viento levanta una espiral de hojas y me da un suave empujón desde atrás. Sé que las hojas me guiarán en la dirección correcta, y la veo apenas un momento después, sentada al pie de un árbol; saboreo el alivio en mi lengua, tan dulce como el crisantemo.

Me acerco, Shu voltea hacia arriba para verme y el tiempo avanza, ella crece ante mis ojos: de la niña que era a la joven que es ahora. La miro detenidamente a los ojos y me permito entrar en ellos, pidiéndole a la magia que me muestre dónde debería estar su propia magia. «Lo similar reconoce lo similar».

Me siento caer, caer, caer hacia adelante en un gran y profundo hoyo, en un cavernoso espacio que está alarmantemente vacío, pero que debería contener las reservas de su magia. Siento un cambio en este lugar, como si algo hubiera sido violentamente sacado y llevado lejos dejando solo un vacío detrás, un árbol arrancado de raíz.

Regreso a mi cuerpo con un grito de asombro y la expresión en la cara de Shu me muestra que ya sabe lo que yo acabo de descubrir, y sabe que temo lo que esto pueda significar para ella.

Pero antes de que pueda abrir la boca para hablar, un agudo dolor me rasga el brazo, como si alguien hubiera tomado una espada y hubiera cortado mi piel. Grito, agarrándome la muñeca. Shu está en alguna parte junto a mí, pero todo lo que siento es el dolor, como si algo excavara en mi piel y arañara en su camino por salir.

«Ya vienen».

—¡Debemos irnos! —Me esfuerzo por ahogar un grito de dolor.

Shu me ayuda a levantarme, me tambaleo un poco, pero logro ponerme en pie.

—¡Tenemos que irnos! —Grito esta vez, les hago gestos a nuestros compañeros con mi mano sana.

Reunimos nuestras cosas de prisa. La capitana Tsai y el Hermano Huang ya recogieron todo ante mi pánico. El bambú se balancea con fuerza sobre nosotros, los sacude una repentina brisa.

—¿Qué es eso? —me pregunta la capitana mientras levanta su saco; Shu solo sacude su cabeza.

Yo salgo del camino, me adentro en el bambú y pongo mi mano en su dura superficie.

—¿Quién viene? —le pregunto. Quizás el té de crisantemo abrió mi mente porque escucho su respuesta silenciosa.

«Ella te ve».

Miro mi brazo, el brillo regresó, junto con la irregular cicatriz que me dejó la mordida de la serpiente. Cada vez que uso mi magia, atrae a la serpiente hacia mí; creí que había sido una coincidencia, quizá provocada por mi torpeza. El astrónomo dijo que la serpiente y yo estábamos unidas de alguna manera, ahora veo por mí misma que es verdad; debí saberlo, debí verlo antes.

—¿A quién le hablas? —El Hermano Huang me observa desde el camino, su voz es un poco fuerte y nerviosa.

—No tengo tiempo para explicar —digo rápidamente—. Es el bambú, le voy a preguntar a dónde debemos ir.

La capitana Tsai asiente, acepta esto con mayor facilidad de la que yo esperaba.

—Siempre ha habido quienes pueden hablarle. Ya me encargué del fuego. Andando.

Agradezco su sensatez, que elija creerme, como si yo fuera digna de confianza. Cierro mis ojos e inhalo el aroma del bosque a mi alrededor. El bambú parece ver cualquier tiempo, cada vara está conectada con la otra, todas se relacionan; son una gran familia que protege a los suyos, se reconocen una a la otra y conversan con rapidez, comunicándose unas a otras dónde se origina el peligro y por dónde creen que sería más seguro viajar.

—Síganme —les digo a mis compañeros, y nos dirigimos camino abajo. Nuestro andar dejó de ser tranquilo, ahora es impulsado por la urgencia. Escucho al bambú decirnos que nos adentremos en la maleza. Algunas veces nos salimos del camino, pero de alguna manera sabe hacia dónde dirigirnos hasta que, de nuevo, regresamos al camino.

—¡Miren! —murmura la capitana Tsai.

Detrás de nosotros hay tres personas a la distancia; el bambú tiene razón: algo nos sigue, algo que quiere hacernos daño. Me paro al lado de uno de los verdes tallos otra vez.

—¿Puedes guiarnos a donde estemos seguros?

El bambú tiembla a nuestro alrededor, entonces escuchamos rocas que caen más adelante. El Hermano Huang corre hacia enfrente y nos hace señas para que veamos lo que el bosque reveló: la estatua de un mono con las manos entrelazadas sobre su boca.

—¡Es un guardián! —La capitana Tsai respira y señala hacia adelante—. ¡Miren, hay un camino!

Apenas es perceptible, pero ahí está. Me pongo en marcha sobre él y continúo; espero que mi error no nos cueste la misión o nuestras vidas.

Capítulo veinte

Ning 寧

Nos quedamos callados, ninguno se atreve a hablar. El bambú continúa meciéndose a nuestro lado, se ondula en verdes olas; al caminar a través de él puedo sentirlo, el bambú percibe cosas. Tiene una consciencia, tal como Peng-ge, como los árboles cerca de mi aldea. Sabe quién es respetuoso y quién no lo es.

El bambú se inclina hacia afuera del camino y crea un sendero que nos lleva a partes diferentes del bosque. Cada cierto tiempo sentimos como si hubiéramos caminado por horas, que quizás estemos perdidos, pero entonces aparece otra estatua de mono con su boca cubierta como una advertencia. El bambú nos guía lejos de aquellas oscuras figuras hasta que ya no están detrás de nosotros.

El aire se cubre de neblina y un frío intenso se instala alrededor de nosotros. Estamos temblando, pero seguimos caminando, soplamos en nuestras manos y pisamos fuerte para mantener el calor. Extrañamente, la luz no parece cambiar aquí, continúa colándose a través del follaje, sesgada y rara, nos es imposible decir si ya cayó el atardecer. ¿La luna debería ser llena esta noche?

—¡Adelante! —El Hermano Huang rompe finalmente el silencio y señala hacia enfrente un destello rojo entre los árboles: hay banderines rojos colgando del bambú; al pasarlos, vemos que hay una brecha en la vegetación. Llegamos a otra parte del bosque.

La capitana se estira y toca uno de los banderines, parece confundida.

—No entiendo —dice despacio.

—Esto se ve muy festivo, como una celebración —comenta Shu.

—Se supone que son una advertencia —replica la capitana Tsai mientas señala los símbolos que están garabateados en ellos. Es una escritura que no comprendo.

—¿Wŭlín? —El Hermano Huang medita, parece desconcertado—. Pero usted dijo que nos tomaría por lo menos seis días cruzar el Mar de Bambú.

—Sí, eso dije —murmura la capitana.

Cuando pasamos la brecha en los árboles vemos claramente que hay una estructura a la distancia: una fortaleza con muros de ladrillo, altos e imponentes.

La capitana Tsai voltea hacia el límite del claro y se inclina dedicando una reverencia al bosque, todos seguimos su ejemplo.

—El Mar del Olvido nos ha traído con bien —susurra, con las manos juntas sobre su corazón, en una plegaria y se inclina de nuevo—. Gracias.

La capitana Tsai nos advierte que debemos quedarnos detrás de ella conforme nos acercamos a la edificación. Parece imposible que semejante estructura haya sido construida entre los árboles; la puerta es lo suficientemente alta y ancha como para que dos carruajes pasen, uno al lado del otro, pero está cerrada. Una parte de Wŭlín es un monasterio para rendir culto al Tigre Negro, la otra parte es la academia de estrategia militar y combate. Al levantar la mirada, parece un palacio o una prisión.

Aún desorientada por la repentina aparición de nuestro destino, observo uno de los leones de piedra que rodean el camino que lleva a la fortaleza, pongo una mano sobre su cabeza, solo para asegurarme de que es real, para decirme que no es una visión, que no estoy soñando; la piedra se siente fría y áspera al contacto con mis dedos.

Suena un agudo silbido desde arriba, y una flecha vibra en el suelo frente a mí. La capitana voltea y nos grita que retrocedamos. El Hermano Huang da un paso enfrente de Shu y de mí, espada en mano.

—¡No se acerquen más! —Una cabeza se asoma por encima del muro—. Wŭlín está cerrado a los visitantes.

La capitana Tsai avanza y alza la voz.

—Traemos un mensaje de Yĕliŭ.

Además del mensaje que el astrónomo Wu nos pidió entregar, también había una carta que el duque Liang escribió y le dio al comandante Fan. De nuevo, la capitana desliza lento su dao en la funda. Toma el pergamino que lleva en su saco y lo eleva, junto con la carta, sobre su cabeza, para que los habitantes de Wŭlín lo vean; después los baja con cuidado, los coloca frente a la puerta y se va.

Después de un momento una pequeña puerta, situada en el gran portón, se abre. Un guardia que lleva armadura completa sale y se inclina, su rostro está oculto detrás del casco.

Shu me toma del brazo, la siento temblar un poco junto a mí y sé que está recordando a los soldados que nos atacaron en la montaña. La acerco más a mí, asegurándome de que, sin importar lo que pase, pueda ponerme delante de ella.

—Disculpas, capitana —dice el guardia, con una voz más joven de lo que esperaba—. Estamos en aislamiento por órdenes del comandante Hao; no está permitido que nadie entre o salga, hemos sido blanco de varios ataques recientemente y debemos mantenernos vigilantes.

La capitana Tsai levanta la voz y toma su turno para hablar.

—Traemos tristes noticias de occidente: Yĕliŭ ha caído. La misiva fue escrita por el duque Liang antes de su asesinato a manos de atacantes desconocidos.

—Esas son noticias trágicas —dice el guardia mientras recoge el pergamino y la carta, luego se inclina ante la capitana de nuevo—. El comandante revisará sus mensajes y, cuando lo haga, alguien regresará con una respuesta.

Nos quedamos afuera y esperamos mientras ellos se reúnen tras los muros de la fortaleza. Ninguna voz se escucha, no hay movimiento durante un largo tiempo hasta que, finalmente, la puerta se abre de nuevo. Esta vez salen tres personas: dos guardias armados y una mujer que va al frente de ellos. Visten túnicas negras y flojas; ella lleva en sus muñecas brazaletes de metal con un diseño en espiral que continúa hacia arriba por sus brazos en un zigzag de cicatrices. Su cabello oscuro está atado y tiene un mechón gris en la sien, me recuerda a la seguidora del Tigre Negro que luchó con Kang en la ronda final de la competencia.

—Mi nombre es Yu Jingyun —nos saluda con sus manos entrelazadas frente a su rostro—. Soy una de las wŭlín-shī de esta academia, leí los mensajes que trajeron con ustedes. En efecto, estos son tiempos turbulentos.

—Anciana Yu. —La capitana Tsai hace una reverencia y el resto de nosotros hace lo mismo—. Es desafortunado que tengamos que encontrarnos de semejante manera.

—Ofrezco disculpas por nuestra falta de hospitalidad. Nos hemos encontrado con amenazas a la seguridad de nuestros habitantes y, para protegerlos, no estamos admitiendo que nadie pase por nuestras puertas hasta que lleguemos a un consenso sobre cómo proceder —declara la anciana Yu—. Sin embargo, el comandante Hao y los líderes de Wŭlín me enviaron para encontrarme con ustedes y discutir el contenido del pergamino y la carta. ¿Ocurrió todo lo que describen? ¿Yĕliŭ cayó y la princesa abandonó la capital?

La capitana Tsai mira en mi dirección.

—Mi acompañante estuvo presente durante ambos eventos y puede decirle más; adelante, Ning.

La wŭlín-shī me observa fijamente, espera que yo continúe.

Le hablo de la competencia y de lo que ha sucedido desde entonces: de la entrada encubierta del general de Kăiláng y sus soldados en la capital, ayudados por las lealtades cambiantes del gobernador de Sù; del canciller y su intervención cuando estuve a punto de ser ejecutada. Le hablo también de la devastación que vi en Yĕliŭ y lo que pasó después; de los soldados sombra; de la serpiente que los atrapó en sus sueños. Con un escalofrío, de repente me doy cuenta de la similitud con Wenyi cuando manipuló a aquella víbora en la tercera ronda de la competencia. «Es animación, solo eso», fue lo que les aseguró a los jueces para tranquilizarlos.

Excepto que ahora hay un poder con la capacidad de manipular la mente humana hasta el punto en que puede sobrepasar nuestro instinto de sobrevivencia.

Desconcertada, la anciana Yu se enfoca en ese pensamiento.

—Si lo que dices es verdad, temo que nuestros exploradores tuvieron el mismo destino. Hubo una oleada de desapariciones en las semanas anteriores, ya perdimos todo un batallón.

Quince wǔlín-shī entrenados, pueden enfrentar a cien soldados. ¿Cuánto daño más es capaz de hacer todo un batallón? Solo con mi magia, Zhen y Ruyi tuvieron la habilidad para defenderse de los cinco que nos atacaron y fue hasta que las tropas del comandante Fan los superaron que hubo una esperanza de capturarlos.

—Ahora que conoce la verdad de nuestras palabras, ¿será posible que ganemos su aceptación para entrar a Wǔlín? —pregunta la capitana Tsai—. ¿Prestarán ayuda a la princesa en la batalla que se avecina?

La anciana Yu intercambia miradas con los soldados que están junto a ella, antes de negar despacio con la cabeza.

—Aunque simpatizamos con la princesa y su causa, ya perdimos a muchos. Si llegáramos a ser poseídos y usados como armas para lastimar a la gente de Dàxī..., eso iría en contra de todos nuestros principios, ese es nuestro más grande temor; sin embargo, recientemente recibimos otra misiva de la capital, que cuenta una historia diferente.

Ella asiente hacia el guardia más cercano y él desenrolla un pergamino. Me observo fijamente, capturaron mi imagen con tinta, parezco un conejo listo para darse a la fuga; junto a mi retrato hay un sello rojo: «Se busca».

—La chica que ustedes trajeron como testigo fue acusada de envenenar a los oficiales de la corte y de ser un peligro para Dàxī; los shénnóng-shī del reino fueron llamados a la corte; Hánxiá está cerrado, en espera de una investigación más amplia. No sabemos si se puede confiar por completo en el general de Kǎiláng, por eso también nos apartamos de los representantes de la corte. Esperaremos para ver quiénes se revelan como protectores de los ciudadanos de Dàxī y quiénes simplemente están hambrientos de poder.

—¡Esas son mentiras! —Estallo, incapaz de contenerme por más tiempo—. Se los he dicho, la competencia estuvo manipulada desde el inicio. Ellos querían un pretexto para reunir a todos los shénnóng-shī en el palacio, para envenenar a la corte y acusar a la princesa de ser una asesina. ¡Todo esto es un ardid creado a manos del canciller Zhou y del general de Kǎiláng!

—Todo lo que tenemos hasta ahora son acusaciones —me dice la anciana Yu—. No sabemos qué es verdad y qué es mentira.

Les proporcionaremos suministros para que pasen la noche, pero dejarán esta tierra mañana. Wŭlín tomará en cuenta la información que nos han proporcionado y procederemos cuando hayamos tomado una decisión.

Me doy vuelta y me alejo. Aunque sé que es irrespetuoso de mi parte, las palabras que están a punto de salir de mi boca definitivamente no serán prudentes de cualquier manera. Me siento en una roca al lado del camino y pienso en lo que me espera.

Asesina, ladrona, fraude, fracaso. Todos estos nombres y descripciones que me dieron. Los soldados sombra y el ministro de Justicia me acechan. Si en cada lugar que el ministerio haya tocado, vamos a encontrar un aviso de recompensa con mi rostro estampado en él, Shu seguirá en peligro, no importa a dónde vaya yo.

Cuando miro hacia arriba, mientras me siento desesperada, la capitana, el Hermano Huang y Shu están de nuevo junto a mí; la gente de Wŭlín se ha ido.

La capitana Tsai me observa, me mira directamente a los ojos.

—Yo sé que quizás esto no te ofrezca mucho alivio, pero me mostraste cosas más allá de mi entendimiento. Pasó una semana entera en tiempo real, pero como todos sabemos, no caminamos por tanto tiempo. Te creo, Ning, y creo en todo lo que has dicho que pasó en el palacio y en Yĕliŭ.

—Gracias —le digo, realmente aprecio su apoyo—. Si puedo convencer a una persona, entonces quizá también tenga oportunidad de convencer a otras.

—¿Qué harás ahora? —pregunta.

«¿A qué otro lugar puedo ir, sino hacia Yún?».

—Tengo otra tarea que me asignó el astrónomo Wu. Debo viajar hacia una cañada que está cerca de aquí, donde se rumora que vive una afamada shénnóng-shī.

El Hermano Huang me mira confundido.

—Solo hay una cañada en Yún, la cañada de Băiniăo, cerca del pueblo de Ràohé.

Ràohé. Mis oídos se reaniman al escuchar ese nombre tan familiar, es el lugar de la familia de Wenyi. Por un momento, parece como si las estrellas se alinearan, quizás esa sea la dirección que el destino tenía prevista que yo siguiera. No he olvidado la promesa que le hice a Wenyi; dirigirme hacia la cañada me acercará a su familia.

—Yo te llevaré ahí —me ofrece el Hermano Huang—. Conozco el lugar, yo puedo ser tu guía.

—Escuchaste lo que dijo la anciana —le recuerdo—. Me busca el ministerio. Soy una envenenadora, ¿recuerdas? Asesiné a diez oficiales. ¿Estás seguro de que quieres tratar con semejante monstruo?

Pero en vez de la reacción que yo esperaba, el Hermano Huang solo se ríe.

—Prometí que llevaría mi misión hasta el final antes de regresar a casa, y parte de esa misión es mantenerlas a ti y a tu hermana a salvo. No harán que mi Xin'er me espere demasiado tiempo, ¿verdad?

—Entonces, está decidido —concluye la capitana Tsai, sin permitirme decir ni una palabra para protestar—. El Hermano Huang las ayudará a llegar a Ràhoé. Yo tengo otra misión que debo completar para el comandante en una aldea cerca de aquí.

Wŭlín nos brinda las provisiones que prometieron, incluyendo mantas más gruesas para la noche y algo de sopa caliente, con brotes de bambú y rodajas de carne, para ayudarnos a entrar en calor. Bajo la enorme sombra de la fortaleza tengo otra noche libre de pesadillas. No hay sombras maliciosas espiando desde la distancia, ninguna serpiente atenta silba en la oscuridad.

En cambio, sueño con un chico que se sienta conmigo sobre los tejados, vemos desde arriba las luces de la ciudad. Me despierto en la mañana, con su nombre todavía en mis labios, y me pregunto si habrá encontrado las respuestas que buscaba.

CAPÍTULO VEINTIUNO

KANG 康

—El regente requiere su presencia en el estudio.

La petición llega de uno de los guardias del palacio, cuando sus sirvientes atienden a Kang. La túnica se ajusta sobre sus hombros y esta mañana siente como si se colocara su armadura, preparándose para la batalla; una lucha para la que no está completamente preparado.

¿Cómo le contará a su padre la locura de la que fue testigo la noche anterior? ¿Acaso su padre le creerá? Le dice una voz que proviene de la reflexión incorrecta.

En cuanto atraviesa el laberinto de pasillos en el interior del palacio que conecta sus aposentos con los del emperador, Kang se queda de pie ante un conjunto de puertas abiertas. El estudio es en realidad toda una biblioteca, en sus estantes se exhibe toda una variedad de tesoros; a lo largo de otra pared se encuentran los libros y pergaminos. Todos cuidados por otro séquito de sirvientes, quienes tienen la única tarea de mantener pulcra esta habitación para el emperador. En la pared más lejana ve una pintura que cuelga en la esquina y, frente a ella, sobre una pequeña mesa, descansa una tablilla labrada hecha de ébano fino y un incensario. Grabado en la tablilla está el nombre de su madre y, desde su retrato, ella le sonríe serenamente.

Kang hace un rápido cálculo mental. ¿Se acerca el aniversario de su muerte? ¿Ya pasó y lo olvidó? No puede dejar de sentirse atraído por la habitación al observar su rostro, percibe un dolor conocido en su cuerpo: la extraña como a nada en este mundo.

—Nos la quitaron demasiado pronto —dice una voz detrás de él.

Kang voltea y ve a su padre. El general está de pie, con las manos cruzadas detrás de él, mirando el retrato de su esposa. Usa uno de los braseros para encender algunas varas de incienso y le da una a su hijo. Con el humo ondeando por encima de la punta de cada vara ellos se inclinan al mismo tiempo, en remembranza, en amor compartido. Kang coloca el incienso en la base frente a la placa, espera que sus mensajes la encuentren, que alguna parte de ella sepa que no la han olvidado.

—Tú la trajiste aquí —dice Kang en voz baja. Él siempre pensó que su placa debió quedarse en Lùzhou, en su casa junto al mar. Su madre nunca expresó el deseo de visitar el palacio, ella no era muy citadina. Le gustaba la península y compartía con él su amor por ese lugar hasta que él también, a la larga, lo vio como su hogar.

—Nunca podría abandonarla —replica el general, admirando aún el retrato—. Así como ella me hizo prometer que siempre te mantendría a salvo.

Kang guarda silencio. Si su madre estuviera aquí, sin duda las cosas serían diferentes, pero hace un largo tiempo su tío decidió que su mera existencia era una amenaza. El doloroso recuerdo de que fue asesinada es como un cuchillo que se le encajara en su costado.

Ahora Kang duerme en la antigua residencia de la princesa. Aunque se reemplazó el mobiliario que le pertenecía y se retiraron sus objetos decorativos, ese lugar todavía no lo siente suyo. Nada de esto lo es. Él se quitó a sí mismo ese título mucho tiempo atrás. Toca ese lugar en su pecho en el que casi puede sentir los bordes del estigma a través de sus ropas.

No, lo quemaron para retirárselo.

Camina, alejándose de los vigilantes ojos de su madre. Ella no habría aprobado nada de esto, no habría permitido que el general enviara a Kang al palacio como espía y, como ahora lo sabe, también como distracción. Ella no le habría permitido profanar Yěliŭ, le habría aconsejado buscar otras alternativas. Donde alguna vez su madre pudo haber guiado a su padre, Kang reconoce que ahora el canciller busca unirse al general, para asegurarse de que ambas ascensiones estén tan íntimamente atadas como sea posible.

Para distraerse de sus caóticos pensamientos, Kang mira los tesoros que se encuentran en los estantes de arriba. Su padre prefiere las esculturas de caballos galopantes y las embarcaciones talladas en bronce, decoloradas y maltratadas por el paso del tiempo. Hay un arco que cuelga de la pared, junto con una colección de flechas, cada una de ellas está asociada a un recuerdo particular: una batalla, una cacería o una competencia.

Sin embargo, es la espada blanca la que atrapa la mirada de Kang. La espada hechizada que acompañaba al señor de la guerra, quien causó tanta muerte y destrucción. A pesar de todo, dependiendo de cómo se cuente la historia, fue tanto un rebelde que peleó sin sentido, como el heroico protector de su clan, que los defendió hasta su último aliento. Kang se pregunta cómo describirán los historiadores este periodo de tiempo, cómo será recordado él en los registros de la historia.

La empuñadura labrada le atrae. La hoja está escondida en una nueva funda de piel, decorada con dos bandas de madreperla. ¿Qué tan afilada será? De pronto siente una urgencia por tomarla, liberarla y averiguarlo él mismo…

—Tómala —le ordena su padre.

La mano de Kang se aparta bruscamente de la espada, a pesar de ser un príncipe no tiene permitido portar un arma dentro del palacio, esto no es un campo militar en las afueras, no es el campo de batalla y, aun así, su corazón se acelera como si lo fuera.

El general le sonríe, sabe lo que piensa.

—Tú la sostuviste una vez. Si te da curiosidad saber cómo se siente esgrimirla, esta es tu oportunidad.

De nuevo Kang se da vuelta hacia la espada, hacia la insistente atracción que aún puede sentir. Desde que era muy joven, se le enseñó a evaluar cada arma disponible para él en cualquier habitación en la que pusiera un pie y a prepararse para lo que se pudiera presentar. Se estira hacia la hoja y la levanta de la base; la examina, primero envainada, es pequeña, un arma secundaria hecha para estocar a alguien si se acerca demasiado en un combate mano a mano; la desenvaina y coloca la funda sobre la repisa.

Le trae recuerdos, de cuando era empujado hacia la oscuridad e insultado por los soldados más grandes de su batallón. De cuando, al ser explorador, se cayó de un árbol y se rompió el brazo en dos partes. De cuando pensaba que alguien era su amigo y después lo escuchaba referirse a él solo como un medio para ganar la aceptación del general.

La hoja gira, rápido y más rápido, mientras él se desliza ante una invisible amenaza. Se mueve en su mano, casi como si lo guiara y lo animara a usarla contra sus enemigos. La espada tiene sed… él tiene sed… de sangre, de venganza, de cortar a cada uno de los que alguna vez le hicieron daño.

Su cabeza da vueltas, toma de prisa la funda del estante y desliza de nuevo la espada en su lugar. Perlas de sudor se acumulan en sus cejas.

Kang se inclina y le entrega la espada a su padre.

—¿Tus pensamientos? —El general se la arrebata de las manos y la pesa en su palma.

—Es un arma finamente elaborada; en mi opinión, para tan peculiar elección de material, está bien cuidada —afirma Kang, y se frota con disimulo la mano en su túnica, puede percibir el remanente de una extraña sustancia. «Algo está terriblemente mal en el palacio».

—Debes preguntarte por qué te traje aquí. —Su padre coloca la espada de regreso en su base y lo observa a él de nuevo—. Necesito que realices una misión para mí.

—¿Una misión? —Kang se anima un poco al pensarlo, finalmente tener un descanso de todas las rutinas y estructuras del palacio y, sin embargo, todas sus preguntas sin respuesta lo siguen acechando.

—He escuchado rumores de un tesoro que reapareció en la región del norte —continúa su padre—, una cañada en las montañas de Yún. Le robaron algo de gran valor al Primer Emperador y luego lo escondieron.

¿Más reliquias? Debe haber un propósito para todo esto, un plan maestro que Kang no entiende. Los oficiales continúan llegando y le hablan de cosas que no tienen importancia, sabe que ellos están tan poco enterados de los planes de su padre como él mismo.

—Debes preguntarte también por qué estoy en búsqueda de todos estos artículos —le dice su padre, leyendo con facilidad la expresión de Kang.

—Sé que debe haber un propósito para hacerlo.

«Por favor, dime por qué, dame una razón para todo esto, una que me ayude a no temer qué tan lejos llegarás» le ruega en silencio.

—Las academias y los monasterios tomaron mucho poder del trono —afirma el general y aprieta el puño—. Mi hermano arruinó a Dàxī con su benevolencia. A mí me verán como un vehículo de los dioses, la unión de sus fuerzas.

Así que de eso se trata, esa es la meta final de la ascensión de su padre. El Primer Emperador siempre creyó que los dioses le habían otorgado su mando, y aunque los anteriores emperadores se alejaron de esa creencia, parece que su padre pretende retomarla en su próximo reinado.

—No soy un hombre que crea en supersticiones, sin embargo, estoy consciente de la fuerza de las creencias. —El general toma un disco que está sobre la repisa y Kang reconoce la reliquia de Hánxiá, la que su padre despreció ante la corte y aun así encontró su camino hasta su estudio personal—. Me conocerán como el Divino Emperador, una vez que controle las tres reliquias de Hánxiá, Yěliŭ y Wŭlín, junto con los tres emblemas del Primer Emperador.

La espada, el sello, el trono.

—Cuando ascienda, empuñaré la espada maldita que ha arruinado hombres frente a mis ojos, y me sentaré sobre el trono con el miăn guān que alcanza el cielo sobre mi cabeza.

Ahora el general toma un sello del estante y lo sostiene para que Kang lo vea. Está hecho de una madera tan oscura que casi parece negro, como si pudiera tragarse la luz que brilla sobre él. La cabeza tallada de un dragón está unida a la base, su larga y curveada boca está abierta en un feroz rugido. La espada es la representación del poderío militar del emperador, mientras que el sello resguarda la impronta oficial que deja lacrada cada proclamación que surge del palacio.

—El Primer Emperador tuvo durante un tiempo una esfera de cristal del tamaño de un puño, se decía que era tan luminosa que brillaba en la noche. Fue saqueada del palacio muchos años atrás y es hasta ahora que reapareció en la provincia de Yún. La llamaban la Perla que Ilumina la Noche, y su lugar la espera junto a mi sello, como un símbolo más de mi poder.

La boca abierta del dragón espera esa esfera.

—Dicen que alguna vez perteneció al mismísimo Dragón de Jade —dice despacio el general mientras observa fijamente el sello. Hay hambre en su rostro, una ardiente expresión—. Y pronto me pertenecerá.

Kang se siente atraído por el deseo de ir, pero es demasiado grande el peligro que representa dejar a su padre en las garras del canciller. Las siguientes palabras del general resuelven el conflicto.

—Asistirás al canciller con la ayuda de los dioses, acompañados por Wǔlín y Hánxiá. —Su padre parpadea y sacude su cabeza—. Lo había olvidado, supongo que esas academias no existen más.

Esto hace que sea más fácil para Kang aceptar la misión. Puede utilizarla para mantener vigilado al canciller y descubrir los planes que tiene para su padre.

El padre de Kang regresa el sello a su lugar en el estante y saca otro artículo de su túnica. Se trata de una piedra tallada, es del tamaño de su palma, con extraños flecos negros que cuelgan de todos sus extremos.

Kang inhala profundamente al verla, la reconoce por lo que es. Los símbolos brillan desde adentro, dispuestos sobre un fondo de perla: es el talismán del comandante. El batallón Aguanegra responde solo a quien tiene este talismán en su poder. En la mente de Kang ese objeto representa a su padre, a su liderazgo, a todo aquello a lo que él aspira.

—Hijo mío, tú asumirás mi puesto como líder del batallón Aguanegra, como mi consejero de confianza y mi representante personal —le anuncia su padre, conmovido como nunca antes lo había visto. Una oleada de emociones amenaza con sobrepasar a Kang y hacer que su templanza se venga abajo.

Todos sus esfuerzos por lograr el reconocimiento de su padre. El dolor en los músculos después de cada entrenamiento, la implacable búsqueda de la perfección, la manera en que escaló todos y cada uno de los peldaños de la jerarquía solo para que su padre lo viera.

Kang inclina su cabeza y extiende sus manos en señal de reverencia. Su cuerpo está lleno de un ardiente orgullo, siente como si su pecho fuera a explotar con toda esa intensidad.

—Gracias, padre —logra finalmente expresar—. No te decepcionaré.

Capítulo veintidós

Kang 康

Kang tiene solo dos días para prepararse y dejar el palacio. Sabe que, antes de partir, debe encontrar a la persona que le advirtió acerca del canciller. Necesita saber a quién debe buscar, para qué clase de peligro debería estar preparado en el camino. Pero sin un nombre o una cara, solo hay una persona con la que puede comunicarse, esperando que tenga la posibilidad de entregar el mensaje por él. No quiere dejarse ver nuevamente en la cocina, teme que eso pudiera poner a otros en peligro; en vez de eso, envía un mensaje al Departamento de Repostería expresando sus intenciones de celebrar una reunión en los jardines y solicita específicamente esos postres con el punto rojo en la parte superior, junto con un surtido de otros manjares.

Esa tarde, el pabellón en el Jardín de la Aromática Reflexión se ilumina con linternas; la luz dorada proyecta un cálido brillo sobre las aguas del estanque. Un músico toca la cítara, el sonido melancólico de las cuerdas pulsadas se pasea entre las tranquilas conversaciones de los invitados.

—Finalmente te encuentras más dispuesto para entender a la corte —le dice el canciller a Kang con una sonrisa, a manera de felicitación enfrente del general.

Kang se traga su disgusto y le dedica una reverencia al canciller y otra a su padre.

—Espero recibir más de sus consejos en el camino a Ràhoé —le dice, y nota cómo esas palabras le dejan un sabor amargo.

—Asegúrate de que así sea. —Su padre le da una palmada en la espalda con buen ánimo y lo deja para ir a atender a sus otros invitados.

Kang camina por los jardines, espera que su incomodidad no sea tan evidente al departir con otros. Gran parte de la corte se encuentra presente, no muchos se atreverían a rechazar una invitación del hijo del próximo emperador. Todos le expresan sus buenos deseos para la travesía que emprenderá mañana, y algunos se atreven a tratar de indagar un poco más acerca del propósito de la expedición al norte, pero Kang repite el mismo mensaje que se le ha dado como instrucción: está a cargo de una diligencia para el emperador regente y presentará sus descubrimientos ante la corte a su regreso.

Conforme la velada continúa, Kang se escapa de las conversaciones para aclarar su mente. Se detiene bajo un sauce, sus ramas lloronas le recuerdan aquel día en los jardines del monasterio Língyǎ; la emoción de escapar de los monjes que lo perseguían; la última vez que ella lo miró, confiada y dispuesta, antes de que todo terminara convirtiéndose en traiciones y acusaciones.

—Su alteza —dice discretamente una voz junto a él.

Kang se da vuelta y ve a un hombre que se inclina ante él y que responde con un gesto de asentimiento; el hombre parece familiar, usa un colgante que indica que pertenece al Ministerio de Rituales.

—Creo que no hemos sido presentados —dice Kang.

—Pertenezco al Departamento del Palacio —responde el hombre—. El nombre de mi familia es Qiu.

—Oficial Qiu —dice, y entonces dirige su vista al postre que sostiene el oficial, uno que tiene un punto rojo.

Puede ser una señal, o puede no ser nada. Su pulso empieza a acelerarse, y lucha por mantener su voz tranquila y natural.

—Espero que esté disfrutando los bocadillos, el relleno de este postre en particular puede ser sorprendente para algunas personas. —El oficial asiente.

—He escuchado que era el favorito de… la antigua princesa.

Kang lo mira con sorpresa. ¿Entonces el oficial Qiu está aquí por Zhen? ¿Para apelar por ella? ¿Para averiguar qué postura tiene él al respecto? Mira a su alrededor, consciente de que hay demasiados ojos y oídos en el palacio.

—¿Está usted aquí para defenderla? —Kang se acerca, cuidando mantener baja la voz.

—Usted siguió las pistas que le he dejado y buscó la información por sí mismo —le dice el hombre mayor—. Eso me confirmó que usted es como ella dijo.

—¿Como ella dijo? —No hace mucho tiempo, él le mencionó a Ning que los oficiales tenían muy buena memoria, pero el que se hubiera acercado a él en un momento tan cercano a la ascensión, lo hace pensar que quizá la princesa tiene sus alianzas más afianzadas de lo que él creía.

—Ella habló de usted con respeto —le comparte el oficial Qiu—. Con sus conversaciones, usted la convenció de que se preocupa por la gente. Ella también se preocupa por ellos, y no quiere verlos sufrir.

—Creo que mi padre hará lo que sea mejor para la gente de Dàxī —dice Kang con cautela.

—¡Por supuesto! De eso no tengo duda alguna, he escuchado cómo trata el general a su gente; sin embargo, me inquieta que, en su ascenso al poder, pueda haber caído bajo la influencia de fuerzas malévolas. —Su voz se convierte en un murmullo cuando unos oficiales pasan caminando junto a ellos—. Espero que lo haya visto por usted mismo.

El canciller, el rostro en el espejo.

—Pude verla, su… influencia sobre los wǔlín-shī —confirma Kang—. Pero ¿tiene alguna evidencia? ¿Algo que yo pueda llevar a la corte? —El oficial Qiu niega con la cabeza.

—Solo especulaciones. Hemos investigado al canciller desde que le dio la espalda a la princesa. Su poder sigue creciendo con cada semana que pasa y la situación se torna más devastadora con cada una de sus tácticas. Primero, el té envenenado que, aunque no podamos demostrarlo, definitivamente fue debido a su influjo; después, los bandidos a lo largo de las fronteras, pagados con monedas imperiales para causar inestabilidad; ahora las columnas fueron dañadas y las reliquias sagradas puestas al descubierto. Los astrónomos ven terribles señales de que una gran oscuridad se aproxima; sospechamos que sus intenciones van más allá de colocar a un nuevo emperador en el trono.

—¿Y qué necesita que yo haga? —Su posición en la corte es... inestable, en el mejor de los casos. ¿Qué tiene él para ofrecer, además de ser el hijo adoptivo de su padre?

—Es posible que el canciller baje la guardia mientras está en el camino, lejos de las comodidades del palacio y de la protección de su guardia personal. Usted podría descubrir su propósito o alguna señal de debilidad, y cómo ejerce su influjo sobre los wŭlín-shī; cualquier cosa que pueda ayudarnos.

—¿Ayudar...nos?

—Tanto usted como la princesa tienen aliados en la corte, no se olvide de eso. Sus intereses pueden ser más parecidos de lo que usted cree. —La mirada del oficial Qiu pasa por encima del hombro de Kang y, entonces, se deja caer en una profunda reverencia cuando otro oficial se aproxima—. Todo lo mejor para usted, alteza. Espero que encuentre lo que está buscando.

La lluvia en Ràhoé no es como las tibias y ligeras lloviznas a las que Kang estaba acostumbrado en la costa; la temporada de lluvias implica aguaceros que no paran hasta que todo queda empapado.

Kang se siente frustrado porque su intención para investigar durante este viaje lo que el canciller tiene entre manos ha estado obstaculizada desde el inicio. Si bien solicitó acompañar al canciller en su carruaje para brindarle seguridad en el camino, él lo rechazó bajo el argumento de que los wŭlín-shī le brindan protección más que suficiente. Se le informó a Kang que el canciller debería hacer varias escalas adicionales en el camino, por lo que tendrían que viajar por separado, y al canciller le tomará más tiempo del que estaba planeado llegar a Ràhoé, donde el batallón Aguanegra estaba apostado.

Así que Kang viaja hacia Ràhoé tan rápido como puede en caballo, decidido a ganar todo el tiempo posible en el campamento, antes de la llegada del canciller. Quizá así pueda indagar el propósito detrás de esta misión y encontrar las grietas que lo conduzcan a lo que busca. No sabe si sentirse aliviado o preocupado al pensar en las revelaciones del oficial Qiu acerca de qué potenciales aliados lo observan y esperan a ver lo que él hará.

En el campamento, dos capitanes saludan a Kang y le dan la bienvenida como el nuevo comandante. Mientras se instala en sus nuevos aposentos, recibe la sorpresiva visita del sonriente Ren, un soldado que lo protegió cuando llegó al batallón Tiānguān; lo acompaña otro rostro conocido: Badu, con quien Kang creció hombro con hombro, los dos fueron en parte criados por los soldados de Kǎiláng.

Aunque está cansado, adolorido y congelado por la humedad, al ver otros rostros familiares alrededor de las fogatas y en las caballerizas improvisadas, algo dentro de él siente como si hubiera regresado a casa.

Al día siguiente le muestran los alrededores del campamento y le informan sobre el estado del batallón. Todo parece estar en orden: los almacenes de suministros son adecuados, el depósito de armas tiene buen mantenimiento. Pero es en la enfermería donde Kang se detiene y mira a los ocupantes que están en un rincón de la tienda.

Estas personas no parecen ser soldados, se ve claramente en su piel suave y sus delicadas manos, no han sido curtidas por los viajes o las batallas. Uno de ellos tiene la pierna derecha enyesada; otro está inmovilizado, tiene el rostro desencajado, se ve que siente mucho dolor y murmura para sí mismo cosas sin sentido; el tercero yace inmóvil, sus ojos abiertos miran hacia la nada.

Consternado, Kang reconoce al segundo hombre: es Shao, el ganador de la competencia. Primero estuvo seguro de su magia; luego, dudoso y callado ante la corte; ahora, perdido en algún lugar de su mente.

—¿Qué les pasó? —pregunta. Un médico se acerca, con una reverencia.

—Comandante, estos son shénnóng-shī y shénnóng-tú que fueron enviados por el canciller para encontrar al adivino que vive en la cañada Bǎiniǎo. Nosotros los acompañamos cuando intentaron usar su magia, pero los pocos que regresaron, lo hicieron… así.

Así que es aquí a donde los practicantes de Shénnóng vinieron a parar, después de que fueron acorralados por los guardias del palacio. No hay duda de que alguien ha querido demostrar su valía a partir de que Hánxiá se dividió, cuando uno de sus ancianos desafió abiertamente al emperador regente.

—¿Cuál es este lugar del que habla? ¿La cañada Bǎiniǎo? —pregunta Kang fingiendo ignorancia. Su padre le informó que solo unos pocos seleccionados sabían del valor del tesoro que buscan. El batallón solo sabe que buscan a una persona en particular en el área que está protegida por un influjo mágico.

—La cañada Bǎiniǎo tiene la longitud de cien veces lǐ, comandante —responde un soldado—. El pueblo de Ràhoé tiene vistas hacia la cañada, por la cual pasa una ramificación del río Aguaclara; el Fúróng, entre los riscos del Trueno Resonante, por el lado de Ràhoé, y el Relámpago Silencioso, por el otro.

—Los habitantes hablan de un ermitaño que vive ahí, pero no hemos tenido éxito en nuestros intentos por tener contacto con él —continúa el soldado—. Ha estado más… resguardado ante nuestra presencia.

Kang observa a la mujer que tiene fija su mirada hacia arriba, sin poder ver; agita su mano sobre el rostro de ella; nada, ni siquiera un tic que indique que está consciente de lo que pasa a su alrededor. Le recuerda, de manera perturbadora, al rostro de su maestro, su ausencia de expresión.

—Cuando fui a la botica local para buscar medicinas para su tratamiento, uno de los aldeanos me dijo: «Algunas veces la cañada se traga enteras a las personas; otras veces las escupe». —El médico se estremece ante el recuerdo y los soldados se miran unos a otros, intranquilos.

—Iremos a Ràhoé —decide Kang—. Me gustaría ver la cañada.

CAPÍTULO VEINTITRÉS

NING 寧

Dejamos la fortaleza atrás en la mañana. Al partir hacia el bosque pasamos más banderines rojos que indican a los viajeros que se aproximan a Wǔlín. Shu se estira y toca uno, al hacerlo se estremece un poco.

—¿Lo ven? —pregunta.

—¿Ver qué? —Una suave lluvia comienza a caer alrededor de nosotros, la curva en el camino nos lleva entre los árboles.

—Creo que algo protege a Wǔlín —nos dice—, como una frontera.

Volteo a ver al Hermano Huang, quien también sacude su cabeza.

Quizás aún queda algo de magia en Shu, algo que el veneno no pudo afectar; quizá la shénnóng-shī que el astrónomo Wu nos envió a buscar tenga respuestas, quizá pueda decirnos cómo devolverle a Shu su magia. Este propósito renovado hace que mis pasos se vuelvan más ligeros.

—Veremos qué encontramos del otro lado —les digo.

Tomo su mano y cruzamos esa frontera, juntas, hacia lo que sea que nos espera a continuación.

Con el conocimiento del Hermano Huang de esta zona, y con nuestro mapa, calculamos que nos tomará dos o tres días llegar a las dos posibles rutas hacia Ràhoé, dependiendo de qué tormentas de verano se hayan presentado en los caminos. Un sendero va por la orilla de la cañada y es propenso a los deslizamientos de tierra; el otro es un camino más transitado hacia el pueblo, que serpentea a través de un bosque. El Hermano Huang observa el cielo, no le gusta su apariencia, hay un aroma en el viento y la temperatura desciende. Al menos tenemos las mantas y los bastones para caminar que nos obsequiaron los Wŭlín.

—Si podemos dejar atrás la tormenta, tendríamos una oportunidad en el sendero que va a lo largo de la cañada, pero si esta lluvia continúa como hasta ahora, tendremos que usar el camino que atraviesa el bosque, nos advierte.

Las piedras que delinean el sendero son resbalosas, pero manejables. El ánimo del Hermano Huang no parece verse afectado ante la larga caminata por delante, incluso canta a dueto con Shu durante una breve pausa de la lluvia, una canción popular que habla de un puente que separa a un chico y una chica de dos diferentes aldeas.

—¿Aún me recordarán para la siguiente estación? —pregunta el Hermano Huang.

—¿Regresarás y me cantarás tu canción? —le responde Shu.

Con sus voces unidas en el coro, vuelvo a pensar en Kang. Todo está enredado: el chico que llegó volando del cielo y luego me escondió sus intenciones; el chico que corrió conmigo por todo el mercado, a quien conduje a través de un mar de flores. Y después, conocer lo que le pasó a la familia de Wenyi, las atrocidades que se cometieron en Ràhoé, el canciller que se burló ante mis preguntas, que me cuestionó cómo podía seguir creyendo en la inocencia de Kang, sabiendo que fue criado en los campamentos de Lǜzhou. No veo cómo pueda reconciliar todas estas variantes de Kang en mi mente.

—«Cuando me dijiste que el tiempo es efímero, mientras bebíamos nuestra ración de vino…» —La voz del Hermano Huang viaja entre los árboles, y luego la voz de Shu se une a él para la línea final:

—«Yo sé que, como lo supe aquel verano, nunca regresarías a mí…».

Quiero creer que Kang es diferente, a pesar de todas las cosas terribles que me han dicho. Conozco el legado de su padre, y sé lo que el emperador le hizo a él y a su familia. Cómo luchó su propia batalla en contra de la historia de su familia, tal como yo he luchado muy duro contra las expectativas de mis padres.

Para cuando llegamos a un pequeño templo, la lluvia comienza a caer de nuevo, esta vez en serio. Decidimos buscar un refugio y pasar la noche aquí, al menos nos ofrecerá un techo sobre nuestras cabezas; limpiamos un poco el espacio con una escoba improvisada con ramas y paja, con ella barremos las hojas que el viento ha tirado durante la estación. Hay un poco de madera seca que algún viajero anterior recolectó, con ella hacemos una pequeña fogata mientras afuera arrecia la tormenta.

Durante la cena, Shu nos entretiene con una historia acerca de una mujer que encontró un tigre moribundo en el bosque, que se estaba ahogando con un hueso, y en vez de dejarlo morir, ella sacó el hueso de su boca y lo cuidó hasta que sanó. Meses después la mujer conoció a un hombre de aspecto feroz en el bosque, tenía grandes ojos dorados que le recordaban a los címbalos y bigotes de color negro; le dijo que ella le había salvado la vida una vez, y la llevó a su casa en las montañas. Le reveló que él era el Dios del Trueno, el Tigre Negro, y ella se convirtió en la Diosa del Relámpago.

A esta altura en las montañas, los veranos no son tan cálidos como los de más abajo en el valle; desearía tener todavía las cobijas calientes que los Wǔlín compartieron con nosotros, pero eran demasiado pesadas para llevarlas por el camino. Como alternativa, preparo un poco de té para mis compañeros y le espolvoreo algunas hierbas junto con las hojas: jengibre, canela, clavo, y el té más fuerte y longevo que tengo, en forma de un pequeño bloque que conseguí en la cocina de Yěliǔ. Desearía poder usar mi magia para darnos más energía y calor, pero sé que atraería a la serpiente más cerca de nosotros, y no puedo correr ese riesgo.

Mientras saboreamos el té, el Hermano Huang nos cuenta la historia del Dios del Trueno, la versión de su aldea, que se encuentra al norte, más allá de la cañada. Ahí el Tigre Negro es el dios de los viajeros, y se dice que muy seguido usa un abrigo con una capucha para esconder las rayas en su cara. Él concede sabiduría a los viajeros que le comparten un lugar junto al fuego, y se aparece en noches muy similares a esta.

Así como en las cocinas imperiales aprendí de las variaciones en la gastronomía regional, me maravillo también ante las versiones de historias que podemos contar. Cómo una faceta de un dios es común en una provincia, mientras que otro aspecto de ese mismo dios es reverenciado en otra.

Nos quedamos dormidos con el sonido de la lluvia golpeando las tejas y las gotas cayendo por los travesaños, casi cantando su propia canción.

Me despierto sobresaltada en la oscuridad, escucho la respiración profunda de Shu, algo me despertó. ¿Serán las ramas que pegan en el costado de la construcción? ¿O es algo más…?

Un movimiento al otro lado de la habitación, volteo; se suponía que el Hermano Huang haría guardia, pero se quedó dormido, con su espalda recargada en la pared y su barbilla casi tocando el pecho.

Me siento lentamente, mis dientes castañean unos contra otros, está frío y oscuro, la frialdad se instaló conforme la noche se hizo profunda. Hay una tenue luz en las cenizas que aún quedan en el brasero, es apenas suficiente para iluminar el pequeño espacio, lanza sombras contra la pared. Oigo un sonido como un susurro y entonces… un espantoso silbido sobrenatural.

Debe ser un sueño, tengo que estar soñando de nuevo. Siento el golpe de mi pulso contra mi garganta, late con rapidez.

Los susurros regresaron, se construyen unos a otros, las sombras se retuercen en las esquinas y comienzan a tomar forma, como un nido de víboras.

Despacio, crece en la pared hasta que se desenrolla y aparece la silueta de una serpiente. Su lengua sale deprisa, saboreando el aire. Estamos tan lejos del bosque de bambú, de las protectoras fronteras de los Wǔlín, aquí estamos expuestos.

—«Te… sss… encontré…» —sisea la serpiente.

Mi brazo palpita, lo acerco a la poca luz que dan las brasas y veo que mi piel hace ondas y se mueve alrededor de mis cicatrices; hay algo enterrado bajo la superficie, retorciéndose, siento cómo surge la náusea en mi garganta.

Estoy soñando, tengo que estar soñando.

Ruego a la diosa que me escuche, le suplico que me saque de esta pesadilla.

Me volteo para sacudir a Shu y despertarla, pero su cabeza cuelga hacia un lado. Pongo mis manos a los lados de su cara y me doy cuenta de que su piel está fría; sus ojos ven hacia arriba, vacíos, son los ojos de una chica muerta.

Lloro y me alejo bruscamente, presiono mi espalda contra el muro. La serpiente sale de la pared, toma forma física conforme se alza sobre mí.

—«Voy a poseerte… a ti y a tu deliciosa, dulce magia…» —se mofa.

De pronto hay un destello de luz.

—¡Regresa! —Escucho la voz de Shu gritar.

La veo, veo el contorno de su silueta iluminado por la luz que sale de una antorcha en sus manos, juro que puedo ver la curva de unas alas blancas sobre su cabeza.

Con un grito me libero de las ataduras de la pesadilla, un sueño dentro de otro sueño, el sonido de esos horribles murmullos…

Shu se arrodilla en el suelo frente a mí y las dos nos quedamos viéndonos; sin palabras, ella abre su mano, y descansando en su palma, llena de ampollas, hay una sola pluma blanca.

Le ayudo a limpiar y a vendar su mano. Es difícil volver a conciliar el sueño después de lo que pasó, así que mejor nos quedamos despiertas y hablamos de lo que ella recuerda. Shu me cuenta que despertó a media noche, el fuego se había extinguido y la habitación estaba insoportablemente fría. Cuando me escuchó gritar volvió a encender el fuego, trató de sacudirme pare despertarme, pero yo estaba cautiva en las profundidades de mi pesadilla. De pronto, las llamas se levantaron junto a nosotras y formaron una pared de fuego, y ella escuchó la voz de una mujer que la llamaba: «Mete las manos al fuego y sálvala».

Ella escuchó, y el fuego saltó hacia su mano. Alcanzó a ver a la serpiente alejándose de la luz, y entonces el fuego regresó a la normalidad. Apenas unos momentos después, yo desperté.

—¿Era la misma serpiente que te persiguió en tus sueños? —le pregunto.

—Yo… no estoy segura… —contesta dudosa—. Esta serpiente se ve diferente, estaba cubierta de escamas, se veía más… real de alguna manera.

Cuando el Hermano Huang despierta no le decimos nada de esto, no sabemos si nos creerá, si pensará, como el astrónomo Wu, que somos susceptibles a influencias malévolas. O tal vez supondrá que solo estábamos soñando.

La lluvia continuó toda la noche y el suelo está empapado. Algo de agua comenzó a formar charcos en áreas bajas y la fuerza del viento hace que continuar nuestro camino se convierta en todo un desafío.

—El Dios Tigre está rugiendo —murmura el Hermano Huang—. Quizá tengamos que continuar por el camino principal a Ràhoé.

Cuando llegamos a la bifurcación en el camino, vemos que tiene razón: el camino ascendente, que ofrece vistas desde la parte alta de la cañada, está deslavado. Intentar caminar, subiendo por el sendero empinado, con torrentes de lodo corriendo bajo nuestros pies, sería imposible. Tenemos que continuar por el otro camino, lo que no me gusta es que nos pone en riesgo de encontrarnos con viajeros que puedan reconocer mi rostro y quieran capturarme para obtener la recompensa. Al menos con la lluvia hay menos posibilidades de encontrar a otros en el camino; es más probable que se queden dentro de sus cálidos hogares, donde están a salvo, donde nosotros deberíamos estar, en vez de aquí afuera, con nuestras botas deslizándose en el lodo. Siento que todo me da más y más vueltas, como un hilo enredándose en un carrete.

Pasamos la siguiente noche en una cueva, acurrucados todos juntos, sintiéndonos abatidos. Todo está empapado y estoy demasiado cansada para soñar.

Conforme la pesada caminata continúa, nuestro ascenso llega a una parte plana del camino, lo que es un alivio para mis muslos adoloridos. Ya avanzada la tarde, llegamos a un puente que pasa por arriba de un río, el agua ya se desborda sobre el bosque. Con mucho cuidado, agarrándonos a la barandilla, los tres avanzamos sobre los tablones, la lluvia cae tan fuerte que se siente como si pequeñísimos puños nos golpearan.

—¿Sería posible regresar por donde vinimos? ¿Y esperar a que la lluvia disminuya? —Le grito al Hermano Huang, intento que me oiga por encima del estruendo, pero él niega sacudiendo la cabeza.

—No creo que sea buena idea —grita en respuesta—. Parece que el puente puede venirse abajo pronto, en ese caso quedaríamos atrapados. No lograríamos llegar al camino principal hasta que la lluvia ceda, quedaríamos atrapados en la ladera de la montaña, y sin comida.

Seguimos adelante, luchando contra el viento. Con la lluvia densa y la escasa visibilidad, no vemos a los soldados hasta que casi estamos frente a ellos.

—¡El batallón Aguanegra! —grita el Hermano Huang por encima del ruido de la lluvia, al reconocerlos—. ¡Corran!

—¡Alto ahí! —Nos gritan cuando nos damos la vuelta para escapar. Casi se me zafa la bota tratando de correr, y eso hace que me tropiece y termine en el suelo. El Hermano Huang me ayuda a salir del lodo, los tres entrelazamos nuestros brazos, intentamos jalarnos unos a otros, pero el viento cambia, la lluvia cae directo sobre nosotros, casi cortándonos la piel, aunque tenemos puestas las capuchas de nuestros mantos.

Vemos el río un poco más adelante, pero en el tiempo que nos toma luchar entre avanzar y resbalar por la ladera, este ha crecido y se tragó el puente por completo.

Escuchamos un grito detrás de nosotros y al voltear veo a Shu peleando por escapar de los brazos de un soldado; una mano me sujeta por el hombro.

Nos atraparon.

Capítulo veinticuatro

Ning 寧

Uno de los soldados nos ata las manos con unos rollos de cuerda. Luego, nos obligan a caminar en la dirección que ellos indican, alejándonos de nuestro camino y regresando a la colina. De un jalón me quitan la capucha, dejan mi cabeza al descubierto y observan mi cara con insistencia. Estoy llena de lodo, así que espero que no me reconozcan como la buscada shénnóng-tú de los anuncios.

—Si tienes alguna oportunidad —le digo bajito al Hermano Huang, aprovechando un momento en que inspeccionan nuestros sacos buscando cosas ilícitas—, toma a Shu y corran.

—Desde luego que no —murmura él en respuesta—. Nunca dejaré a nadie que esté bajo mi protección, va en contra del código.

El campamento al que nos llevan es una colección de tiendas, parece que aquí también ha llovido durante algunos días, el área es un gran pozo de lodo todo pisoteado.

Por dentro maldigo nuestra mala suerte, estos no son bandidos cuyas lealtades flaquean y con quienes podamos negociar, son los monstruos que la familia de Wenyi acusó de envenenar o asesinar a quienes se oponen a ellos.

Nos llevan a través del lodo a la tienda más grande, en el centro del campamento. Al cruzar la puerta de la tienda parece que estuviéramos entrando a un mundo diferente, hay braseros colocados alrededor, que calientan todo el espacio que, por cierto, es más grande que toda mi casa en Xīnyì; es como si alguien hubiera levantado una casa y la hubiera dejado caer en medio de este lugar. Bajo nuestros pies hay una plataforma hecha de madera que se levanta por encima del suelo, para no tener que caminar en el lodo. Pebeteros de cobre cuelgan de unas cadenas en el techo, emanan el suave aroma a tánxiāng, una fragancia muy cara.

Varios soldados están de pie alrededor de una mesa de madera que está en el centro de la tienda; no puedo imaginar cómo viajaron con semejante mueble. También hay algunas personas vestidas con túnicas, parecen más académicos que poderosos guerreros listos para la batalla. ¿Serán estrategas? No muestran ningún interés en lo que sucede a su alrededor, parece que discuten apasionadamente acerca de lo que sea que se encuentra sobre la mesa frente a ellos.

—¡Capitán! —exclama fuerte uno de los soldados que se encuentra junto a nosotros—. Seguro querrá ver a estos prisioneros.

El capitán voltea y avanza a grandes zancadas hacia nosotros con cara de pocos amigos.

—¿Por qué me traes a un montón de granjeros? ¿De qué podrían servirle al batallón?

—¡Véalos por usted mismo! —Alguien me empuja hacia adelante, es un soldado que se pavonea junto a mi oído, y dice—: ¡Es Zhang Ning, la muchacha que buscan! La shénnóng-tú que cayó en deshonra. —En una mano sostiene un pergamino desenrollado con mi retrato para que todos lo vean; con la otra jala mi cabello para obligarme a ver hacia arriba; la conmoción llama la atención de todos los que están en la tienda.

—¡Detente! —grita Shu detrás de mí. La oigo luchar y trato de pelear, pero el hombre tuerce su mano en mi cabello, lo jala hasta que me arde el cuero cabelludo como si me quemara.

Una voz corta el silencio.

—Suéltala.

—¿Comandante? —dice el soldado detrás de mí.

—Dije «suéltala». —Me quedo quieta mientras la mano se aleja de mi cabello y el soldado da un paso atrás. Me enderezo, la cabeza me da vueltas, parece que todo se mueve en cámara lenta, como si estuviera atrapada en una de mis pesadillas.

Kang está ahí, de pie, con el cabello atado y el rostro descubierto. Unas alas salen de los hombros de su armadura, y la cabeza de un dragón de plata ruge desde su pechera, indicando su rango en este batallón. El soldado lo llamó «comandante».

Quiero mirar hacia otro lado, lejos de él, pero no puedo. Aquellos días que pasé con él en el palacio se derrumban a mi alrededor. La última vez que lo vi, lo dejé en el caótico espacio del Salón de la Luz Eterna, él trataba de seguirme, gritaba mi nombre. Fue cuando dejé todas esas comodidades atrás, cuando creí que había perdido a mi hermana, y todas mis esperanzas quedaron destrozadas bajo mis pies. Crucé el imperio, y luego lo volví a atravesar, pero nunca, ni en mis más descabelladas fantasías, habría imaginado que me encontraría con él aquí, en medio de la nada.

Pero él no me dirige la palabra, por el contrario, se voltea para reprender al soldado que me sujetó.

—¿Pensaste que aterrorizar a jóvenes mujeres nos acercaría a la gente? —lo regaña.

El soldado parece desconcertado y protesta.

—Ella es peligrosa, ¡es enemiga del reino!

—¡Y él es tu comandante! ¿Ya lo olvidaste? —le grita el capitán.

El soldado cae sobre una rodilla, coloca la espada en su frente en señal de respeto.

—Me disculpo, capitán. Comandante.

—¿Quiénes son estas personas que te acompañan? —La pregunta de Kang va dirigida a mí. Me esfuerzo por mirarlo a los ojos. ¿Debería mentir? Creo que él sabría si no le digo la verdad.

—Mi hermana y un guía —le contesto. No es toda la verdad, pero sí una parte. Sus ojos se abren con sorpresa, y me doy cuenta de que recuerda nuestra conversación en Língyă, cuando le conté que haría lo que fuera por salvar a mi hermana.

—¿Hacia dónde se dirigen? —pregunta, recobrando la compostura.

No puedo contarle de nuestra misión, mucho menos estando rodeados por tantos de los soldados más leales del general, tantos de mis enemigos; percibe mis dudas, por lo que hace un gesto.

—Déjennos.

—¡Pero, señor! —alguien protesta.

Ignorando a los demás, Kang se dirige al hombre que sigue arrodillado junto a mí.

—¿Revisaste que no tuvieran armas?

—No encontramos nada que llamara nuestra atención —responde él—. El hombre tenía un arma y se la quitamos, eso fue todo.

—Lleven al hombre y a la chica a la tienda de prisioneros —ordena Kang—. Quiero hablar a solas con la shénnóng-tú.

El capitán avanza de nuevo.

—¿Es sabio hacer eso, comandante? Esta es una prisionera buscada, es culpable de asesinato.

—Asumo toda la responsabilidad —dice Kang con autoridad.

Nunca lo había visto así, seguro de sí, dando órdenes, siendo un líder. Y entonces, añade con ironía, un poco más parecido al joven que yo conozco:

—Si ella se las ingenia para asesinarme en medio de un campamento con sesenta de los mejores soldados de mi padre, creo que la culpa será toda mía.

Veo a Shu y ella me regresa la mirada; no quiero que la separen de mí, pero creo que no hay otra opción. Asiento con la cabeza para tranquilizarla.

—Le sugiero que mantenga sus manos atadas —le dice el capitán antes de salir, mientras levanta la puerta de la tienda, donde nos quedamos solos.

De pronto la tienda es al mismo tiempo demasiado grande y demasiado pequeña para contenernos, y yo no sé hacia dónde mirar. Siento las plastas de lodo a los costados de mi cara, el agua de la lluvia resbala por mi cuerpo y hace un charco a mis pies.

—Pensé que nunca te volvería a ver —me dice, casi sin respirar. De inmediato se acerca a mí y yo doy un paso atrás, pero él hace un gesto hacia mis manos.

«Oh».

Me doy permiso de mirarlo mientras desata los nudos alrededor de mis muñecas, dejando que la cuerda caiga al piso. Me pierdo en él, en los rasgos de su rostro, la posición de sus hombros. Antes le preguntaba una y otra vez quién era. ¿Quién era realmente?

El hijo de un noble, el soldado, el chico de corazón generoso y emocionado por vivir que me sacó del agua, que jugaba con mi cabello y me hablaba de su familia; el guerrero que está de pie frente a mí, que habla con autoridad, que comanda un despreciable batallón.

—Parece que nos decimos mucho eso —comento, y siento una avalancha de emociones que luchan dentro de mí: rabia, arrepentimiento, sorpresa, y sin embargo… quiero tocarlo, saber si él siente lo mismo que yo recuerdo. La conexión entre nosotros late, y trata de llevarme de nuevo a ese sentimiento.

—Veo que salvaste a tu hermana —comenta, como si nos encontráramos en cualquier otro lugar, tomando un té en una reunión casual. No soporto la dulzura de sus palabras—. Lograste encontrar el antídoto.

En su opulenta residencia del palacio, le eché en cara nuestras íntimas conversaciones, le dije que la conexión que teníamos era fingida, que todo era mentira, y más. Mi cara arde de enojo, trato de agarrarme de eso, de contenerlo dentro de mí, pero se desliza fuera de mi ser como si fuera agua.

—Todo lo que te pido es que la dejes ir —le digo. Doblegarme no es parte de mi naturaleza, no quiero suplicar, pero debo hacerlo si eso significa salvar a mi hermana.

Kang sacude su cabeza.

—No sé qué es lo que crees de mí, pero no soy un monstruo, me voy a asegurar de que tú y tu hermana estén a salvo. —Se acerca un poco más, sé que debería detenerlo, debería levantar mis manos como una barrera y retroceder.

—Estoy acusada de asesinato —le digo, manteniendo baja mi voz—. Dicen que tuve que ver con la muerte del emperador por órdenes de la princesa.

Una expresión extraña se deja ver en su rostro, un recordatorio de que él sabía que la muerte del emperador ocurrió antes de que yo pusiera siquiera un pie en el palacio.

—Yo sé que eso no es verdad.

—¿Tan seguro estás de conocerme? —cuestiono.

—Sé que no eres capaz de asesinar —asegura él.

Algo se aviva dentro de mí. Si tan solo tuviera poder, verdadero poder. Si pudiera cruzar los sueños, las distancias, como puede hacerlo la serpiente. Reprimo el sentimiento de prisa. Se me ofreció alguna vez, pero sé que no puedo soportar las consecuencias.

—¿Cómo lo sabes? —lo reto. —¿Cómo sabes de lo que soy capaz?

Él reflexiona. Noto sombras bajo sus ojos, como si no hubiera dormido en un buen tiempo, como si algo le preocupara.

—Ning, yo… —Kang suspira.

»La entrada a la tienda se abre y deja pasar un viento helado, las flamas de los braseros comienzan a saltar, y los pebeteros se balancean en sus cadenas proyectando sombras que brincan por las paredes. El capitán entra.

—Comandante, hay un mensaje urgente del emperador regente para usted.

Kan se frota los ojos.

—Continuaremos esta conversación cuando termine. Guardias…

—No es necesario —dice el gran canciller Zhou, que entra a grandes pasos. Fue él quien me acusó frente a la corte, quien me sentenció a muerte, su nombre está en la orden del Ministerio de Justicia para rastrearme y traerme viva o muerta—. Yo hablaré con ella y la llevaré con los otros prisioneros cuando termine.

Kang lo observa con una rara expresión en su rostro, como si fuera la última persona que esperara que entrara.

—Canciller.

—Mi príncipe. —El canciller hace una reverencia con un ademán tan ostentoso que casi parece una burla.

Mis ojos van de uno a otro. Kang hace una mueca que visiblemente es de desagrado. Hay una historia entre esos dos, una que yo no comprendo.

Kang me dirige una última mirada antes de salir de la tienda, dejándome con uno de los hombres que más desprecio en todo el mundo.

Capítulo veinticinco

Ning 寧

Príncipe. La realidad de ese título me envuelve, mientras el canciller me examina con la mirada. Solo han pasado pocas semanas desde que dejé la capital, pero veo que muchas cosas cambiaron. Comandante de un batallón, próximo a convertirse en príncipe, pero, aun con todo eso, Kang tiene que someterse al canciller; parece que alguien más también hizo crecer su poder.

—Zhang Ning —me saluda el canciller, inclinando la cabeza.

—Canciller —murmuro. Yo solía acobardarme bajo su mirada. Solía pensar que era tan amable...

Creía muchas cosas, la mayor parte de ellas erróneas.

—Te ofrecería un poco de té, pero sabemos cómo puedes hacer que termine eso. —Su sonrisa es burlona—. Ven, siéntate conmigo.

Arrastrando su capa, el canciller se sienta en una de las sillas. Yo me quedo de pie, irritada y recuerdo exactamente cómo me sentí cuando el gobernador Wang me llevó a esa explanada, cuando él me miró hacia abajo y dio su sentencia; cuando yo poseía la verdad, la certeza de que él había llevado a los soldados del enemigo al palacio, y cuando me di cuenta de que la verdad no era suficiente.

El canciller me mira, divertido.

—Aférrate a esa rabia, algún día verás que puede serte útil.

Sigo sin poder controlar las emociones que seguramente se pueden ver en mi rostro, soy tan fácil de leer.

—Usted la traicionó —le grito, como escupiendo mis palabras.

El canciller se ríe, divertido por mi reacción. Como un gato que juega a golpear a una mosca, quitándole las alas y viendo cómo lucha y se retuerce en la tierra, sin que eso sirva de nada.

—El poder lo es todo, niña —afirma—. La dulzura del poder. Es seductor, pero solo unos pocos están dispuestos a renunciar a todo para aferrarse por completo a él.

Quizá todo se alineaba de la manera en que él lo quería, somos piezas que mueve alrededor de un tablero. Él engañó a la princesa para que creyera que contaba con su apoyo, aun cuando fue él mismo quien puso a la corte en su contra. Estos juegos de adultos. Yo era, y aún soy, una niña indefensa, llena de una mezcla de fastidio y vergüenza.

—El poder te llama a ti también —continúa—. La forma en que, sin dudar, usaste tu poder sobre esa ave. En vez de recurrir a cautivadoras ilusiones, tú lograste ver de lo que se trataba el reto en realidad: descubrir quién podía doblegar a otro ser a su voluntad. Es una lástima que hayas perdido, habrías sido una influencia interesante en la corte.

No puedo evitar reírme.

—Usted es una serpiente traicionera. ¿Cree que yo soy tonta?

Él encoge sus hombros.

—Tú eras solo una campesina en el lugar incorrecto y el momento equivocado; pude haber elegido a cualquiera de esos shénnóng-tú, cualquiera de esas estrellas brillantes del imperio, al más manejable. La suerte estuvo de mi lado cuando tomaste tus decisiones y lo fácil que fue provocar al marqués. Pero tú… tú brillaste como nadie y eras la destinada a extinguirte antes de que tu tiempo llegara.

—¿Qué quiere de mí? —le pregunto, aunque en realidad no quiero saber. ¿Me enviará de vuelta a la capital y me seguirá usando de ejemplo? Conozco su capacidad para la crueldad, fue él quien dejó a Wenyi malherido en el piso de los calabozos. Lo mismo puede manchar las huellas de mis dedos con sangre y forzarme a firmar una confesión que me silencie con la muerte. ¿Qué cosas horribles tendrá planeadas para mí?

—Tengo una tarea en la que necesito de tu colaboración para llevarla a cabo; si me ayudas a obtener lo que busco, entonces te aseguro que tu nombre quedará limpio. Tú y tu hermana podrán correr a cualquiera que sea el rincón del imperio del que salieron arrastrándose, y vivirán el resto de sus días en una relativa oscuridad.

Me observa, complacido consigo mismo. Con esta oferta —que no es del todo una oferta— sabe que tengo pocas opciones. Es una táctica a la que estoy acostumbrada, el gobernador Wang la utilizaba con mucha frecuencia.

La mano que me ofrecía se convierte en una bofetada con doble intención, una ilusión.

—¿Y si no hago lo que dice? —Las palabras siguen saliendo de mi boca sin poder contenerlas, porque así soy. Debo luchar contra la insensatez de mi posición.

—Pienso que podría buscar a tu padre. —El canciller golpetea la mesa con sus dedos—. Pero debe ser el destino quien volvió a cruzar nuestros caminos, con tu hermana aquí. Supongo que me quedaré con ella y con tu amigo hasta que regreses con lo que busco, y si no lo haces, bueno… creo que sabes lo que les pasará.

Mis puños se cierran a mis costados; caí fácilmente en sus manos, no tengo nada con qué contraatacarlo, nada que pueda ofrecer. Traje a Shu directo al peligro, lo único que me queda es guardar la esperanza de encontrar a la shénnóng-shī en cuanto concluya el reto que el canciller tenga preparado para mí.

—Dígame qué es lo que quiere.

—Cerca de aquí hay un pueblo llamado Ràhoé, es conocido por su cercanía con la cañada Bǎiniǎo. Del otro lado de la cañada, tengo una vieja conocida, la llaman la Ermitaña, ella posee cierto objeto de gran valor, uno que bien podría influir en el destino del imperio.

La Ermitaña, la shénnóng-shī, debe tratarse de la misma persona, ¿cuántos seres mágicos es posible que habiten en la cañada del norte? Pero esta es la primera vez que escucho acerca de este objeto, la búsqueda de un tesoro parece una misión ingenua. ¿Qué necesidad tendría el canciller o el futuro emperador, en todo caso, de buscar un tesoro?

—¿Qué es?

—Es una esfera de cristal. Se cree que quien la posea puede acceder a infinitos recursos de magia. Por eso es que ella ha sido capaz de permanecer fuera de nuestro alcance. —Su voz se tiñe de fastidio; cuando se voltea, no puedo evitar reírme de su evidente molestia. ¿Cuántas veces la Ermitaña habrá tenido que echar abajo sus intentos por obtener este tesoro?

»La entrada a su reino está protegida por magia, sospecho que está intensificada por la esfera y no he sido capaz de atravesarla —continúa el canciller; yo me esfuerzo por voltear la cara y disimular el nulo respeto que le tengo—. Tampoco han podido mis exploradores, que terminaron perdiéndose en el bosque, ni los guerreros de Wŭlín que usé para intentar penetrar sus defensas. Escuché que solo es susceptible a la magia shénnóng, aunque unos cuantos shénnóng-tú y shénnóng-shī que traje también fallaron.

—¿Y qué le hace pensar que yo puedo llegar a ella? —pregunto.

—Tu inmensa terquedad fue la que te ayudó a llegar a la competencia. No estabas entrenada, no fuiste probada, y encima llegaste hasta la ronda final. Yo no te he mentido, Ning de Sù, de verdad creo que habrías llegado a ser una buena shénnóng-shī. —El canciller sonríe con satisfacción, sabe lo poco que me interesa escuchar su elogio. Muestra indiferencia—. O encontraremos tu cuerpo deshecho en el fondo de la cañada, sin vida, tal como terminan las estrellas más brillantes.

Me llevan a una tienda pequeña cerca del centro del campamento; dos soldados montan guardia a la entrada, uno de ellos levanta la puerta de tela para dejarme pasar. Shu me mira, su rostro no puede ocultar el alivio que siente.

—No te lastimaron, ¿verdad? —le pregunto mientras me siento junto a ella. Niega con la cabeza.

—¿Y a ti?

—Estoy bien —le digo—. ¿Dónde está el Hermano Huang?

—Aquí estoy —responde desde el otro lado de la división.

—¡Silencio! —nos grita el guardia.

—Tengo algo que decirte —bajo mi voz hasta ser casi un susurro.

Ella asiente, se endereza para verse más alta y cubrirme porque soy muy fácil de leer, sé que ya siente mi preocupación.

—Puedes decirme —afirma para tranquilizarme—, seré valiente.

Me recuerda a Qing'er, esforzándose tanto por contenerse aquel día que me despedí de él; espero que esté bien, dondequiera que se encuentre.

—Tengo que irme por un tiempo. —Sus ojos se abren enormes.

—¿Por qué?

—Me asignaron una tarea —le respondo, dándole una breve explicación de lo que me dijo el canciller acerca del tesoro.

—No se puede confiar en el canciller —remato—. Fingió ser leal a la princesa durante la competencia, solo para terminar traicionándola con el general; tienes que estar muy alerta, sé cuidadosa. Yo regresaré contigo cuando termine.

—Lo sé —me regala una pequeña sonrisa—, tú siempre cumples tus promesas.

La abrazo lo más fuerte que puedo, no quiero soltarla.

—Hay… algo más que también debo decirte. —No le hablo de que podría ser mi miedo lo que no me permitiera regresar de la cañada. Conozco a mi padre y sé que él nunca compartirá esta información con ella, parte de su propia historia morirá con él. Así que le hablo de mi madre y de él, de lo que descubrí acerca de su relación cuando estaba en el palacio. De lo que abandonaron para llegar a nuestro hogar, para construir nuestra familia; Shu escucha toda la historia, hasta tarde en la noche. Llora conmigo, recordando a nuestra madre. Siento una especie de alivio dentro de mí por haber llegado hasta aquí, soy capaz de tomar su mano y compartir esta historia con ella. Shu sigue viva y eso es todo lo que me importa.

Nos quedamos dormidas, una junto a la otra, como solíamos hacerlo en nuestra habitación en Xīnyì. Cuando la vida era igual, un día tras otro, cuando vivíamos de acuerdo al itinerario de los árboles de té, los huertos y nuestro jardín, cuando lo que pasaba en la capital era ajeno a nosotros, un sueño lejano.

Mis dedos encuentran los dān que llevo escondidos en mi cinta, presionando contra mi piel. ¿Será este el momento de usarlos? Hay uno para Shu, otro para el Hermano Huang y uno más para mí, los tres podríamos escaparnos en la noche usando el poder del dān. Pero algo me dice que los guarde, que sea paciente. Pronto los necesitaré.

La Ermitaña, la shénnóng-shī en la cañada. Es el destino el que me trajo hasta aquí, pero no de la manera que el canciller piensa.

Todos creemos que somos el centro del universo, pero olvidamos que solo somos unos pequeños puntos entre las estrellas, moviéndonos a través de las corrientes de los posibles futuros, muchas veces colisionando. El astrónomo Wu me mostró el camino, me dijo a dónde ir, ahora todo lo que debo hacer es seguirlo.

Capítulo veintiséis

Kang 康

Para cuando Kang regresa a la tienda principal, Ning se ha ido. En su lugar lo espera el canciller, sentado y bebiendo té. La presencia de Ning afectó a Kang, lo hizo sentirse inseguro de sí mismo; para enfrentar al canciller necesita concentrarse, así que se esfuerza por respirar.

Conoce la historia de este hombre, ahora que se tomó un tiempo para preguntar a los demás soldados del batallón. Era un campesino muy joven cuando pasó los exámenes y fue admitido en la Academia Yěliŭ. Cada año fue el mejor de su clase y logró entrar al palacio vía el Departamento de Defensa. Lo ascendieron en los rangos debido a su hábil manejo en diferentes crisis, lo que eventualmente llamó la atención del Emperador Ascendido, quien lo puso cargo del manejo del palacio y luego de la corte entera. Ahora es obvio que respaldará al general para ascender al trono.

Kang escucha de nuevo aquella voz susurrando en su cabeza: «Nadie se sienta en el trono de Dàxī si el canciller no lo quiere así».

El canciller Zhou pone su taza de té en la mesa, sirve una también para Kang y se la ofrece. Consciente de que no puede rechazarla educadamente, Kang se sienta y toma un sorbo apurado.

—¿Tenía que ir a algún lugar? —le pregunta el canciller, divertido. Hay un sonido tintineante en su mano, esas esferas, que giran en la palma de su mano, su sonido y su forma producen una llamarada de irritación dentro de Kang, una que no puede evitar sentir; lo sacan de balance, aunque sabe que no hay razón para que lo afecten de esa manera.

—Hay preparativos que hacer —responde secamente Kang—. Me informaron que usted recibió la misma correspondencia de mi padre esta mañana.

De acuerdo con la misiva de la capital, su misión pronto sería interrumpida: la princesa se prepara para entrar a Jia con un ejército de Kallah, una armada de aliados que aún son leales a ella y a su padre, habrá una confrontación en cinco días si el ejército que lidera mantiene un paso constante.

El mensaje de su padre es claro: terminar la misión. «Ahora».

—Confiaba en que usted tuviera éxito donde yo no lo he tenido —comenta el canciller, parece decepcionado—. Pensé que tres días sería un tiempo adecuado para demostrar su valía.

Kang envió soldados a explorar toda la barranca, por arriba y por abajo, para encontrar a la famosa acaparadora de tesoros, pero no fue fácil. Los lugareños sospechan de los soldados y no fueron bienvenidos; muchas posadas les negaron su hospitalidad, con el argumento de estar al máximo de visitantes, aun cuando sus exploradores reportaron no haber visto a mucha gente entrando ni saliendo de los establecimientos. Sin duda, Ràhoé es un pueblo activo, pero la gente no está demasiado disponible; Kang incluso vio a la gente del lugar escupir en las calles cuando los soldados se aproximaban.

Ver al batallón de su padre ser tratado de una manera tan declaradamente hostil es una experiencia nueva para Kang, y se da cuenta de que él mismo está cansado de ser tratado así.

—Quizás el objeto que buscan no existe —dice Kang apretando los dientes—. Cuanto más pronto mi padre se dé cuenta de ello, mejor, y podemos dejar de perder tiempo y recursos en esta búsqueda.

Él vio por sí mismo que la cañada no afecta únicamente a los shénnóng-shī. Algunos miembros del batallón se rehusaron a acercarse, argumentando que tuvieron extrañas visiones, y entonces… aparecieron los cuerpos lastimados que sacaron de las profundidades: soldados arrastrados de la orilla por un repentino viento o un desafortunado resbalón en los senderos rocosos.

También escuchó otros perturbadores rumores, acusaciones contra el Aguanegra. Dicen que el batallón de su padre faltó al respeto a los dioses y por eso despertaron su ira, que se puso en contra de ellos mismos; no es ninguna sorpresa, considerando lo que el emperador regente hizo con los monasterios, aunque Kang no se permite dar espacio a esas dudas en su interior.

—Solo te quedan unos días para asegurarte de que tu nombre sea conocido en Dàxī —dice el canciller con una sonrisa—, como el príncipe que regresa triunfante, llevando un gran tesoro de regreso a la capital, a donde pertenece, para que sea su legítimo gobernante quien lo ostente. —Esas esferas siguen girando en la otra mano del hombre, son extrañamente hipnóticas.

—¿Entonces, usted cree en el poder de esas reliquias? —Kang se esfuerza por mirar a la cara al canciller—. ¿Que ayudarán a mi padre a mantenerse en el trono?

—Solo son herramientas —responde el canciller Zhou—. Sabes que una persona sin entrenamiento, aun empuñando la mejor arma del mundo, no puede llegar muy lejos. La ambición, la voluntad, la determinación... eso es lo que te hace llegar lejos.

—Entonces no necesita a Zhang Ning ni a su hermana —dice Kang, sin estar todavía seguro de cuáles son las intenciones del canciller para perseguir a la shénnóng-tú por todo el imperio. No hay razón por empeñarse en capturarla, y solo un tonto creería que el canciller es devoto a la búsqueda de la justicia—. La utilizó para sus propósitos, arruinó su buen nombre y el de su familia. Si solo son herramientas que han dejado claro lo inútiles que son, entonces ¿cuál es el objetivo de retenerlas aquí?

El canciller Zhou se recarga en el respaldo, hace un gesto esbozando una sonrisa y regresa las esferas a su caja, levanta su taza de té, es la viva imagen de la indulgencia. Habla deleitándose con cada una de sus palabras.

—Ah, sí, tu querida shénnóng-tú. Tu preocupación por ella es deliciosa. Si quieres protegerla, entonces termina la misión que te encomendó tu padre, ya que ella hará el siguiente intento por encontrar el tesoro.

Los shénnóng-shī que desaparecieron estaban totalmente certificados, los soldados muertos estaban en la cúspide de su entrenamiento, y todos ellos fallaron.

Ella será la siguiente a quien el canciller enviará a la cañada, y ella no se rehúsa porque él tiene prisionera a su hermana, por supuesto que lo hará. De un momento a otro, la furia inunda las entrañas de Kang, lo que esas palabras implican lo deja paralizado.

—Aléjate de ella —lo amenaza—. Hay otro motivo por el que quieres conseguir esas reliquias y yo lo voy a descubrir.

—Harías bien en recordar por qué estás aquí —le dice el canciller Zhou mientras se levanta de su asiento—. Eres solo un chico jugando a ser comandante; el poder que se otorga puede retirarse fácilmente y esfumarse en los anales de la historia, como las cáscaras de trigo. —El canciller deja su taza en la mesa, es evidente que se divierte—. Disfruta tu té.

CAPÍTULO VEINTISIETE

NING 寧

En la mañana nos dan un desayuno caliente. Y entonces, Shu y yo esperamos en nuestras tiendas a que los soldados vengan por mí, pero no es sino hasta después de la comida del mediodía que me indican prepararme para viajar; me dan un cambio de ropa, una túnica gris con un collar toscamente bordado que huele a caballo y a pantalones usados, pero no me regresan mi saco, el que contiene todos mis ingredientes.

—Habla de eso con el comandante —me dice el soldado con brusquedad cuando protesto.

«Comandante». Mi pecho se contrae.

El canciller espera para vernos marchar. También trajeron al Hermano Huang, sus muñecas están atadas de nuevo; Shu está parada detrás de él, con el rostro pálido, es un claro recordatorio de lo que perderé si no tengo éxito.

Kang está de pie a la entrada del campamento, usa un atuendo gris exactamente igual al mío. Está flanqueado por otros dos hombres, que obviamente son soldados, a juzgar por su complexión y su porte, pero, por alguna razón, también están disfrazados. No entiendo lo que pretenden hacer hasta que veo que alguien más trae tres caballos ensillados. Ahí es cuando me doy cuenta de que ellos viajarán conmigo para asegurarse de que complete mi misión. Una oleada de odio abrumador me recorre, es tan fuerte que hace que mi cuerpo tiemble.

Desprecio al canciller y todo lo que representa, y Kang es un recordatorio de toda esa traición. Sus conexiones con los asesinatos en Yěliŭ, los ataques a Wŭlín, la evidente lealtad de la matriarca Guo, las alianzas cambiantes de Hánxiá, el veneno escondido en el té, los soldados ensombrecidos y bajo control mental, y los dioses antiguos... Todo lo que temíamos está por suceder, la Ermitaña podría ser nuestra única esperanza.

—Deseo que tenga éxito en su búsqueda —me dice el canciller, como si aún fuera una participante en esa competencia y no una fugitiva, una rehén. Lo ignoro y camino hacia Shu para abrazarla fuerte y despedirme; le advertí anoche que escondiera la pluma, que la escondiera bien, porque no sé lo que el canciller Zhou le haría si llegara a descubrir lo que este nuevo poder puede significar: una clase diferente de magia, un talismán, o algo más.

—Por favor, te pido que la protejas mientras no estoy —le pido al Hermano Huang con sinceridad, sin importarme que los soldados que lo rodean se rían entre ellos e intercambien miradas arrogantes. Él asiente con solemnidad.

—Lo haré. —Yo sé que se toma su papel de protector con mucha seriedad, y me alegro por eso.

—El comandante Li se asegurará de que usted lleve a cabo su misión —me informa el canciller Zhou—. Si llegan noticias de que intenta huir, entonces... —Voltea a ver a Shu y al Hermano Huang—. Ellos morirán.

Con esa oscura advertencia balanceándose sobre mi cabeza, Kang se acerca a mí, a lomo de uno de los caballos, me extiende la mano y comprendo que viajaré junto a él; sin más opción que tomarla, le permito que me jale para subir. Mientras Kang da vuelta al caballo y lo hace trotar, yo miro hacia atrás para ver a Shu.

La estoy dejando de nuevo, la dejo para salvarla. Otra vez.

Aprieto mis dientes. Regresaré con vida.

Al principio trato de agarrarme de la silla de montar cada vez que el movimiento del caballo me zarandea arriba, abajo y a los lados, pero cuando este se mueve bruscamente para esquivar una roca en el camino, el jalón me empuja contra la espalda de Kang.

—¡Agárrate! —lo oigo gritar, al tiempo que jala de las riendas.

Los cascos del caballo se deslizan en el lodo cada vez que lucha por escalar el resbaloso sendero; yo no sé dónde poner mis manos, así que las pongo justo debajo de sus costillas, una en cada lado. Hasta que un nuevo salto me lanza contra él y se me escapa un grito cuando el caballo vira de nuevo a la derecha. Me resigno a agarrarme a él para salvar mi vida cuando los tres caballos logran abrirse camino hacia arriba y dirigirse a Ràhoé.

Aun con las fuertes lluvias de los últimos días y la llovizna ocasional que ha habido en nuestros viajes, este camino está mucho mejor cuidado que los senderos de la montaña por los que viajamos con el Hermano Huang. Algunas partes del sendero, donde la tierra es propensa a hundirse, están aplanadas con placas de madera, o pusieron piedras, de manera que quien camine por aquí pueda encontrar apoyos; yo, con mi nueva vestimenta, pronto me convierto en una con el frío y la humedad.

Es imposible hablar mientras avanzamos, así que solo me queda sentarme con mis agitados pensamientos acerca del reto que tengo frente a mí, el resto del viaje a lo largo del camino es una patética aventura. Cuando por fin vemos a través de los árboles al pueblo que ya está solo un poco más adelante, siento que podría llorar de alivio; mi espalda, mis piernas, mi cuello, todo me duele por intentar sostenerme erguida.

Aunque no tenemos armaduras y estamos vestidos de manera muy simple, como mercaderes viajeros, de cualquier manera nos vemos como extraños. Los lugareños se nos quedan viendo cuando pasamos. Hay niños jugando en los charcos, pero al ver que nos acercamos, sus familias los alejan y cierran las puertas detrás de ellos. Desconfían de los extraños y… tienen miedo.

Cuando por fin llegamos a una posada, el encargado de la caballeriza toma las riendas de los caballos; yo me hubiera caído de uno de ellos y terminado de bruces en el lodo, si no fuera porque Kang me atrapa en sus brazos. Los otros soldados apartan la mirada y él me mira divertido, yo lo empujo.

—Es algo a lo que llegas a acostumbrarte… a montar —me dice, trata de hacerme sentir mejor, pero consigue exactamente el efecto contrario.

—Claro. —Me trago la burla, pero siento un tirón en la pierna.

—Consigan habitaciones para todos y podremos descansar por esta noche —les ordena a los otros hombres. Se van para hacer los arreglos con el encargado de la posada y yo miro a mi alrededor, ignorando con toda intención al chico que está junto a mí.

Esta posada es mucho más grande que el establecimiento de Hu, que está hecho completamente de bambú, y me recuerda al extraño lugar en el Mar del Olvido donde descansamos nuestras cabezas para pasar la noche. Una gran placa sobre la entrada indica que esta es la Posada Fúróng, lleva el mismo nombre que el río y la flor de hibisco. Hay un comedor al aire libre en la planta principal con varias mesas, la mitad de ellas están ocupadas; en el segundo piso deben estar las habitaciones de los huéspedes. Cuando el encargado de la posada nos lleva a la habitación para cambiarnos las húmedas ropas de viaje, veo con horror que tengo que compartir habitación con Kang. Al verme dudar, ofrece una disculpa.

—No podemos permitir que duermas sola. ¿Quizá... quieras que le pida a alguien más que se quede contigo?

Ambas opciones parecen igual de terribles, así que sacudo mi cabeza, siento que la cara se me pone otra vez roja y caliente de pena. Tiro mi saco en el suelo junto a una de las camas, no hay tiempo para dejarme atrapar por mis frágiles emociones o mi desprestigiada reputación, tengo que mantener mi sentido común, descubrir dónde está la shénnóng-shī y si, en efecto, es la misma Ermitaña a la que se refirió el canciller. También tengo que encontrar la manera de llegar a la familia de Wenyi, para finalmente entregarles su carta. No sé si tendré oportunidad de regresar a Ràhoé, pero por ahora todo esto me parece abrumador.

Aunque se llevaron mis ingredientes, todavía tengo el dān y la carta envueltos en un bolso separado bajo mi ropa. Me palparon rápidamente buscando armas, pero no fueron más intrusivos que eso, y no descubrieron el bolso. Sin embargo, un médico les dio un vistazo a mis ingredientes y retiró dos que determinó que tenían propiedades negativas. El resto se lo dieron a Kang, quien controlará mi acceso a ellos.

Tomamos nuestra comida de la noche en el comedor; esta posada parece ser popular entre los locales. Alguien toca la flauta acompañando a un joven cantante para entretener. En nuestra mesa hay carne de res fría y rebanada y vegetales encurtidos con queso de soya; es una comida abundante, casi como la comida de mi madre. Solo escucho la mitad de la conversación que gira alrededor de mí, prefieren hablar entre ellos e ignoran mi presencia.

Kang se refiere al soldado mayor como Ren-ge, y parecen tener una informal familiaridad, al punto de referirse a él como un hermano mayor; el más joven es Badu, quien siempre habla como en tono de broma y transmite un aire de constante diversión. Cuando trato de tomar otra porción de carne con mis palillos, Badu me detiene.

—Debemos servirle nosotros, señorita. —Parece apenado de decirlo, pero de cualquier manera lo hace—. Solo… dígame lo que quiere comer.

Me recuerda mi hogar.

Asesina. Envenenadora.

Mi humor se va al suelo de nuevo mientras veo los vegetales flotar en mi tazón de sopa. Cuando la revuelvo con una cuchara, noto que el platillo tiene hongo fúlíng, junto con semillas de loto blanco, mastico las suaves piezas de pollo y escucho los sonidos de disfrute y los sorbos alrededor de mí.

Es entonces que me doy cuenta de algo que ya debí haber visto: la sopa es otro tipo de tónico, son ingredientes hervidos en agua, a fuego lento, lo que incrementa su potencia. Ahora sé que mi magia no se limita al té, las hojas simplemente refuerzan mi habilidad para entrar en el Cambio, las semillas de loto son un ingrediente medicinal con propiedades calmantes, y los hongos mejoran la circulación y la digestión. Y tengo la única cosa que realmente necesito: agua.

Me estiro y logro tomar el cucharón, luego regreso a mi lugar y pido disculpas, no sin antes dejar que una brizna de mi magia escape y quede flotando dentro de la olla de barro. Mi magia se instala en la superficie burbujeante de la sopa y se mezcla entre los diferentes ingredientes.

—La sopa está muy rica —murmuro, y los demás están de acuerdo.

No percibirán mi sutil influjo, los tres dormirán bien esta noche.

Cuando nos retiramos a nuestras habitaciones, ruego porque Kang no quiera conversar conmigo, pero parece que tiene suficiente con sus propios pensamientos. Con un breve «buenas noches», nos acostamos en lados opuestos de la habitación.

Espero a que el sonido de su respiración se haga más profundo. En el palacio yo siempre estaba esperando: escuchaba el sonido de los pregoneros hasta que llegaba la hora apropiada, esperaba a la princesa, lo esperaba... a él.

Estiro la conexión que hice durante la comida de la noche, mi magia pasa rozando la mente de Kang para asegurarme de que duerme, alcanzo a ver un vestigio de algo que parece añoranza, como arrepentimiento. Mi magia susurra, quiere atraerme más cerca, lo reconoce como familiar, pero yo lo dejo pasar y me recuerdo que no tengo ninguna necesidad de ese sentimiento romántico, solo me estorbaría.

Tranquila de saber que Kang duerme, salgo sigilosa y de puntitas por la puerta; cuando paso por la habitación en la que duermen los otros soldados, también les doy un vistazo, siento que sus sueños me jalan sutilmente, alcanzo a ver algunas imágenes de Ren, un conejo corre detrás de él en el bosque mientras él lanza una flecha. Badu sueña que vuela sobre el océano.

Ato mi cabello y bajo por la escalera trasera. La luz que se balancea en el otro extremo del callejón deja ver rondas caminando por las calles del pueblo, tendré que evitarlas, ya que no sé cuántos de los guardias de Ràhoé son leales al Aguanegra. ¿Cómo encuentro a la familia de Wenyi? Todo lo que tengo es un nombre y saber que su madre tiene una tienda de fideos.

Sin embargo, la princesa me contó que la carta describía el sufrimiento de la gente del pueblo desde que el batallón Aguanegra reapareció en el área, esa puede ser la conexión que me sirva de ventaja. En cada pueblo, los encargados de las posadas y los dueños de las casas de té se aseguran de ser los primeros en recibir cualquier noticia y tener el mayor conocimiento del lugar en el que viven, para poder guiar de una mejor manera a los viajeros; así que ellos son a los primeros que recurro.

Entro a la cocina, que está en la parte de atrás, y veo a tres personas sentadas en unos pequeños taburetes, junto al gran wok. El fuego que queda son solo brasas; deben haber terminado su jornada, y ahora que todos los clientes fueron atendidos, ellos toman su propia comida. La chica que nos sirvió levanta la mirada y me ve, deja caer sus palillos en su plato, lo que causa un pequeño ruido y el hombre se pone de pie delante de su familia, en una actitud evidentemente protectora.

—¿Puedo ayudarla? —pregunta con recelo—. ¿Hay algo que no le agrade en su habitación?

Me observan con una mezcla de miedo y sospecha, confirmando lo que Wenyi escribió acerca de la gente en este lugar. Tengo que usar esto.

—Busco a la familia Lin —le digo—. Su hijo estaba dedicado a Yěliŭ y luego lo enviaron al palacio para la competencia de los shénnóng-tú.

El hombre me sigue viendo con perplejidad.

—¿Por qué pregunta?

Debato conmigo misma cuánto debería decirle, si podré confiar en ellos o si me venderán a los soldados, pero sé que no tengo tiempo para darle vueltas con palabras, sigo valorando la verdad.

—Conocí a Wenyi cuando estaba en el palacio, tengo noticias para su familia, noticias que él quería que les entregara, por favor. Él me habló de… de lo mal que se han puesto las cosas en Ràhoé.

El encargado de la posada de pronto luce asustado y mira a su esposa que está detrás de él. Siento que el ambiente cambia, rápidamente levanta sus manos y las pone frente a su cara.

—No sabemos de qué habla. Por favor, déjenos en paz.

En vez de permitir que me echen, me quedo firme.

—Esta puede ser mi única oportunidad, se lo ruego. Regresaré antes del amanecer, lo juro, nada le pasará a usted ni a su familia.

Desde atrás, la esposa parece considerarlo y pone una mano en el brazo de su esposo, se acerca para colocarse junto a él.

—Quienes están contra el batallón son nuestros amigos, nunca lo olvides —dice ella firme y me mira—. Encontrarás su tienda de fideos a dos calles de aquí, su nombre está escrito en una farola blanca, si es verdad que conoces a Wenyi, la reconocerás.

—Gracias. —Me inclino ante ellos y salgo hacia la noche. Me mantengo en las sombras, lejos de las rondas y de cualquier movimiento que llego a notar, no quiero atraer la atención de nadie esta noche.

Encuentro con facilidad la tienda de fideos, una farola blanca marcada con el nombre de Lin se balancea con la brisa —en realidad es más un puesto que una tienda—. Está colocado al aire libre y tiene unas tablas de madera en el frente para que los clientes puedan sentarse y disfrutar un rápido bocadillo.

Hay una mujer parada junto a dos ollas, una con agua caliente para los fideos, la otra para el caldo. Levanta su barbilla a manera de saludo.

—¿Señorita? ¿Está considerando comprar algunos fideos?

El aroma del caldo burbujeante y los vegetales hervidos ciertamente es tentadora, pero solo sería una breve distracción de lo que debo hacer.

Me inclino ante ella y le pregunto, con la garganta tensa por la emoción.

—¿Es usted la madre de Wenyi?

Es una simple pregunta, sin embargo su expresión me dice que ella puede leer todo lo que hay en mi rostro y mi voz.

El cucharón se cae de sus manos y hace un fuerte ruido al golpear la superficie de madera del carretón. Me acerco y la sostengo antes de que ella se caiga también, la ayudo a sentarse en un banco que hay detrás, ya sabe lo que estoy a punto de decir.

Capítulo veintiocho

Ning 寧

—Lo siento —le digo a la señora mayor. La madre de Wenyi se sienta por un momento y yo me quedo de pie a su lado. Ella se queda viendo a la distancia, como perdida, antes de volver en sí misma con unos cuantos parpadeos.

—Sí, yo soy su madre —dice finalmente y voltea hacia mí—. Y usted está aquí para decirme que nunca va a volver.

Ya tengo la carta en mi mano, se la entrego con otra profunda reverencia de condolencia. Ella me mira, la toma y se pone de pie con lentitud.

—Hablemos adentro —me indica—. Pone las tapas sobre las ollas y apaga el fuego. La ayudo a subir las sillas en las mesas y las empujo contra la pared, a un lado del carretón. Ella se estira para soplarle a la vela que está dentro de la farola.

—Entre, por favor. —Abre la puerta con un empujón y entramos a un pequeño patio. Hay montones de leña a lo largo de una pared, son el combustible para el puesto de fideos; también hay recipientes de varios tamaños que se alinean en la otra pared.

La sigo hasta el recibidor de su residencia. De un lado de la habitación hay una larga mesa en la que están colocadas diferentes placas cuidadosamente grabadas con nombres, es una costumbre del norte. Ella se dirige directamente a una de las placas y hace una reverencia, murmura una callada plegaria antes de abrir la carta y la lee en silencio.

En el aire flota el intenso aroma del incienso, un perfume que se queda en la parte de atrás de la garganta. Alrededor de la habitación, en las paredes y los estantes, veo talismanes de Bìxì, oraciones a la Tortuga Esmeralda en caligrafía y pinturas. Es claro que esta familia valora a Bìxì, eso explica por qué Wenyi estaba dedicado a Yĕliŭ al ser tan joven. Pero ¿cómo fue que llegó a ser un shénnóng-tú? ¿Por qué Yĕliŭ le autorizó desviarse de sus estudios?

Ella lee la carta por segunda vez, luego se da unos pequeños toques en las comisuras de los ojos con un pañuelo, lucha por mantener la compostura. Finalmente deja salir un largo suspiro y con una seña me indica que me siente en una de las sillas que están en un lado de la habitación.

—¿Cómo conoció a mi hijo? —pregunta.

Le platico de cuando lo conocí en la competencia, de lo amable que era, respetado por los demás shénnóng-tú; de la confrontación durante la última ronda en la competencia y de cómo el canciller lo castigó por ello, y que estuve con él al final.

Para cuando termino, las dos estamos llorando.

—Le dije que no fuera al palacio —dice sonriendo, a pesar de las lágrimas—, pero él estaba convencido de que tenía que servir tanto a Bìxì como a Shénnóng, y de que, para hacerlo, debía ir al palacio y participar en la competencia.

Una parte de mí reconoce ahora que yo soy como Wenyi. Aunque mi magia viene de Shénnóng, he visto a la Dama Blanca, y es ella quien cuida de mí. Cuando hago una pregunta, ambos me responden, quizá él tampoco tuvo opción.

—Él pensó en usted y en su familia hasta el último momento. —Son palabras vacías para sus oídos, estoy segura, pero me siento impulsada a ofrecerlas de cualquier manera. Tengo muchos sentimientos acerca de mi aldea, de cómo trataron a mi familia, de cuánto les dio mi padre sin recibir nada a cambio. Pero cuando mi madre murió, ellos ayudaron en lo que pudieron, nos dieron todo lo que pudieron: raciones extras de arroz hervido, manojos de vegetales y hongos que reunieron, más de lo que mi propio tío nos ofreció, y nunca me olvidé de eso.

Ella me mira de manera extraña, como si me viera por primera vez.

—Tú también has pasado por un duelo, ¿verdad?

Me quedo viéndola, preguntándome cómo es que lo sabe; si se debe a que el dolor me envuelve ahora como otra máscara, o si se ha convertido en mi verdadero rostro.

Se escucha un ruido en otra habitación, el sonido de algo que se cae y que interrumpe nuestra conversación. La madre de Wenyi se levanta de un salto y yo la sigo. Empuja las puertas para entrar al otro cuarto y deja un hueco lo suficientemente ancho para que yo pueda ver, adentro hay una cama sobre una plataforma y algunas mesas en las que se encuentra un cuenco y ropa doblada.

Ella le habla a alguien con urgencia en voz baja, se escucha el sonido de otras cosas que se caen. Me deslizo sigilosamente para quedar más cerca de la puerta, algo dentro de mí me jala con insistencia, me dice que necesito entrar, tal como cuando fui guiada a través del bosque de bambú, como los pasos que me guiaron aquí hasta Ràhoé. Empujo la puerta para entrar a la habitación, un ligero olor a enfermedad se puede percibir detrás del aroma del incienso, que flota desde un incensario que está en la esquina.

La madre de Wenyi sostiene a una persona que yace golpeada en la cama, me doy cuenta de que es un hombre joven, demasiado joven para ser el padre de Wenyi, pero es mayor que él. Su cuerpo se arquea de una manera que no es posible, como una reverencia hacia atrás, y luego se cae. Él voltea hacia mí, alcanzo a ver su rostro gracias a la farola que cuelga de la pared; la luz rebota en el brillo de la saliva que corre por sus labios débiles y de otra línea de lágrimas que escurre de las comisuras de sus ojos, en la oscuridad, casi parece que llorara sangre.

Me acerco a él, mis ojos ya lo evalúan, catalogan y comparan sus signos con los síntomas que mi padre me hizo memorizar una y otra vez cuando impacientemente me instruía. «¿No lo ves, Ning? ¡Pon atención!». Pero la respuesta me llega a través de sus labios partidos y las oscuras ojeras bajo sus ojos vidriosos, como si alguien hubiera sumergido sus dedos en ceniza y los hubiera frotado contra su piel.

Veneno.

La madre de Wenyi me mira, emana oleadas de tristeza, no necesito magia para saber que ruega porque algo o alguien lo ayude.

—¿Lo envenenaron con los bloques de té? —pregunto. Ella asiente mientras frota la frente del joven con un trapo húmedo y se inclina sobre él para protegerlo.

—¿Me permitiría examinarlo? —le pregunto.

—¿Qué puedes hacer? —replica con voz apagada—. Ya consultamos a los médicos, no tienen respuestas.

—Es por esto que Wenyi fue a Jia —le digo, dándome cuenta por fin. Cuán similares eran nuestros caminos, cuán familiares nuestros problemas, pero nunca lo supe mientras estuvo vivo.

—Wenyi se apresuró a regresar de Yĕliŭ cuando le enviamos noticias —me explica.

—Él dijo que buscaría a la Ermitaña en la cañada para pedirle su ayuda, desapareció durante un mes en las montañas y regresó... diferente.

—Diferente ¿cómo?

—Llevaba consigo una carta que sentenciaba que él era el shénnóng-tú elegido por la shénnóng-shī de la cañada Băiniăo y que lo llamarían para la competencia, decía que era el precio por la medicina que trajo.

—¿Qué medicina? —Calculo con bastante rapidez la línea de tiempo en mi cabeza. Ràhoé debe haber sido uno de los primeros lugares alcanzados por el veneno. De acuerdo con el mensaje que debía ser enviado a Yĕliŭ, con el tiempo que le tomó a Wenyi regresar aquí, desaparecer durante todo un mes y luego partir de nuevo hacia la capital..., este hombre pudo haber sido envenenado hace meses y sigue vivo. Shu solo se aferró a la vida debido a las diferentes medicinas que intentó, así que los componentes de lo que Wenyi trajo consigo pueden ser similares, incluso suficientes para controlar sus síntomas, pero no tanto como para traerlo de regreso del otro lado.

—Wenyi dijo que sería temporal, para estabilizar su cuerpo mientras él iba en búsqueda del antídoto. —La madre de Wenyi aparta con caricias algunos cabellos del rostro del hombre.

Siento una chispa de emoción dentro de mí, es una pista, ella podría saber cómo llegar a la Ermitaña, quizá Wenyi le compartió ese conocimiento.

Todo empieza a cobrar sentido: la razón por la que estoy aquí, por qué conocí a Wenyi, y por qué el astrónomo me envió a este lugar.

—Dicen que ella fue la shénnóng-shī que advirtió al emperador en persona, ¿es verdad? ¿Wenyi le habló de eso? —le pregunto, quizá con demasiada impaciencia.

—Solo supimos que era la Ermitaña, una maestra que se fue a vivir al interior de la cañada hace mucho tiempo —me comparte, y deja ver un poco de sospecha en su voz—. Aunque la odie por haber enviado a Wenyi hacia su muerte, aun así estoy en deuda con ella por la vida de Huayu.

Una idea se revela en mi mente; quizá una solución que pueda darme las respuestas que necesito. Sin embargo, antes de probar el antídoto debo estar segura de que estoy en lo correcto acerca del veneno; si le doy la medicina indebida, si me equivoco acerca de la manera en que el veneno afecta a su organismo, podría matarlo o dejarlo atrapado para siempre dentro de la pesadilla en la que el veneno lo tiene atrapado. No puedo hacerle eso a la madre de Wenyi, que ya perdió a un hijo en la búsqueda de la cura.

—Sé que no tiene motivos para confiar en mí, pero quisiera ayudarla a salvar a Huayu, porque también tengo una deuda con Wenyi. Él me defendió ante Shao y siempre me vio como igual. Me gustaría pagarle de alguna manera. Wenyi ya dio su propia vida y no puedo permitir que el ardid de la serpiente disponga también de la vida de su hermano.

La madre de Wenyi me mira por un largo rato.

—¿Qué quieres a cambio de ayudarnos? —pregunta al fin.

—Si usted me proporciona algunas hojas de té y agua caliente, si le sobra una pequeña rebanada de ginseng —le digo—, y si yo soy capaz de ayudarla, todo lo que pido es que me diga cómo puedo encontrar a la Ermitaña.

—¿Prometes que no le deseas ningún mal? —me pregunta con seriedad, y yo toco mi corazón.

—Lo prometo.

Ella asiente firmemente y se va para traerme lo que solicité.

Me siento junto a Huayu, sus labios se mueven, murmura palabras sin sentido. Me recuerda esos meses de preocupación, cuando secaba el sudor de las cejas de Shu, cuando tenía que vaciar los tónicos por su garganta aunque ella tratara de escupirlos, cuando ella luchaba por su vida.

Pronto, la madre de Wenyi regresa con el agua caliente, las tazas y el té, todo dispuesto en una charola de bambú. Jalo una mesa que está cerca de la cama y uso el agua para hacer rápidamente unas ventosas con las tazas. Uso la uña de mi dedo para perforar el ginseng y comprobar su flexibilidad; con esto puedo ver que todavía contiene suficiente de su esencia; lo coloco junto a las hojas de té. El agua penetra en las hojas y hace que den vueltas en la taza; la magia burbujea dentro de mí también, me llama para que la use.

Yo sé que existe un riesgo al hacer esto. Usar mi magia bien podría atraer a la serpiente de nuevo a mi cabeza, pero tengo que intentarlo.

Soplo en la superficie del té para enfriarlo un poco y le doy un sorbo, tomo el pañuelo limpio que me proporcionó la madre de Wenyi, lo sumerjo en el té y lo froto en los labios de Huayu. Conforme el té se introduce en su piel, de la misma manera, el Cambio hace que el mundo se incline y yo me deslice dentro de él, al lugar donde Huayu está atrapado luchando contra el veneno.

Capítulo veintinueve

Ning 寧

Avanzo a través de la bruma; es como tomar un respiro, sumergir mi cara en el agua y descubrir un reino totalmente nuevo debajo. Desearía estar entrando en el palacio subacuático del Dragón de Jade, como en las historias fantásticas, pero, en vez de eso, estoy parada a la orilla de un río. Hay piedras bajo mis pies; el agua sigue su curso, su rápido movimiento hace que salgan a la superficie algunas tonalidades más oscuras que el blanco de las nubes. Del otro lado del río hay pronunciados acantilados, y cuando volteo, veo el bosque detrás de mí.

Todo está en silencio, no hay color. Esto no es el Cambio, es el Reino de las Sombras.

—¡Huayu! —suena una voz a mi izquierda. Volteo y veo una figura que pasa caminando junto a mí.

«No puede ser…», mi corazón se contrae y no puedo respirar.

Ese caminar lento… es Wenyi, el que habló por mí y me cuidó como a una compañera. Yo estuve ahí en sus últimos momentos, yo escuché las palabras que suspiró y le hice una promesa en su lecho de muerte. Una responsabilidad que mi padre nunca se ha tomado a la ligera como parte de su labor como médico, algo que yo siempre entendí cuando lo asistía.

Doy un paso hacia adelante y luego otro, siguiéndolo. Las piedras crujen bajo mis pies, y el río retumba junto a mí, sus rápidos producen espuma blanca. Él camina demasiado rápido y yo me esfuerzo por seguirle el paso. Tengo que saber, ¿es un fantasma? ¿Es un espíritu que regresa por su hermano?

El viento arrecia, soplando la neblina de las cimas de las montañas y haciendo que nos rodee. Los árboles susurran a lo lejos, como dando una advertencia, y esa figura todavía continúa llamando con esa lúgubre voz. ¿Dónde está Huayu? ¿Por qué no responde a este llamado?

Colgando de una hebra de magia, me impulso hacia adelante y les imploro a mis pies que se muevan más rápido, que pisen con seguridad sobre las piedras, acortando la distancia entre esa alta figura y yo.

Lo alcanzo, quiero ver si es un espíritu o lo que queda de los recuerdos de Huayu, una parte de su imaginación. Su brazo se siente sólido bajo mi mano, es de carne y hueso. Voltea, pero en lugar de la cara de Wenyi veo que sus ojos son unas hendiduras inhumanas, la boca está abierta como en un gruñido y de ella sale una lengua partida y con espinas. Me sisea, es un sonido enojado, como si escupiera.

Interrumpí su cacería.

Este es el veneno.

La criatura se abalanza contra mí, pero yo soy más rápida; me escabullo y me dejo caer hacia atrás, me permito pasar a través del Cambio, ese canal que me enlaza del mundo despierto con el espacio entre los dioses. El ginseng me da claridad mental y me ayuda a reaccionar con rapidez, pero no es suficiente para que yo pueda encontrar a Huayu. Debo tener la fuerza para tomar su alma, liberarla del control del veneno y darle suficiente fuerza para traerlo de regreso.

Necesito todo el poder del verdadero antídoto.

Despierto con un sobresalto, viendo a los ojos de la madre de Wenyi.

—¿Qué viste? —Ella me observa, teme lo peor.

—No puedo prometer que seré capaz de salvarlo con certeza, pero ya lo he hecho antes, una vez —le digo—. Conozco este veneno y sus artimañas.

Sin embargo, no puedo hacerlo sin el polvo de perlas, aprendí esa lección con la anciana Tai, cuando estábamos en Yěliŭ. Debo asegurarme de tener mi propio anclaje con la realidad, suficiente para enlazar mi alma con la suya, y traernos de regreso.

Ella tiene una raíz de regaliz en su cocina y sé que yo tengo lí lú en mi saco. El polvo de perlas, bueno… Kang debe tener un poco, espero que siga dormido cuando yo regrese a la posada.

El sonido de los pregoneros del pueblo sigue mis pisadas de vuelta a la posada. Es la Hora del Ladrón, me estoy quedando sin tiempo.

Mis esperanzas se desvanecen cuando abro con facilidad la puerta de la habitación y encuentro a Kang sentado, esperándome.

—¿A dónde fuiste? —pregunta con una expresión severa, como si fuera un juez a punto de dar su veredicto para sentenciarme a mi terrible destino.

Una oleada de enojo recorre mi ser por la expectación de su mirada, como si me pidiera que le diera explicaciones, como si yo mereciera la situación en la que me encuentro, como si fuera un destino que yo misma forjé. No digo nada y él golpea con su mano la mesa que tiene a un lado.

—¡Tú estabas planeando algo! Usaste tu magia en mí y en mis hombres.

Tiene la desfachatez de sentirse traicionado, está medio levantado de la silla, me mira para confrontarme. Entonces camino directamente hacia él, liberando el implacable torrente de palabras que habían esperado que las dejara salir.

—¡Sí, Kang, esto es lo que he planeado todo el tiempo! Ser expulsada de la competencia, aun cuando les demostré que era capaz, aunque pasé todas las pruebas. Tu padre me forzó a quedar en esa posición, por el horrible sufrimiento que él infligió sobre la gente de Dàxī.

Me acerco todavía más a él hasta que nuestras caras casi se tocan, hasta donde él probablemente puede sentir la rabia y la desesperación irradiando de mí; retrocede y vuelve a sentarse de golpe en su silla. Me acerco más para seguir presionando.

—Logré salvar a mi hermana, pero solo para ser perseguidas y alejadas del único lugar en el creía poder encontrar refugio. Mi cara está en anuncios que me acusan de terribles crímenes que yo no cometí.

Kang me mira hacia arriba, con los ojos muy abiertos. Veo cómo sube y baja su pecho. Este es el chico a quien no tengo nada que reclamarle, a quien besé y del que después me alejé, quien seguía viniendo a mi mente mientras estaba huyendo, el que me rehusaba a admitir para mí misma que me daba alegría ver cuando al fin lo tuve enfrente, a pesar de que me recuerda constantemente que estamos en lados opuestos. Justo como estamos ahora.

—El canciller está convencido de que te necesita para un propósito que sigo tratando de entender —afirma, y su respiración roza mi mejilla—. Si quiero mantenerte a salvo, tengo que hacer lo que él quiere.

Entonces me río en su cara, él retrocede y yo me doy la vuelta. Me acuerdo de cómo nos lanzábamos al cuello del otro en esos últimos días en el palacio, la manera en que nos heríamos con palabras que llegaban directo hasta los huesos. Él se ve a sí mismo como mi protector, aunque sea imposible servir a su padre y también ayudarme, aunque mi objetivo sea ayudar a la princesa a recuperar su trono.

—¿Qué haces? —pregunta bruscamente mientras camino hacia su cama. Tomo su saco y saco todo lo que tiene, hurgando entre los objetos hasta que encuentro mi bolso de ingredientes.

—¡Oye! —Me agarra del brazo, y yo me zafo de un tirón.

—No tengo tiempo para que lo comprendas. Confía en mí o no lo hagas, es tu decisión. Encontré una manera de descubrir la ubicación de la Ermitaña y voy a conseguir esa reliquia, con o sin tu ayuda.

Con mi bolso en la mano salgo caminando por la puerta y escucho sus pisadas siguiéndome.

—¡Ning, espera! —dice detrás de mí, pero no respondo y sigo caminando hacia la calle.

Una y otra vez, la Llave Dorada, la Aguja de Plata, la ronda final de la competencia. Todo eso reveló nuestro verdadero yo ante el otro, y todavía se cuestiona si soy capaz de esas terribles cosas; podía ver la duda en sus ojos.

Todo eso alimenta lo que ya pienso yo de mí misma. ¿Soy capaz? Todas esas tareas imposibles: salvar a Huayu, descubrir la ubicación de la Ermitaña, encontrar la magia perdida de Shu, impedir que ese demonio regrese a la tierra… Siento el peso de todo eso sobre mis hombros, las lágrimas me pican los ojos.

—¡Ning! —Kang finalmente me alcanza, pone una mano en mi hombro y me gira para quedar de frente a él.

Debería solo pasarlo y seguir caminando, empujarlo y seguir adelante, pero hay un fervor en él que me deja quieta, que hace que me quede ahí y lo escuche.

—Te creo —me dice—. Yo sé que tú no estás detrás de los envenenamientos de la corte, que tú estás en la oscuridad tanto como estoy yo.

Sonrío con amargura al escuchar eso.

—Todos siguen diciéndome que tú eres opuesta a la magia shénnóng —explica—. Que eres una abominación en contra del orden natural, pero yo sé que nada de eso es verdad, he sentido tu magia por mí mismo.

Escuchar esas acusaciones brotando de sus labios, aun cuando las niegue con su siguiente aliento, se siente como un golpe en la cara. Pensé que si yo admitía esa parte de mí, regresaría a Shénnóng, sería aceptada, pero sigo encontrando espacios a los que no pertenezco; como siempre, prefiero estar en casa con las plantas que con la gente.

Una abominación. Él toma mi mano derecha y presiona su palma contra la mía.

—Tú sigues diciéndome que confíe en ti y así lo hago; dime qué necesitas que haga.

Quiero golpearlo y besarlo en igual medida, pero sé que no tengo tiempo para ninguna de las dos.

—Dame tu frasco —le digo, quitando mi mano de la suya y extendiéndola frente a mí con la palma hacia arriba.

Se ve confundido.

—¿Mi frasco?

—El polvo de perlas. Puedes arrastrarme de regreso a la posada y llevarme tropezando por las montañas mañana con tus soldados; o puedes dármelo, luego seguirme y ver por ti mismo lo que es en realidad el veneno.

Kang me observa de nuevo, entonces saca el frasco de su faja y lo coloca en mi mano abierta, que se cierra alrededor de él.

—Solo quiero la verdad —afirma.

—Entonces ven conmigo.

Cuando regreso a la residencia, la madre de Wenyi observa impactada a Kang.

—¿Trajiste a un soldado de Aguanegra hasta nosotros? —grita—. Trabajas para ellos... ¡Tu intención es matarnos a todos! ¡Ellos se llevaron a Huayu y lo enviaron de regreso así!

—Tenemos una... historia complicada. —Pongo mi mano en su brazo—. Él no lastimará a su familia, lo prometo. Y... necesito que él me ayude. —No es del todo cierto, pero tampoco es completamente mentira.

—Júralo, entonces. —Sus ojos se encienden mientras aprieta mi mano—. Jura por los dioses que no lastimarán a Huayu.

—Lo juro. En nombre de la verdad contenida en el caparazón de Bìxì y el conocimiento que me ha compartido Shénnóng. Juro por el feroz rugido del Tigre y por las alas de la Dama Blanca, que estoy tratando de salvar a Huayu. —Ella asiente entonces y nos permite entrar en su casa.

Mientras preparo mis herramientas e ingredientes, contemplo las interrogantes de mi magia, ¿qué tan lejos puedo ir antes de que me consuma a mí? Tengo el conocimiento que me transmitieron los libros y mis encuentros anteriores con el veneno. Aprendí mucho al sacar el veneno de Ruyi y, de alguna manera, siento que estos venenos están enlazados, que comparten un componente similar.

La serpiente está detrás de ambos.

—¿Dónde me necesitas? —pregunta Kang.

—Párate aquí —le digo. Aunque está aquí no puedo permitir que sea una distracción. Yo me siento junto a Huayu.

Coloco mis ingredientes en una charola. Un dān, un pequeño objeto capaz de contener tanto poder. Aunque tengo solo tres, sé que esto amplificará mi poder; se lo debo a Wenyi, por dar voz a aquellos que son ignorados y olvidados, por intentar salvar a sus seres queridos.

Primero preparo el té; después, cuando es una perfecta taza color bronce, añado el lí lú, luego la raíz de regaliz; esparzo la mitad del frasco de polvo de perlas hasta arriba; eso era suficiente para anclarme a la tierra en el otro reino y sacar a Shu, no quiero arriesgarme a usar más. Dejo que la mezcla repose unos minutos, después la vierto toda en un tazón.

Se lo doy a Kang y él bebe; yo hago lo mismo cuando me lo regresa.

—Prepárate —le digo—. Será diferente de las veces anteriores que pasamos a través del Cambio.

Coloco el dān dentro de mi boca, y tan pronto como mis labios se cierran alrededor de él, la magia salta dentro de mí, la energía se retuerce en mi cuerpo, crece con una intensidad que no había sentido antes; necesito liberarla o explotaré por la fuerza con la que golpea. Busco a tientas la mano de Kang y la encuentro, mi magia salta de mí hacia él formando un puente; pongo mi otra mano en el pecho desnudo de Huayu.

Se produce una descarga como de un rayo disparado a través de mí y hacia ellos dos. El tiempo y el espacio se inclinan, y somos lanzados hacia adelante.

Capítulo treinta

Kang 康

La oscuridad cae sobre su mirada solo por un momento, y entonces, como si le quitaran un trapo de la cabeza, este otro mundo aparece. Sombras en gris, todo es de un solo color, como si hubiera entrado a través de una pintura hecha de tinta, y un paisaje cobrara vida.

Hace solo un momento, él estaba de pie dentro de una casa en el pueblo de Ràhoé, sosteniendo la mano de una shénnóng-tú. Y en el lapso que dura una respiración, ahora está parado frente a un río, respirando el aire de la montaña; suenan pisadas junto a él, observa a Ning descender con determinación por la orilla del río.

Él la sigue, sabe que debe mantenerse cerca de ella. Esto no se parece a ningún lugar que haya visto jamás. Ella le advirtió que sería diferente a los encuentros que había tenido antes con la magia y, aun así, él sabe que cualquiera que fuera la manera que ella pudiera encontrar para describirlo, las palabras no habrían sido suficientes. Incluso el pincelazo anterior que tuvo de magia, cuando bebieron juntos la Aguja de Plata, estuvo marcada solo por una repentina aparición de neblina, él seguía en el jardín y en el salón que le eran familiares. Sin embargo, nunca se imaginó que podría ser transportado a un mundo totalmente diferente.

—Mantén tus ojos abiertos —le advierte Ning enfática junto a él, mirando alrededor—. Huayu está aquí, puedo sentirlo. Debe ser el hombre que yace en la cama. —Kang siente un hilo de inquietud, pero se lo calla. Ella le dijo que confiara, así debe hacerlo.

Kang se da cuenta de que hay una figura sentada en el borde del río y jala la manga de Ning para llamar su atención. Hay un hombre joven sentado en la parte alta de una gran roca, con una caña de pescar en la mano, la línea se balancea en el agua. El río hace una ligera curva ahí, forma una pequeña bahía donde la corriente no es tan rápida y donde los peces se detienen y pueden ser atraídos por la carnada.

—Este es el lugar al que solían venir cuando no querían ir a la escuela —susurra Ning detrás de él. La magia le revela a ella más de lo que él puede ver. Kang vuelve a sentir esa pequeña estocada de temor, como cuando vio por primera vez la cara de Ning en los anuncios del Ministerio de Justicia, cuando el canciller le advirtió la clase de persona que ella es y el tipo de magia que practica.

«Ella puede destrozar tu mente, hacer que veas imposibles visiones, leer cada profundo, oscuro y preciado pensamiento que tengas…».

El canciller Zhou se paró frente al consejo y alertó a todos acerca del tipo de magia que algunos shénnóng-shī, que se habían desviado del camino, eran capaces de practicar. Con la matriarca Guo a su lado, que asentía a cada palabra que él decía, no había razón para que alguien lo contradijera.

Ning y Kang acortan rápidamente la distancia entre ellos y el hombre en la roca, hasta que el viento trae el sonido de otra voz.

—«Hermano… ¿dónde estás?» —la voz hace eco a través del cañón. Arriba, Kang ve al joven hombre voltear, buscando río abajo de dónde proviene esa voz.

Kang no puede aguantar más, tiene que preguntar.

—¿Qué es este lugar? ¿Quiénes son ellos?

—Esta debe ser la cañada Băiniăo —murmura Ning, entonces cierra sus ojos presionándose la sien con un dedo, como si escuchara algo, solo puede oír un sonido—. La otra figura, la que se parece a Wenyi, no puedes confiar en ella; si se acerca, apártala. —Sus ojos se abren rápidamente y ella sostiene su mirada con intensidad—. A cualquier costo.

—Wenyi… —dice él, se siente un poco lento para entender—. Él es el chico que me detuvo en la prueba final, el que murió en los calabozos. —Siente una llamarada de dolor, un eco sin fondo en su pecho, lo que confirma su propio sentimiento de culpa. Él trató de levantar la voz en favor del shénnóng-tú, pero el canciller se rehusó a escuchar.

—«Kang, ¿puedes entenderme?». —La voz de Ning resuena en su cabeza, debería estar asustado por su intromisión, debería sacudirse los hilos del influjo y, sin embargo, todo lo que percibe es la urgencia de Ning, su preocupación por Huayu. Ning tiene miedo de lo que viene, lo que se supone que él debe mantener alejado mientras ella usa su magia. Él asiente y dirige su atención en dirección a esa misteriosa voz.

Esto es lo que los otros no sabían o simplemente no le dijeron, que cuando un seguidor de Shénnóng lanza su magia, cuando ella lo jala hacia adelante con su mente, significa que puede leerlo; es cierto, pero él puede verla también. Las partes más escondidas de él, ella las descubre; y lo que ella alguna vez trató de esconder, ahora él lo puede ver.

Ning se aproxima al pescador, lo llama con un saludo. Kang se acerca al agua, la ondulante superficie de la más tranquila alberca. Algo oscuro se mueve en el agua, algo grande, algo que no debería estar ahí; él se estremece y da un paso atrás, su instinto le dice que no debería acercarse demasiado. Hilos de conversación flotan hasta él.

—Estás asustando a los peces. ¿Has visto a mi hermano? Es una cabeza más alto que tú, quizá un poco más alto que tu amigo que está allá. Es un tipo bien parecido, aunque un poco flaco.

—Te envenenaron —le dice Ning.

Kang echa un vistazo para ver cómo tomará Huayu esta revelación, pero él solo se ríe y baja la roca de un salto.

—Si yo hubiera sido envenenado, ¿estaría aquí pescando y disfrutando un extraño día de paz?

—Hace años que Wenyi no está en casa —insiste Ning—. Él estaba dedicado a Yĕliŭ cuando tenía dieciséis. ¿Lo recuerdas?

Las cejas de Huayu se fruncen con la confusión.

—¿Yĕliŭ?

El viento empieza a silbar sobre sus cabezas; a la distancia, los árboles gigantes se balancean, molestados por repentinas ráfagas que corren a gran velocidad por el cañón. Un alboroto en el agua atrapa la mirada de Kang. Un pez sale disparado del agua; lo salpica y aterriza con un fuerte golpe a los pies de Ning, que voltea hacia abajo y lo mira confundida. El pez jadea buscando aire en la orilla, pero Kang mantiene su atención en el agua, las ondas parecen moverse más rápido, se hacen más fuertes, se derraman sobre las orillas del río y hacia el banco de rocas.

Kang ve con incredulidad al pez que se sacude, y se lanza hacia Huayu. Ning da un pequeño grito y lo empuja para alejarlo, los antinaturales y largos dientes del pez se sujetan en la orilla de la túnica de Huayu.

Kang salta a la acción. Levanta la caña de pescar de donde se había caído entre las piedras y golpea al pez hasta que se suelta, y entonces usa el extremo para deshacerse de él.

Hay más golpes, más peces golpean el suelo alrededor de ellos; se sacuden y se rompen. En vez de fauces, sus dientes amarillos y humanizados resplandecen en la luz. Todos juntos crujen, se parten, sus ojos son blanco pálido, descompuestos; se aferran a las varas de bambú, el sonido de sus dientes mordisqueándolo es horrible. La caña se rompe en la mano de Kang, doblada bajo el peso de tantos peces.

—¡Aléjense del agua! —grita, y corre hacia la montaña, abriéndole el paso a Ning y a Huayu para que avancen con él.

—¡Mi hermano! —protesta Huayu y señala al puente.

El puente se ve blanco a la distancia, y de alguna manera se materializó del aire; hay una figura de pie sobre él que hace gestos desesperados hacia los tres, grita y pide ayuda.

De pronto, Huayu se suelta de Ning, que lo tenía agarrado, y corre hacia el puente.

—¡Tenemos que salvarlo! —grita—. ¡Debemos salvarlo de estos monstruos!

Kang se lanza hacia adelante y sus dedos encuentran la orilla de su túnica, lo que es suficiente para hacer que el hombre baje la velocidad. Ning también lo jala hacia atrás y se convierte en un «juego» de jalar la cuerda, dos contra uno: Huayu luchando contra ellos.

Uno de los peces vuela fuera del agua y cae en el brazo de Ning, ella grita de dolor y Kang lo agarra con su mano, su cuerpo frío y resbaloso cruje en su puño. Lo jala para arrojarlo lejos de Ning con todo y tela desgarrada, sangre y piel en su hocico. Ver eso parece hacer reaccionar a Huayu y lo saca de su desesperado trance. Observa con horror la sangrienta herida de Ning.

—¡Ese no es tu hermano! —le grita Kang mientras el viento continúa levantando y agitando al agua en una vorágine, las gotas los azotan en la cara y el cabello.

—¡Tu hermano se marchó cuando tenía dieciséis, tienes que recordar! —Ning le suplica. Mechones de pelo mojado le caen enfrente de los ojos.

Huayu se queda ahí, resoplando. Mira sus manos y luego de nuevo a ellos.

—¿Qué está pasando? —pregunta. Ante los ojos de Ning y Kang, la tersura y el brillo de la juventud en sus mejillas se van tornando demacrados, se ve más alto, pero también más delgado, estirado, más parecido al hombre que yace en una cama de enfermo.

—Fuiste envenenado. —Ning trata de alcanzarlo de nuevo—. Tu madre está esperando que regreses.

—¿Envenenado? —repite despacio, incapaz de comprender, incapaz de alinear su entendimiento de la realidad con esta ensoñación alrededor de él.

Kang todavía escucha sonidos de humedad salpicando detrás de él. Voltea y ve la enorme cantidad de peces apilándose en el agua, observa cómo la pila crece más y más y más ante sus ojos, uniéndose en una forma más grande que se transforma en una grotesca figura que se retuerce, hecha de muchos ojos, aletas, branquias y bocas que se quejan…

Ning sigue rogándole a Huayu que venga con ellos.

—¡Mira eso! —grita Kang para obtener su atención—. ¡Estás envenenado, estás soñando! ¡Te devorarán si no vienes con nosotros!

Un hedor de descomposición y carne muerta flota en el viento hacia ellos.

—«Huayu…». —De repente la voz está alrededor de ellos. —«Tú me abandonaste…».

La enorme y retorcida masa de peces crece hasta convertirse en un cuerpo alargado, con una cabeza en forma de diamante… una serpiente que se desenrolla frente a ellos.

—Es hora de irnos —murmura Ning y arrastra a Huayu con ella.

Kang la sigue, corriendo detrás de ellos dentro del bosque, las ramas se rompen bajo sus pies y manos mientras luchan por empujarse a sí mismos hacia arriba del escarpado sendero, los árboles se sacuden y se estremecen alrededor de ellos.

Logran escapar hacia la ladera de la montaña, una parte plana del camino que los llevará lejos. Kang echa un vistazo detrás de ellos y todo lo que ve son los árboles temblorosos, mientras la enorme forma de la serpiente golpea la vegetación bajo su cuerpo.

Adelante de él, Ning y Huayu se detienen. Ning tiene sus manos sobre los antebrazos de Huayu, y Kang ve hilos negros que se abren camino hacia arriba de su figura, que se estremece. Los ojos de Huayu giraron hacia la parte posterior de su cabeza, dejando ver solo lo blanco. Cae sobre sus rodillas y jala consigo a Ning, hojas caen como una cascada alrededor de ellos, como si fueran lluvia.

—¡Se está muriendo! —Ning grita desesperada—. ¡No puedo sostenerlo lo suficiente para usar el antídoto! ¡Kang, necesito tu ayuda!

Él la alcanza, sus dedos acortan la distancia, se tocan, y él siente cómo su magia lo atrae.

Más líneas aparecen en la piel de Huayu, mechones grises se extienden a través de su pelo negro, los hilos se tensan alrededor de su carne haciéndolo jadear cuando trata de jalar aire.

No duele, no en realidad. La calidez de su magia arranca cualquier energía, cualquier esencia que tenga dentro de él para unirse con la de ella. Huayu y Ning empiezan a brillar, y entonces Kang se da cuenta de que ese brillo sale también de él, de su pecho y bajo su brazo para encontrar el de Ning, luego hacia su corazón, luego del brazo de ella hacia Huayu, ella está compartiendo esa energía de alguna manera, conduciéndola entre ellos.

La serpiente está casi encima de ellos, pero lanza un chillido y retrocede para alejarse de la luz. Los hilos negros se desprenden, liberando a Huayu, quien cae a la tierra. El mundo retumba alrededor de ellos, se rompe y se viene abajo.

Kang cierra sus ojos.

Capítulo treinta y uno

Ning 寧

Regreso a la oscura habitación, el sudor me escurre por la espalda, mi respiración es violenta. Kang jadea junto a mí y, cuando volteo para abajo, veo los remanentes de la magia todavía brillando entre nosotros, enlazándome con ambos. Dejo que mis manos caigan a mis costados.

Junto a nosotros, Huayu emite un débil y tembloroso gemido.

La madre de Wenyi grita. Yo me pongo de pie y doy un paso atrás para permitirle reunirse con su hijo. Me balanceo, casi me caigo, pero Kang me atrapa; por un momento me apoyo en él, siento la solidez de su cuerpo, el latido de su corazón en mi oído, recordándome que estoy de regreso, que el mundo es real y que ya no estamos en ese frío y descolorido lugar.

Es hasta que recuerdo dónde estoy que volteo a verlo. Él baja la mirada y me ve con una expresión que no puedo leer. La magia pulsa entre nosotros y ya no es la atracción de la Llave Dorada, no es la compulsión por buscar el alma de la Aguja de Plata. Solo… lo reconoce.

«Te conozco».

El sonido de Huayu tosiendo interrumpe esa cercanía y me alejo, y hasta la habitación gira; me detengo de una mesa para estabilizarme.

—Ustedes dos… —dice él, con voz ronca, pero mirada clara. Su mirada recorre a Kang y luego otra vez a mí—. Ustedes estaban en mi sueño.

—Esta es la shénnóng-shī que dijo que te curaría del veneno —le explica su madre, y me dirige una mirada de gratitud.

—Déjame revisarte. —Doy un paso hacia él y luego asiento hacia la señora Lin, quien no parece querer soltar a su hijo—. Si me permite.

—Sí, por supuesto. —Ella retrocede, pero se queda cerca, no quiere quitar los ojos de su hijo.

Le ayudo a Huayu a sentarse en la cama, apoyándose con un brazo. Yo sujeto gentilmente el otro brazo en mi regazo y, entonces, le tomo el pulso. El latido de su corazón se siente fuerte y estable bajo mis dedos, tiene un ritmo regular. Tomará un tiempo para que el veneno salga por completo de su cuerpo, pero él está aquí, sentado frente a mí, respirando y hablando, eso es todo lo que puedo pedir.

—Ahora lo recuerdo. Mi hermano fue enviado a Yĕliŭ hace años, pero ¿regresó mientras yo estaba… lejos? ¿Él está aquí ahora? ¿Puedo verlo? —Huayu busca ansioso a su alrededor. Yo suelto su mano y volteo a ver a su madre para pedirle ayuda, no sería correcto que yo le dijera. Se sienta junto a él, pero sus ojos me suplican que diga las palabras por ella. Huayu nos mira, confundido.

—¿Qué?

—Tu hermano… tu hermano está muerto —le dice la señora Lin con delicadeza.

—Pero… ¡tú dijiste que ese no era él! —Su mirada, herida, acusadora, busca la mía. —¡En mi sueño solo dijiste que se había marchado!

—Te dije la verdad —le respondo—. Se marchó, luego regresó para intentar salvarte, y ahora se ha ido. Ese espíritu en tu sueño era un componente del veneno, se aprovecha de los recuerdos de aquellos que te importan, se alimenta de tu pérdida y tu dolor.

—Wenyi… —Apenas logra decir Huayu, antes de que las lágrimas comiencen a brotar, sus hombros se sacuden con cada sollozo.

—Creo que ustedes dos deberían retirarse ahora. —Madam Lin se dirige a nosotros con mucha gentileza—. Es necesario que Huayu descanse.

—Dijo que me compartiría cómo llegar con la Ermitaña —hago una pausa, y añado con suavidad—: por favor.

Ella baja la mirada hacia su hijo en sus brazos y luego me ve. Me acuerdo de cuánto nos amaba mi madre a Shu y a mí, de que ella habría dado cualquier cosa para protegernos.

—Hay un sauce solitario que crece en una protuberante sección del risco desde donde se puede ver la cañada de Băiniăo, justo al norte del pueblo. La leyenda dice que, si buscas a la Ermitaña, debes ir ahí y hacer tu petición; si ella considera que eres digno de confianza, responderá.

—Gracias. —Inclino mi cabeza y nos disponemos a irnos, dando a madre e hijo espacio para vivir juntos su duelo.

Kang y yo vamos callados durante el camino de regreso a la posada.

La serpiente sabía que yo estaba en la cabeza de Huayu, sentí su atracción por mi magia mientras estuve en el Reino de las Sombras. Es una señal de las cosas que me esperan, tal como dijo el astrónomo, lo cual me convierte en un peligro para los que están a mi alrededor.

Cuando entramos a nuestra habitación, la fatiga me llega de golpe. No queda mucho para que amanezca, y tenemos que prepararnos para encontrar a la Ermitaña. Kang me detiene.

—Tu brazo.

Miro el sitio donde la serpiente me cortó con sus colmillos, la piel está cerrada, la cicatriz es áspera, pero ya sanó.

—No, aquí. —Señala un hoyo en mi manga, de la que cuelgan hilos desgarrados—. Déjame ayudarte.

Ignorando mis protestas, me guía a donde está el juego de sillas y mesa de bambú, en el rincón de la habitación. De su saco toma una caja que contiene vendas y varios frascos tapados y etiquetados con nombres de diferentes tinturas. Lo observo mientras, cuidadosamente, corta la tela con un cuchillo para retirarla, la desprende de mi piel. Me quejo con un siseo cuando roza con la tela mi herida abierta.

En cuanto queda al descubierto, veo las hendiduras de los dientes. La serpiente me lastimó de nuevo a través del Reino de las Sombras. El astrónomo Wu dijo que quería traer de vuelta su reino de oscuridad, enviar monstruos que se arrastren sobre la tierra; parece que acabo de conocer otra de sus abominaciones.

Cuando el pez me mordió, mi mente conectó con algo, un destello de algún otro recuerdo, uno que no me pertenecía a mí. «El canciller se arrodilla frente a mí, emana el embriagante aroma del miedo, se asegurará de que mi plan se lleve a cabo. Hilos negros envuelven su cabeza, entran por sus oídos, sus ojos y su nariz. Trata de gritar, pero no sale ningún sonido…».

Kang hace una mueca y levanta la mirada, encontrando mis ojos. La conexión aún resuena entre nosotros, y sé que él también atrapó ese fragmento de recuerdo: la confirmación de que el canciller es el mensajero de la serpiente.

—Ya lo sabes —digo sorprendida.

—Tenía mis sospechas. En el palacio, seguí a los wŭlín-shī y vi que tenían una conexión antinatural con el canciller, que estaban bajo su control, pero no sabía de qué manera los controlaba.

—Usando las sombras —murmuro, sé exactamente a lo que se refiere.

Me sostiene la mirada por un momento más, luego dirige su atención hacia mi herida.

—Quédate quieta —me pide.

Alrededor de las marcas de dientes mi piel tiene moretones; ver la herida hace que mi brazo palpite en respuesta, y yo me encojo por el dolor.

Veo a Kang vaciar un poco del contenido de uno de los frascos sobre la herida para limpiarla, luego toma otro frasco y, con unos golpecitos, hace salir una sustancia en polvo que cae en mi brazo. Debe ser algún anestésico, porque el dolor disminuye y se convierte en una leve molestia.

—Parece que ya has hecho esto antes —comento.

—Es parte de estar en el campo de batalla —me dice con una mezcla de sonrisa y mueca—. Listo.

Un pensamiento fugaz roza mi mente: «Si tan solo nos hubiéramos conocido en un momento diferente, si fuéramos diferentes personas». De repente su expresión se torna seria de nuevo, y yo me pregunto si ese pensamiento es mío o es un eco del suyo.

Abre su boca para hablar, pero no quiero escuchar.

—Este tesoro que debemos obtener de la Ermitaña —le digo—, ¿sabes lo que es?

Él duda y se aleja un poco. Siento su evidente renuencia y me recuerda una vez más mi papel y el suyo: él, el captor; y yo, la prisionera.

—Es una reliquia de los tiempos del Primer Emperador —dice finalmente—. Una esfera de cristal a la que llaman la Perla que Ilumina la Noche.

Otro cuento popular, una historia que perteneció a las páginas de los *Cuentos maravillosos del Palacio Celestial*. Cuando el Primer Emperador unió a varios señores de la guerra que dominaban secciones de un fragmentado imperio, se decía que el Dragón de Jade se mostró a sí mismo ante la corte. Cuando el resplandeciente dragón cercaba el salón, la esfera descendió del cielo y se posó en las manos del Primer Emperador. Fue entonces que todos los señores de la guerra y sus oficiales se inclinaron ante él, tocando el suelo con su frente en señal de respeto, ya que alguien que fue tocado de esa manera por los dioses debía ser el soberano de Dàxī por destino. La esfera se perdió años después, cuando el Primer Emperador murió. Sin embargo, hay leyendas que dicen que si alguien se presenta con la esfera en mano, entonces será el legítimo gobernante de Dàxī.

—Tú viste la realidad de lo que estaba en el veneno, el mismo veneno que afectó a mi hermana. Aquellos que lo consumen están atrapados, vagando en una pesadilla viviente —hablo con suavidad—. Esto es lo que tu padre ha permitido que sufra la gente, en su afán por el poder.

No le gustará nada saber que fue manipulado a través de influjo de magia —afirma Kang—. Encontraré una manera para que escuche, se sentirá indignado cuando descubra la verdad.

Nos observamos el uno al otro, ninguno está dispuesto a ceder. Él cree que el canciller es la fuente del influjo corrupto, pero yo no estoy segura de que el general haya llegado así de lejos bajo su conocimiento.

No importa lo que Kang compartió conmigo en el Reino de las Sombras, al darme algo de su esencia para fortalecer mi conexión con Huayu, no importa qué tan seguido me diga que todo lo que desea es la verdad.

La distancia entre nosotros es tan grande como cualquier cañada, y yo no sé si alguna vez puede ser borrada.

Capítulo treinta y dos

Ning 寧

Al empezar el nuevo día, espero que Ren y Badu me observen con sospecha, ya sea porque sintieron la magia que ejercí sobre ellos en la noche o porque Kang les reveló nuestras actividades nocturnas, pero durante el desayuno ambos soldados se hacen pequeñas burlas uno a expensas del otro, como si no pasara nada.

Kang y yo estamos callados la mayor parte del tiempo mientras tomamos nuestros alimentos. Soplamos la sopa caliente de dumplings y la llevamos a nuestras bocas con una cuchara, luego usamos nuestros palillos para pinchar la fina masa. El caldo burbujea, cubre el fondo de la cuchara con una intensa tonalidad dorada; los dumplings están rellenos de puerco, cebollín y hongos finamente picados, lo que le da una fragancia terrosa.

Cuando partimos hacia la cañada, Ren y Badu especulan acerca de la existencia de la Ermitaña. Me siento detrás de Kang en el caballo y trato de no caerme conforme nos dirigimos fuera del pueblo, hacia el norte. Antes de partir, le pregunté a la hija del encargado de la posada si había algún sauce en la zona. Ella me indicó cómo llegar a un árbol al que los lugareños se refieren como el Árbol de los Deseos, donde la gente del pueblo escribe sus deseos en tiras de papel y las ata a las ramas; ese es el mejor lugar para empezar.

—¿Podrá siquiera existir alguien así? —Ren se mofa—. Probablemente sea una vieja mujer que vive en los bosques, que los niños vieron y comenzaron a atribuirle extrañas historias.

—O podría ser una de esas practicantes de una magia perdida, ¡como en las historias de los cuentacuentos viajeros! —Badu parece ansioso por creer que tal persona es real—. Ella es la única que queda de su gente, así que juró convertirse en la mejor practicante de su arte y así poder vengar a su clan. —Ren se ríe.

—Sin duda tienes una gran imaginación.

Los árboles continúan haciéndose más delgados cuanto más alto ascendemos. Una ligera lluvia comenzó a caer cuando dejamos el pueblo; conforme nos aproximamos al borde del acantilado, el aire parece volverse más frío y la llovizna más gruesa. Hilos de niebla se acomodan sobre las ramas de los árboles como si fuera tela.

Debemos dejar los caballos aquí, pues si llegaran a pisar demasiado cerca de la orilla del precipicio, todos podríamos caer al cañón que tenemos debajo. Entonces solo quedan nuestras huellas en el camino, y la móvil y siniestra neblina que nos dificulta la vista.

—Esta llovizna... —murmura Badu—. Es antinatural.

«Antinatural». Como la acusación del canciller contra mí, que dijo que yo no soy una verdadera seguidora de Shénnóng, sino que practico una retorcida desviación de su magia. Pero en esa acusación el canciller reveló un poco de sí mismo, porque ahora yo sé que el veneno está relacionado de alguna manera con la serpiente. Esto significa que alguien hizo un pacto con el dios, y aceptó la promesa de poder a cambio de liberarlo. Las respuestas a mis preguntas parecen balancearse más allá de mi alcance, perdidas en las profundidades de la bruma que hay en mi propia mente. Si el canciller maquinó el plan del veneno para el general, entonces... ¿sabe el general del demonio con el que trabaja? ¿O está en la oscuridad, como cree Kang?

Veo a la distancia la forma de un gran árbol que se asoma entre la llovizna; es más alto que los otros que lo rodean y tiene largas ramas que cuelgan como mechones de la barba de un viejo. Atadas a sus ramas ondean tiras de papel, es el Árbol de los Deseos.

—Ahí —Kang me susurra, también lo reconoce. La información que Madam Lin intercambió conmigo por la vida de su hijo, pero no me dijo cómo llamar a la Ermitaña y hacerle saber que estoy aquí, solo que debía hacer mi petición y esperar a que ella juzgara mi honorabilidad.

Estamos solo a diez pasos del árbol cuando la bruma se hace más espesa, oscureciéndolo todo. Nos encontramos envueltos en una cortina opaca de blancos y grises.

—¿Ning? —Oigo la voz de Kang, y doy unos pasos vacilantes en su dirección, pero no lo encuentro. No hay nada más que la bruma dando vueltas, aunque estoy segura de que había una roca, que llegaba a la altura de mi cintura, en algún sitio cercano. Escucho a Badu y a Ren gritando el nombre del otro, pero suenan distantes, lejanos.

—¿Kang? —lo llamo. Soy cuidadosa de dónde pongo mis pies, porque sé qué tan cerca estoy de la orilla del acantilado. ¿Serán unos veinte pasos o más? Todo lo que encuentro es más tierra y rocas. Levanto mi brazo y lo estiro frente a mi cara, pero apenas puedo ver la forma de mis dedos. La llovizna cambiante parece tomar extrañas formas vivientes, como una mujer de edad avanzada, o un búfalo de agua. Animales y figuras, sombras y fantasmas.

Mis dedos buscan el bolso en mi faja, me quedan dos dān. ¿Debería usar uno? Si ella es la shénnóng-shī de la leyenda, si el canciller envió a otros shénnóng-shī a tratar de hablar con ella, quizá solo mediante el uso de mi magia ella me reconozca y responda a mi llamado.

Ya no escucho nada, ni las voces de los dos soldados del batallón ni la de Kang, ni siquiera los sonidos de los animales que debería haber en el bosque o el sonido de la lluvia. Solo hay silencio, y mi respiración de pronto suena insoportablemente fuerte. Tengo que elegir, y entre más tiempo esté Shu en las garras de ese hombre hambriento de poder, mayor será el riesgo, él pudo haberme mentido todo este tiempo. El mundo gira, y yo siento cómo el pánico se instala en mi cuerpo y va creciendo.

Busco a tientas un dān, lo saco y lo pongo debajo de mi lengua; la humedad ablanda la capa que lo cubre, se desmorona y libera el amargo sabor de las hierbas y las raíces. Siento esa fuerte, casi dolorosa, electrizante liberación de la magia. La reúno, con los ojos cerrados, visualizando que toma forma alrededor de mí, forma una bola de luz entre mis manos. Estoy rodeada por el tranquilizante aroma de las flores de té, y libero el rayo ascendente, por encima de mi cabeza y dentro de la cañada. Espero que ella me vea.

«Por favor, necesito su ayuda».

Escucho el sonido de una flauta, traído por el viento. Por un momento, estoy llena de miedo. ¿Llamé a la serpiente otra vez a mí? Abro mis ojos y jadeo. Sin dar un paso, sin moverme, de alguna manera terminé bajo el sauce. Sus ramas cuelgan alrededor de mí como mechones de cabello, rozan mis hombros y me hacen cosquillas en las orejas. Me estiro para tocar la corteza del árbol; su tronco está curveado sobre mi cabeza, como alguien que se agacha para abrazar a un niño. Mi magia siente algo en su interior, más allá de mi alcance. Extiendo el poder del dān, enviándolo al interior del tronco: «¿Puedes oírme?».

De pronto se oye un chillido y el batir de unas alas. Miro hacia arriba y hay una bandada de pájaros que sale rápidamente de entre las ramas. Muy acorde con el nombre de este lugar: Bǎiniǎo, la cañada de los Cien Pájaros. Se lanzan hacia la parte alta de la cañada y la bruma se aparta para revelar una figura de pie en la orilla del acantilado. El dulce sonido de la flauta continúa, emitido por este misterioso extraño. Los pájaros se lanzan en picada y danzan en el aire, vuelan hacia abajo y luego hacia arriba, siguiendo la dirección de la música.

Me alejo unos pasos del árbol para acercarme a la figura envuelta en blanco, casi como vestida por la bruma. Hebras blancas brotan de su sombrero de ala ancha, de sus vaporosas mangas y su falda, enredándose alrededor de sus piernas. Mastico lo que queda del dān y lo trago para poder hablar.

—¿Es usted la Ermitaña? —pregunto, y me acerco con timidez.

Ella voltea, un velo oculta sus facciones. La flauta cae de sus labios, sin embargo, su fantasmal melodía sigue sonando. Levanta el velo de su rostro y revela unos ojos oscuros con largas pestañas. Es una mujer como de la edad de mi madre, con suaves facciones, piel del color del marfil, una boca perfecta. Es hermosa de una borrosa manera, como si perteneciera a un tiempo lejano.

La mujer me examina, siento que es un ser con un gran poder. Un eco de ella está en el árbol detrás de mí, una red hecha con su magia la conecta con cada uno de esos pájaros; también puede controlar la bruma, haciendo que parte de la montaña desaparezca. Me inclino ante ella.

—Mi nombre es Zhang Ning, vengo de la provincia de Sù. —Mantengo mi cabeza agachada, esperando que perciba la importancia de mi llamado—. He venido a pedir su ayuda en un asunto muy serio.

Siento que unas manos tocan mis brazos, me jalan para enderezarme.

—Qué peculiar, Ning de Sù. —Ser observada y evaluada es un sentimiento conocido—. Parece que fuiste tocada por cada uno de los dioses.

Ella levanta mi mentón con su fría mano, inclinando mi cabeza para atrás, como buscando algún secreto contenido en su interior. Dentro de sus ojos veo olas que rompen contra la orilla, el constante movimiento de la marea.

—Magia shénnóng, esa parte es evidente —dice y una vez más, el aroma de las flores acaricia mi nariz, el resultante jalón de magia dentro de mí vuelve a la vida como una llamarada. Lo similar reacciona a lo similar.

»Y sin embargo… —Sus manos se dirigen hacia mi cabello, y entonces, cuando lo jala hacia atrás, sostiene una pluma—. Su marca también está en ti. La Dama del Sur. —Deja caer la pluma de su mano, y el viento se la lleva y da volteretas en la distancia.

»Encontraste a aquellos que portan la marca del Tigre Negro. —Aparecen líneas en sus brazos, el patrón es similar a los de quienes recibieron entrenamiento Wǔlín.

»Yěliǔ también, estuviste ahí. —Parece que ella lo ve todo, en sus ojos hay llamas saltando. Reconozco el brasero del fuego sagrado, el que se supone que debe permanecer encendido, pero solo han quedado en cenizas desde que Yěliǔ ya no existe.

—Conocí a Wenyi, su aprendiz —le digo.

Ella baja la mirada. La llovizna humedece mis mejillas, como si el mismo aire llorara con ella.

—Sentí su presencia partir de la tierra, a una gran distancia. Sentí también que tú estabas ahí en el momento de su partida, creo que le ofreciste algo de consuelo en esas horas finales.

Contengo una repentina oleada de tristeza cuando el recuerdo de los calabozos regresa a mí. Las húmedas paredes de piedra que nos rodeaban, los barrotes que me separaban del joven hombre al que debí haber sido capaz de salvar. Un fracaso ante las enseñanzas de mi padre, una de las muchas muertes que me persiguen, para nunca ser olvidadas.

—Sí, la muerte deja una marca —susurra ella, como si escuchara mis pensamientos—. Y aún eres tan joven…

—Estoy aquí para salvar a mi hermana —le digo—. Entonces la Ermitaña se voltea y su velo roza delicadamente mi rostro.

—Ven conmigo.

Lleva la flauta de nuevo a sus labios, y produce ese dulce y triste sonido a través de la cañada. Los pájaros alzan el vuelo desde el cañón, son demasiados para contarlos, sus cuerpos forman un puente, envuelto en llovizna, que atraviesa la cañada hacia lo desconocido. El sendero danza y se desplaza sobre el inmenso vacío, un paso en falso y podría fácilmente caer. Ella camina de la roca hacia el puente de pájaros, y sé que debo seguirla.

Los pájaros se mueven bajo mis pies, pero soportan mi peso para que no termine estrellándome en las rocas bajo nosotros. Me recuerda una vieja leyenda acerca de una desafortunada historia de amor, una mujer que vivía entre las estrellas, y el hombre que suspiraba por ella desde la tierra. Ellos podían estar juntos solo una vez al año, cuando las estrellas se alineaban y un puente de golondrinas les permitía reunirse.

—Ah, eso fue hace tanto tiempo —dice la Ermitaña. Aunque yo la veo un poco adelante, su voz suena como si estuviera hablando claramente junto a mí—. Muchas de las leyendas tuvieron formas humanas alguna vez…

No sé bien lo que quiere decir, quizá ella conoció al pastorcillo y a la tejedora originales. Me pregunto si se habrán convertido en dioses, a la deriva en algún lugar del interminable mar estelar.

La forma de otro acantilado aparece frente a nosotras, y entonces ya no estamos en el puente movedizo, sino en la sólida roca; miro detrás de nosotras y solo veo la cañada vacía, los pájaros se han ido. Doy la vuelta y un pabellón de piedra aparece entre la llovizna, la bruma aún es densa y silencia todo a nuestro alrededor. Un árbol crece del centro de la piedra, su copa es el techo, su viejo tronco está torcido y rugoso. Junto a él hay una mesa circular de madera, forjada de una sección del árbol, sus tonos dorados en espiral quedaron capturados en su suavizada superficie; la base aún tiene el patrón de la corteza. Hay cuatro bancos de piedra para sentarse alrededor y, encima de la mesa, hay un juego de té.

Mis pies ascienden los escalones que llevan hasta el pabellón, y a la derecha oigo el tintineante sonido del agua. Al mirar por encima del borde veo pilas de rocas amontonadas. Una cascada se derrama dentro de una oscura piscina, hay formas que nadan bajo el agua, un destello de rojo y blanco, peces koi. Pero se me revuelve el estómago al recordar al despiadado pez que casi nos hizo pedazos en el Reino de las Sombras. Toco vacilante el barandal de piedra, se siente sólido, los bordes están tallados con hojas y flores que se sienten ásperos contra mis palmas.

—¿Beberás conmigo? —me pregunta y yo regreso mi atención a ella. Retira el sombrero de su cabeza y lo coloca en la orilla de la mesa, su cabello está ligeramente sujetado, despeja su rostro y cae por su espalda en un oscuro mechón. Me siento frente a ella y la veo mientras prepara el té.

Tanto de nuestra vida diaria puede ser evaluado en tazas de té. En la manera en que despertamos en la mañana, en la que recibimos a nuestros invitados, en cómo acompañamos nuestras comidas, en la forma en que los pacientes de mi padre y los clientes de mi madre agradecían su trabajo.

Llevo la taza a mi nariz. Su fragancia hace que me llegue su suave verdor, como el olor de las hojas de té recién recolectadas, aún mojadas por el rocío de la mañana. Se siente delicado y frutal en mi lengua herida, con una esencia de esperanza. La magia explota dentro de mí, y en respuesta, siento que un agudo dolor me corta el antebrazo. La taza se cae de mi mano y aterriza en la mesa con un golpe seco.

Jadeo una disculpa, pero ella está ahí junto a mí, es demasiado rápida para que yo la vea moverse. Sujeta mi muñeca con una fuerza inhumana, recorre mi brazo con la punta de su dedo, roza la cicatriz, aún en proceso de sanar, y siento que me quema.

—Por poco lo vi —murmura—. Una vieja magia, algo que no me había encontrado por un largo, largo tiempo…

Se queda viendo la cicatriz y, entonces, veo en su mano el destello de una daga.

—Esto va a doler —me advierte.

El cuchillo abre mi carne antes de que tenga siquiera oportunidad de gritar.

CAPÍTULO TREINTA Y TRES

NING 寧

La cicatriz está abierta, pero no hay sangre brotando como esperaba. En lugar de eso solo hay un enorme hoyo. El dolor sigue ahí, pero, a través de él, hay una sensación de que algo se mueve bajo mi piel, esa horrible sensación de que algo se retuerce y que he experimentado una y otra vez.

Sus dedos se hunden dentro de la herida abierta y yo tengo que mirar hacia otro lado mientras la bilis sube a mi garganta, mi visión se oscurece. Siento que jala algo que sigue intentando aferrarse a mi brazo, y siento cada tirón en la lucha por lograr que se suelte de mi cuerpo. Entonces, finalmente estoy libre de esa cosa.

Me esfuerzo por voltear. A través de mis lágrimas, veo una oscura forma que se retuerce, es un ciempiés venenoso, sus muchas patas se mueven en el aire. Su color es un rojo profundo y oscuro, como si se hubiera dado un festín con mi sangre todo este tiempo. La repulsión sube de nuevo por detrás de mi garganta cuando la Ermitaña balancea el cuerpecito regordete en las puntas de sus dedos.

—Se alimenta de la fuerza vital de los vivos —me explica con un tono suave, como si no fuera nada más que una plaga doméstica común—. Pero le encanta el sabor de la magia, lo saborea.

—¿Es esto lo que había en los bloques de té envenenados?

—Similar —me responde—. Todas estas abominaciones llevan una parte de él, una gota del veneno que escurre de sus colmillos, solo que tú lo experimentaste directamente de la fuente.

Una clase diferente de magia. Se agita en su mano, tratando de enrollarse sobre sí mismo, retorciéndose. Siento otra llamarada de su magia y filamentos rojos, como de seda, se desprenden del cuerpo del ciempiés hasta que se seca, queda convertido en un cascarón y deja de moverse. Con un movimiento de su otra mano, el viento se lleva el cascarón, dispersándolo hasta convertirlo en polvo; los filamentos de magia roja también se disipan en el viento.

—Ya no podrá seguirte más. —Se sirve otra taza de té y lo cuela, luego hace una cara, como si el sabor estuviera alterado.

—¿Eso era una parte de la magia de la serpiente dentro de mí? —Mi piel se retuerce, como si todavía pudiera sentir su presencia. La serpiente me perforó con sus colmillos cuando estaba en el sueño de Shu, debió ser en ese momento cuando me infectó con su veneno; eso explicaría por qué la serpiente podía sentirme cada vez que usaba mi magia, y los soldados sombra siempre sabían dónde encontrarme. La Ermitaña asiente, confirma mis sospechas como si las hubiera expresado en voz alta.

—Gracias —le digo con verdadera gratitud—. ¿Podría, por favor, conocer su nombre? Para saber cómo debo dirigirme a usted.

—Puedes llamarme Lady An. —Ella inclina su cabeza, se estira para alcanzar su sombrero y se lo coloca de nuevo, el velo cae nuevamente sobre su rostro y sus hombros—. Ven conmigo, limpiaremos y sellaremos esa herida.

Me pongo de pie y la sigo, ella me guía por un sendero que hace una curva alrededor del pabellón de piedra. Un poco más abajo llegamos a una estructura que está a la derecha; parece una rejilla cuadriculada, casi quejándose bajo el peso de calabazas de varios tamaños, cubiertas con enredaderas. A la izquierda hay otra densa maraña de vegetación, algo que yo no creería posible que creciera a esta altura de las montañas. La llovizna sigue flotando aquí, se cuela entre la frondosa vegetación. Es un lugar salvaje, como si alguien hubiera vivido alguna vez aquí y dejado que la naturaleza lo reclamara.

Lady An se inclina para recoger una hoz grande y curveada, que está recargada contra un árbol; se para bajo la rejilla y corta una calabaza, me la da para que la cargue, también corta las puntas verdes de algunas enredaderas y las arroja dentro de una canasta que espera a sus pies; luego la recoge y se adentra a un exuberante jardín de hierbas que crece pasando la rejilla. Las hierbas crecen tan densamente que rozan sus pantorrillas y casi alcanzan sus rodillas; con manos hábiles, ella jala lo que necesita y la tierra le cede las plantas voluntariamente.

Hay otra estructura un poco más adelante. Una cabaña de bambú y una cocina improvisada junto a ella. Hay un anaquel contra el costado de la cabaña, una estufa de ladrillos y una gran mesa de madera en el centro. Ella levanta un pedazo de madera de donde descansaba contra la pared y lo pone en la mesa, afila un cuchillo contra la piedra y luego lo usa para cortar las hojas sobre la madera. Entonces arroja los pedazos dentro de un expectante tazón de piedra y, con ayuda de un mortero, las muele hasta hacer una pasta; me hace un gesto para que extienda mi brazo y yo la obedezco.

Con cuidado, ella sella la herida con una fina capa de pasta verde. Baja su cabeza, sopla gentilmente, y yo siento ese delicado cambio. El cosquilleo que corre por mi piel me dice que la magia se está infundiendo. Usando una larga tira de tela, ella envuelve la cataplasma apretada sobre mi piel y la ata con un nudo. Yo muevo mis dedos, todo sigue funcionando como debe.

—¿Sabes cómo usar un cuchillo en la cocina? —pregunta. Mi respuesta es afirmativa, fui criada para ser siempre otra mano que ayuda en las tareas del hogar. Desde que era joven y capaz de caminar se me asignaron tareas, como reunir leña para la estufa o preparar ingredientes para la botica o asistir con la comida de la noche. Ella me entrega otro trozo de madera para usar como tabla de cortar y me da instrucciones para cortar la calabaza en pedazos.

La abro y reconozco, por su interior y las semillas planas y blancas, que es un melón de invierno. Lo corto en pedazos del ancho de una moneda de plata. Lady An regresa con una vasija de barro para que yo ponga dentro los pedazos y luego dispersa hierbas aromáticas a su alrededor, dientes de ajo aplastados y rebanadas de jengibre. Miro a mi alrededor y veo señales de una cocina bien aprovechada, hay herramientas colgando en las paredes, al alcance de la mano. Dientes de ajo secos y chiles cuelgan del techo, parecen grandes ramos de blanco y rojo. Me da unos ejotes para que los pele, mientras ella trabaja en el contenido de otra vasija de barro. Cuando levanta la tapa, después de un rato, percibo el fuerte el fuerte aroma de la salsa de soya, aceite de sésamo, albahaca y pollo a las tres tazas.

Mis manos se mantienen ocupadas, Lady An me dirige para que mezcle esto o corte aquello, pero mi angustia crece, sé que hay tantas preguntas que necesito hacerle. Necesito saber si, en efecto, es ella la shénnóng-shī de la leyenda, la que advirtió al emperador que una oscuridad se avecinaba. Si ella podría prestarnos su ayuda en estos tiempos oscuros para prevenir que un viejo dios despierte. Pero, conforme la comida va tomando forma alrededor de nosotras, no hay un momento que parezca apropiado para decir algo.

La mesa está limpia y los lugares dispuestos. Las ollas burbujeantes ya están sobre la superficie y podemos comer. Lo que pensé que sería un pollo a las tres tazas, en realidad está hecho de trozos carnosos de hongos ostra, bañados en esa salsa rica y salada. Hay una dulzura en la sopa, un agradable contrapeso con el picor de los ejotes. Como un poco de mis alimentos, pero como estoy consciente del paso del tiempo, sé que tengo que hablar, aun si puedo parecer insolente e irrespetuosa.

—Ruego que me disculpe, Lady An. —Dejo a un lado mis palillos—. Estoy muy agradecida por su hospitalidad, pero quisiera hablarle del motivo por el que he perturbado su paz.

Ella sorbe un poco de su vino dulce, el cual yo rechacé porque quería mantener la cabeza completamente despejada. No sé qué clase de desafío podría plantear para que yo reciba su ayuda, y es preciso estar alerta.

—Déjame contarte la historia de quien te marcó con este veneno —comienza a decirme. Toma otro largo trago del vino de ciruela y, cuando levanta la mirada, veo la luna reflejada en sus ojos. Sobresaltada, yo también dirijo mis ojos al cielo. ¿A qué hora salió la luna? ¿Y cómo es que está tan llena y brillante? Siento un instante de alerta. ¿Cuánto tiempo ha pasado? ¿Y si el canciller determinó que hui y está a punto de ejecutar a Shu y al Hermano Huang?

»No te preocupes —me tranquiliza, leyendo mi agitación—. Tenemos tiempo todavía, te lo prometo.

Me esfuerzo por permanecer sentada y escuchar. ¿Qué es el paso del tiempo para alguien que puede invocar tanta magia? Debo ser paciente.

—Conoces la historia de la serpiente que requirió el esfuerzo de todos los dioses para someterla. —Ella continúa cuando yo asiento—. Cada uno de ellos ofreció una parte de su poder: de Shénnóng, una balanza de plata; de la corona de Bi-Fang, una pluma; una garra del Dios del Trueno; y el caparazón de Bìxì. La pluma atravesó una gran distancia y lo jaló desde adentro del manto mágico con el que los demás lo sujetaban; el caparazón lo inmovilizó de manera que no pudiera usar sus poderes elementales para liberarse de sus ataduras; la báscula aterrizó en el núcleo de su magia, sellándola y dejándolo así atrapado en su forma humana. Finalmente, utilizando la garra del Tigre, sacaron su ojo izquierdo y el Dragón de Jade lo lanzó al Mar del Este. Arrancaron su fémur y le dieron la forma de una espada, que escondieron en las montañas. Y, por último, le extirparon el corazón, el cual se hundió en las profundidades de un lago, donde ha permanecido imperturbable por muchos años.

Es una historia que conozco, pero cada vez que la escucho, surgen diferentes detalles.

—Conoce y recuerda su nombre —me dice—: Gongyu.

Lo repito, reconociendo el peso que hay detrás de él.

—La espada de hueso fue encontrada tiempo después, y derramó un río de sangre por todo el imperio, antes de ser sometida y escondida de nuevo. La gente del norte construyó una torre para contener su terrible poder —continúa Lady An—. El corazón de cristal fue encontrado cuando los humanos comenzaron a construir sus asentamientos, a construir presas y reencauzar los ríos. Esto formó parte del descubrimiento de Dàxī, sí, pero también resultó en la masacre de inocentes. Gongyu apareció como una visión corruptora, tomó la forma de la Serpiente Dorada e intentó engatusar a otros para llevar a cabo su plan. Fue entonces que recibí el llamado. Yo robé el corazón de la corte, y se me preguntó si estaba dispuesta a dejar atrás el mundo humano. Ese es el precio de convertirse en su guardiana. —La mujer sin edad me observa con gran seriedad—. Pero ahora los vientos han cambiado de nuevo a su favor. El ojo de jade fue encontrado, y los insistentes susurros de Gongyu dirigen a quien lo posee a la espada de hueso. Ahora necesita el corazón de cristal para resurgir y consumir miles de almas humanas para regresar a su forma humana. La misma magia abominable que una vez extendió para caminar sobre la tierra.

Me doy cuenta de lo que quiere decir, de lo que debo pedirle. El costo de salvar a mi hermana.

Lady An sonríe.

—Se me indicó esperar, hasta que el tiempo llegara, hasta que la persona correcta hiciera las preguntas correctas. Eres tú a quien he estado esperando, Zhang Ning… Durante un largo, largo tiempo.

Capítulo treinta y cuatro

Ning 寧

—¿Por qué usted me recibiría a mí? —le pregunto a Lady An. Yo sé que ella está consciente de lo que vine a pedirle. El mismo objeto que ella protege, y que podría resultar en la ruina del mundo. Ella sacude su cabeza, todavía sonriendo.

—No lo comprendes. Tú eres la indicada para llevártelo.

—¿Por qué? —Estoy horrorizada con solo pensarlo. ¿Cómo podría yo llevar esa responsabilidad conmigo? Ser tan egoísta como para quitarle el corazón y dárselo al canciller solo para salvar a mi hermana y a mí misma, pero condenar al resto del mundo.

—Tú eres alguien que no está del todo en este mundo, pero tampoco del todo fuera de él. —Ella utiliza enigmas que yo no alcanzo a entender—. Supongo que ahora que los dioses han estado lejos del mundo por tanto tiempo, su conocimiento está desapareciendo rápidamente. —Lady An suspira—. Los monjes se aíslan en sus monasterios, limitando a aquellos que estudian en sus academias. Se esconden detrás de grandes puertas, encerrándose lejos del resto del imperio. Ellos se perciben a sí mismos como los representantes de los dioses y, aun así, descuidan su deber para con la gente a la que se supone que deben proteger.

—Usted ha escuchado el llamado de los dioses y ha respondido a ellos… ¿Es una diosa entonces? ¿Un ser inmortal? —le pregunto—. ¿Podría usted regresar al mundo humano para enfrentar a Gongyu?

—Los dioses compartieron conmigo solo un fragmento de su poder, pero cuando lucharon contra Gongyu perdieron mucho de ese poder que tenían. —Ella dirige su rostro de nuevo hacia la luna; las comisuras de sus labios se jalan ligeramente hacia abajo, en un gesto de tristeza—. No queda mucho. El corazón de cristal mantiene la estabilidad de este lugar, y cuando se haya ido, yo me habré ido también.

—Pero… yo no puedo… —Si salvar una vida significa la muerte de otra, ¿cómo puedo justificarlo? ¿Cuál es el valor de una vida, incluso cuando se entrega voluntariamente?

—¡Debes hacerlo! —Su voz retumba con poder—. Cuando Yěliŭ cayó, yo lo sentí; cuando Hánxiá se corrompió, también lo sentí; fue un inmenso dolor. Cada vez que el veneno se esparce, la tierra se debilita y su control se hace más fuerte, ha esperado por mucho tiempo…

—¿Y si… qué pasa si soy yo quien se quede aquí? —Lanzo la única opción que se me ocurre, la única alternativa que puedo ofrecer—. ¿Y si usted regresara al mundo humano en mi lugar? Permítame ser la guardiana del corazón en su lugar. —Con tanto poder en su interior, ella es mucho más fuerte que yo, y puede detener a Gongyu.

Lady An echa su cabeza para atrás y se ríe.

—Oh, niña… —dice divertida—. No sabes cuán preciado es lo que me ofreces, pero tú no estás destinada a llevar esta carga. Puede ser que creas anhelar una vida de aislamiento, pensando que eso te traerá paz, pero la magia que sostiene este lugar ya se está desmoronando. Incluso si yo quisiera pasarte todo esto a ti, no puedo, y no desearía que este destino cayera sobre nadie.

—Pero… —No puedo aguantar más—. Todo lo que quiero es salvar a mi hermana, quiero que ella sea capaz de entrar en comunión con Shénnóng, como alguna vez lo fue. —La pérdida de su magia, el insoportable vacío dentro de ella; quiero que todo vuelva a ser como era antes, quiero lo imposible.

Lady An sacude su cabeza.

—¿No entiendes? La magia no pertenece a Shénnóng, no es exclusiva de un dios ni del otro, esos son términos humanos, reglas humanas; toda la magia es la misma, es la coraza la que le da forma.

Me recuerda la pluma que apareció de la nada cuando la necesitamos; las alas de fuego.

—Descubrirás una forma de salvarla —me dice Lady An—. El vínculo de familia es una clase de magia por sí mismo. —Se pone de pie, se mece un poco sobre sus pies, tiene las mejillas enrojecidas por el vino—. Sígueme. La luna brilla esta noche.

El suelo parece sumergirse conforme caminamos por el sendero ligeramente inclinado que continúa pasando la casa de bambú. Hay un estanque aquí atrás, cubierto por lirios de agua, sus hojas redondas flotan serenamente, sus flores se mecen con la brisa. Inclinándose, Lady An toma con gentileza una flor de una almohadilla de lirio, y murmura una palabra de agradecimiento, las cabezas de otras flores le responden con una reverencia. Con el lirio en la mano ella camina hacia una pequeña pared de roca, cubierta de enredadera, y ahí, en las sombras, está la entrada a una cueva.

—Te pregunto, Ning de Sù —la forma en que pronuncia mi nombre parece enviar una resonancia dentro de mí, como si me pidiera tomar una decisión que podría alterar el destino de todos en Dàxī. Como si mi respuesta no tuviera que ver con mi propio destino, ni con el destino de mi familia. Es algo que afectará a todo los que conozco, a todos los que he amado y perdido, a todos a los que he salvado y a todos a los que les he fallado—. ¿Harás lo que se requiere de ti, incluso si el camino por delante es incierto? —Ella acuna la flor en su mano.

Sus palabras me dan esperanza, dice que hay un camino por delante en el que yo puedo encontrar lo que busco.

—Sí —respiro. Si esto es lo que los dioses solicitan de mí, entonces lo haré. Lady An ofreció su vida en sacrificio, años de esperar, mientras toda la gente a la que ella amaba desapareció; yo puedo hacer lo mismo.

—La cueva intentará hablarte, pero tú debes ignorar las voces, incluso si te suenan familiares. Encontrarás un estanque en el centro, donde reside el corazón, tómalo. —Sopla una nube de magia en su mano que se convierte en una esfera que brilla con una luz que no es de esta tierra. Da vuelta a su mano y pone la esfera en la flor del lirio de agua, completamente abierta; de ella emana un brillo color rosa—. Llámalo por su nombre, su corazón responderá.

«Gongyu». Parece que el solo pensamiento de su nombre hace que el aire a mi alrededor se estremezca. Ella me ofrece la flor, y yo la acepto, hago una cuna con mis manos. Está caliente, pero no es insoportable, es un calor placentero.

La llevo conmigo hacia la oscuridad de la cueva, hacia lo que sea que me espera en sus profundidades.

Sigo el sendero que me adentra en la cueva. Me lleva más profundo, la tierra se inclina hacia abajo; doy un vistazo detrás de mí, a la silueta de Lady An enmarcada por la luz de la luna, que me da la fuerza para continuar. No tarda mucho tiempo en disminuir la luz de la abertura hasta que ya no me alcanza, solo el brillo de la flor en mis manos ilumina el camino por delante. Las paredes de la cueva están mojadas por la humedad y las rocas bajo mis pies están resbalosas, se oye el sonido de agua que gotea a la distancia. Acerco la flor a las rocas, y la luz se engancha con algo que brilla dentro de la piedra.

Continúo el descenso y el camino se estrecha hasta que siento como si me estuvieran sepultando; la tierra se siente pesada sobre mí. Mi respiración empieza a congelarse en el aire, y mi túnica de pronto se siente demasiado delgada para el frío que emana de las paredes. La piedra a mi alrededor parece cambiar de color, la chispa se torna más pronunciada hasta que se convierte en esquirlas de cristal incrustadas en ella, algunas del tamaño mi muñeca, otras tan grandes como mi antebrazo. Son muchas superficies reflejantes, que atrapan la luz de diferentes maneras.

Veo un movimiento de reojo.

Doy algunas vueltas, y no veo nada más que rocas brillantes; me muerdo el labio y sigo caminando, ahora más rápido.

Entonces escucho murmullos. Más movimiento se desliza a la altura de mis ojos, pero cuando trato de buscarlo, solo encuentro mi propio rostro mirándome, reflejado en el cristal. El sonido de sollozos hace eco a través del túnel, entonces… parece el canto de una plegaria. Las voces emergen de la piedra y se hacen más fuertes cuanto más lejos camino.

—¿Madre?

—Lo siento tanto…

—¡No sabía!

—…no fue mi culpa…

—¡Perdóname!

Alguien recita el fragmento de una poesía; una mujer susurra un pedacito de una canción.

En este lugar solo hay fantasmas.

¿Quién está atrapado aquí dentro? ¿Es real o imaginario?

En mi urgencia por llegar al centro de la cueva, mi pie se resbala en una protuberancia de la piedra, y me apoyo en la pared para estabilizarme. Es más filosa de lo que esperaba; cuando separo mi mano, está sangrando.

—¿Está viva?

—¡Está viva!

—¡Sálvanos!

—¡Ayúdanos!

La luz revela formas humanas detrás de los cristales iridiscentes y transparentes, puños y manos abiertas golpean contra las paredes, la fuerza de sus golpes provoca que las paredes retumben y se sacudan. Yo empiezo a correr, las voces me siguen suplicándome que las escuche, rogándome que las salve. Sigo corriendo y me acuerdo de todo lo que soy. Tocada por muchos dioses, destinada a algo más, Ning, hermana, hija, amiga.

El túnel ante mí se ensancha hasta ser una caverna, no más grande que el hogar de mi familia. Hay un estanque en el centro, como dijo Lady An. Me detengo a la orilla del agua y la flor se eleva desde mis manos, yo la observo, maravillada ante esa visión. La flor se desplaza sobre el centro del estanque y desciende hasta quedar sobre la superficie del agua. Los pétalos comienzan a desprenderse, uno a uno, hundiéndose en la oscuridad, hasta que la luz que queda se hunde también y desaparece.

Es mi turno.

Cautelosamente pongo mi mano dentro del estanque y me recompensa con frío. Un frío realmente insoportable. Mi mano se entumece por el frío. Me esfuerzo por empujar mi brazo más profundo, y se siente como si mi piel se desprendiera, llegando al punto que mi brazo se siente como un nervio en carne viva.

«Eres débil. No eres suficiente. Ríndete». Las dudas regresan, mordisqueando los rincones de mi mente. «Renuncia. Quédate aquí. Deja que las paredes te consuman. Conviértete en uno con los espíritus. Solo cierra tus ojos. Deja que el resto del imperio arda. Deja que sucumba a la serpiente. El canciller sonreirá detrás del general en el trono del dragón. Él forzara a todos a obedecer».

Las voces de todos los que están atrapados en esta caverna se elevan, convirtiéndose en una cacofonía. Hay tanta rabia, deseo, lujuria, orgullo, vecinos matando a vecinos, hermanos robando a hermanos, gente engañando, mintiendo. En las pruebas shénnóngshī exaltábamos las virtudes, pero aquí... este lugar es un altar a todos los vicios.

Estoy llena de una profunda y ardiente furia, merezco ser aceptada, liberarme de este reino de pesadillas. Nunca me recuerdan durante sus horas despiertos, me maldicen, maldicen mi nombre. Mientras otros obtienen santuarios, devociones y son adorados por muchos seguidores. ¿Cuándo será mi turno?

Tengo que hacer uso de toda mi fuerza para no salirme del agua y liberarme de esa dolorosa espera, las emociones tan humanas, exhibidas por uno de los dioses. Él quiere ser celebrado, ser amado, moverse a través de un mundo de color, sentir, saborear, oler, ver. Ya no está sostenido por una parte tan pequeña de la experiencia humana, lo que él quiere más que nada es ser total y absolutamente humano, algo que simplemente está fuera de su alcance, y está dispuesto a tomarlo por la fuerza, si es necesario.

La esfera brilla bajo la superficie, el agua se mueve como si tuviera vida propia, se desliza hacia arriba de mi brazo, hacia mi hombro y se arrastra hasta mi cabello. Me recuerda mi miedo al agua, por haber crecido lejos del mar, y la vez que me caí en el muelle, el dolor sofocante cuando el agua inundó mis pulmones, mi boca y mi nariz, y me asfixió; pero no puedo tener miedo.

«Tómala».

Realizo una respiración profunda y sumerjo mi cabeza en el agua, el impacto del frío me sobrepasa. Me esfuerzo por mantener los ojos bien abiertos, aunque todo mi cuerpo se sacuda por los escalofríos. Bajo el agua, la luz es más brillante de alguna manera. El peso del agua me jala hacia abajo, y yo estiro mis brazos y mis piernas. Debería flotar, pero caigo más profundo, dentro del pálido azul. No hay nada más, solo oscuridad arriba y brillo abajo.

Los pétalos flotan alrededor de mí, suspendidos en el agua.

—Cuando la Serpiente Dorada finalmente cayó del cielo, su sangre goteó sobre los lagos y estanques de Dàxī como si fuera lluvia —murmuro para mí misma, recordando que los lirios de agua nacen de la sangre de la serpiente. Son parte de él, sin embargo, los lirios de agua me hablan a mí también. Todos apuntan hacia el lugar donde cae la luz, en el mismo fondo del estanque. Donde descansa la esfera de cristal, emitiendo luz propia. Estiro mi mano, mando un hilo de magia junto con un nombre: Gongyu.

El agua se hace más caliente alrededor de mí, ondea. La esfera se enciende con una luz brillante y flota hacia mí hasta que puedo tomarla en mi mano.

«Los wǔlín-shī que atrapé son títeres que siguen mis instrucciones, ellos se asegurarán de que mi plan se lleve a cabo».

«Doblegué al canciller a mi voluntad, a través de él alcanzaré el punto máximo de mi forma humana, el pináculo de la existencia».

«Conseguiré la perfección: mitad humano, mitad dios».

Saco mi cabeza del agua y descubro que estoy arrodillada en el fondo del estanque, que ya no me llega más allá de la altura de las rodillas. Alrededor de mí, las resplandecientes paredes de la caverna ahora son oscuras, las sombras ya no están detrás de ellas.

—Es tiempo... es tiempo... —Escucho cómo se alejan los débiles gritos de cualesquiera que sean los espíritus o recuerdos que estaban atrapados en la cueva; los sueños y pesadillas que sostenían este lugar son libres finalmente.

Está nevando cuando salgo de la cueva, grandes copos flotan desde el cielo y caen en mis hombros, en las rocas y las plantas alrededor. Lady An me espera al comienzo del camino, junto a la casa de bambú. La hermosa mujer de facciones jóvenes se ha ido, ahora luce pálida y demacrada, su rostro está arrugado y exhausto, pero la sonrisa que me obsequia es genuina y llena de alivio. Cabello blanco le cae alrededor de los hombros, suave y fino.

No quiero esto, esta enorme e incandescente responsabilidad en mis manos, no quiero ninguna parte de este tesoro; estoy colmada con el más implacable remordimiento.

—No es malo desear eso —me dice.

—¿Cómo podremos derrotarlo si él tiene esto? ¿Una vez que regrese, en cuanto recobre todo su poder? —le pregunto.

—Él quiere ser humano, déjalo… complácelo —dice ella con aire soñador.

Pero no entiendo. ¿Por qué le daríamos su poder?

Lady An se pone aún más pálida, ahora su cabello es color plata, como si estuviera iluminado por la luna, su piel se torna traslúcida, hasta que puedo ver los árboles a través de ella.

—Estuviste dispuesta a renunciar a tu vida por tu hermana, puedo sentir el poder de tu amor contenido dentro de tu corazón que late. Ser humano es ser vulnerable, ser humano es tener más poder del que los dioses jamás podrán ejercer, Ning, nunca olvides eso.

—¿Qué? —pregunto de nuevo—. ¿Cómo? ¡Necesito que me enseñe!

—Usa lo que los dioses dejaron para ti; recuerda, las reliquias lo contuvieron una vez. Dale lo que él quiere…

Aprieta mis manos entre las suyas, es el roce de cariño y calidez más genuino, y entonces… se ha ido.

Capítulo treinta y cinco
Kang 康

La bruma cayó fuerte y rápida, y todos desaparecieron dentro de ella: Ning, Badu, Ren. Hasta que solo queda él, vagando solo, en un mundo de formas cambiantes. Le recuerda ese horrible lugar, lo que Ning llamaba el Reino de las Sombras, donde vio una abominación que no debería existir, y a un hombre envejecer frente a sus ojos.

Kang continúa llamando a sus compañeros; sin embargo, está rodeado de árboles y rocas, no puede encontrar el borde del acantilado, el cual sería su punto de referencia para regresar al camino, tampoco puede encontrar a los caballos. Está solo en la montaña, únicamente con sus pensamientos, que descubre son una pobre compañía.

Hay demasiado tiempo para dudar. Kang demostró su valía a la gente de Lǜzhou, se ganó su respeto, y se fue de ahí creyendo en la causa de su padre; aunque él no estuviera de acuerdo con sus métodos, sabía que habría que hacer sacrificios por la gente. Ver por sí mismo los efectos de esos sacrificios, pero ya no estaba seguro... ¿Cómo podía justificar el uso de un veneno que no solo destruía el cuerpo sino también la mente?

¿Podría enfrentar a su amado maestro si fuera capaz de liberarlo del influjo del canciller? ¿Podría mirar a los ojos del maestro Qi y decirle que siguió sus preceptos, que se hizo merecedor de la confianza del Tigre Negro?

Al haber perdido toda noción del tiempo y la dirección, Kang se siente aliviado cuando finalmente ve el sauce y corre hacia él con impaciencia.

Un repentino ventarrón casi lo levanta sobre sus pies y observa con asombro, mientras el viento deja las ramas desnudas. Él está envuelto por cientos de tiras de papel que contienen los deseos de todos los que vinieron ante él, como las alas de mil pájaros que alzan el vuelo. Algunas de las tiras de papel se le pegan en la frente, y él pone rápido su brazo para proteger sus ojos.

El viento se lleva las tiras de papel, perdiéndolas en la cañada y llevándose la bruma consigo. Cuando Kang baja su brazo, ve a una persona arrodillada bajo el árbol. El árbol se estremece, las ramas se oscurecen contra el blanco del cielo. Antes estaba cubierto de hilos verdes, ahora es quebradizo y frágil, con hojas cafés enrolladas.

Da un temeroso paso hacia adelante, y una rama se rompe bajo sus pies. La persona levanta la mirada, es Ning, su rostro está cubierto en lágrimas. Él acorta la distancia entre ellos. En sus manos, ella sostiene una esfera luminosa, del tamaño de un huevo.

—La Perla que Ilumina la Noche —murmura—, la encontraste.

Ella asiente.

—¿Cómo es que tú...? —Ella lucha por ponerse de pie y él la ayuda a apoyarse; se ve perdida y cansada, como si encontrar este tesoro hubiera tenido un gran costo en su cuerpo.

—¿Cuánto tiempo me fui? —pregunta, con voz ronca.

—Quizás una hora, no más de dos —responde Kang. La tarde ya está avanzada, a juzgar por la posición del sol en el cielo.

—Bien. —Sus hombros se dejan caer con alivio. Ella le entrega la esfera, como si no pudiera soportar tenerla a la vista—. ¿Puedes quitarme esto?

Kang hace a un lado su saco y desenrolla una pieza de tela, en la que llevaba los frascos de medicina. Él envuelve la esfera en la tela hasta que su brillo desaparece, y la coloca dentro con cuidado.

—Deja afuera la medicina —le dice Ning—. Estás sangrando.

—No es nada —dice él, y toca su frente con la mano, sus dedos se tiñen de sangre—. Fueron los deseos.

En el momento en que las palabras salen de su boca, se da cuenta de que lo que acaba de decir es algo extraño, y cuando Ning lo mira, él sabe que está pensando lo mismo. Ning sonríe por un breve instante.

—En efecto, ha sido un día extraño.

Kang se sienta en una roca plana y ella se pone en cuclillas frente a él, de modo que quedan mirándose uno al otro a los ojos. Ella espolvorea en su mano el polvo que alivia el dolor y lo aplica en los pequeños cortes que le ocasionó el papel. Arde solo un poco. Él observa su cuidadoso proceso y siente ese fuerte jalón en su pecho otra vez, esa insoportable y dolorosa añoranza; pero entonces ella se aleja y la conexión desaparece. Tiene que preguntar.

—¿Conociste a la Ermitaña?

—Sí, la conocí —dice ella, y esa mirada perdida regresa a su expresión—. Del otro lado de la cañada.

Kang se asoma sobre el borde del acantilado, el otro lado está probablemente a una distancia de un cuarto de lǐ, es una distancia imposible incluso para que un caballo salte. Pero no duda de Ning, ella desapareció y reapareció frente a sus ojos, la bruma se la llevó y la trajo de regreso.

—Ella está muerta —dice Ning. Kang no sabe qué decir para consolarla, tampoco sabe si es eso lo que ella desea. En cambio, ella lo mira de nuevo y siente una corriente de emoción en su voz—. Tú sabes lo que pasará cuando le des la Perla que Ilumina la Noche a él.

No es una pregunta, es un hecho.

—Es un símbolo de la reunificación del imperio —dice Kang—. De cuando el Primer Emperador lo logró, y volverá a ser así.

Ning se ríe, pero es un sonido frío.

—¿Eso es lo que el canciller Zhou te dijo? No es solamente un símbolo, es una poderosa fuente de magia.

Un símbolo y una fuente de magia, podría ser ambos. Todo lo que él sabe es que significará que más gente muera para asegurar el trono de su padre. «¿Puedes soportar el peso de eso?».

—¿Qué pasa si… nos lo llevamos lejos, lo escondemos y encontramos alguna otra manera de engañarlo? —pregunta Kang.

—¿Harías eso? —le pregunta Ning. Le duele cuestionarlo, pero él se ha opuesto a ella en cada ocasión. Le tomó demasiado tiempo a Kang creerle. La duda de Ning es entendible.

—Tú me mostraste lo que hay del otro lado, lo que pasa con la gente envenenada —dice él—. Cientos de personas muertas, cientos más viviendo en ese estado atormentado. De verdad creo que mi padre está bajo el influjo del canciller, que él también debe estar controlando su mente de alguna manera. Él no ha sido el mismo desde que mi madre murió, y el canciller está demasiado ansioso por alimentar su deseo de venganza.

Los dedos de Ning toman su brazo de pronto, tan fuerte que podría dejarle una marca. Ella está tan cerca.

—Tú quieres salvar a tu padre, y yo quiero impedir que el canciller lleve a cabo su plan. Tú me ayudaste antes, tengo que pedirte que me ayudes de nuevo, porque tengo que creer que quieres lo mejor para la gente del imperio, no solo para el imperio en sí. —Sus palabras son duras, pronunciadas con una intensidad que lo golpea en lo más profundo.

—Yo quiero ayudar a la gente —responde Kang—, pero no puedo hacerlo sin saber lo que tú sabes. ¿Me lo dirás?

Su padre lo ha mantenido siempre en la oscuridad; tratar de descubrir la verdad es como enredarse a sí mismo más y más en una red, hasta que no hay manera de liberarse de ella. Ahora él sabe que debe oponerse al gobierno de su padre, aun cuando él mismo fue tentado por el poder que se le ofreció; la habilidad de liderar el batallón y ganar la lealtad de los soldados era a lo que él pensaba que debía aspirar, pero no a este precio, con tantos muertos y tanto sufrimiento. Se da cuenta ahora: ese futuro no es el que quiere.

Ning se balancea sobre sus talones hasta que queda sentada en el suelo. Kang se acomoda también, listo para escuchar su respuesta; se prepara para conocer la verdad, y si puede soportarla.

—La oscuridad profetizada está aquí —comienza Ning, con voz solemne—. No mucho después de que el mundo se formó, estaban el Dragón de Jade y la Serpiente Dorada. La serpiente se rebeló contra los otros dioses y quiso gobernar sobre los humanos, y por eso fue castigada. Ahora la serpiente está regresando al mundo, quiere volver a vivir. El canciller no es más el canciller, fue poseído por la serpiente, quizá su alma ya se consumió.

—La magia en la esfera… —dice él con voz baja— ¿le ayudaría a recobrar su poder?

Ning asiente.

—Hay tres tesoros que necesita reclamar: su ojo, su fémur y su corazón. El ojo de jade, la espada de hueso y la esfera de cristal.

Parte de él quiere rebelarse contra el pensamiento de que su padre tiene que ver con esto, la parte que todavía es leal al general, el hombre que lo acogió, que lo crio como si fuera su propio hijo. Este conocimiento no le trae otra cosa que dolor.

—Tú sabes algo —afirma Ning, observando atentamente su reacción.

—No sé si es a lo que te refieres, pero... el canciller lleva consigo dos esferas de jade, él le entregó a mi padre una espada hecha de hueso. Ahora... —Baja la mirada hacia a su saco, hacia la esfera que hay dentro—. Esta debe ser la pieza final, no podemos permitir que la tenga.

Eso es todo, entonces la destrucción de Dàxī está cerca. La línea fue trazada y Kang debe decidir de qué lado se va a quedar, pero las siguientes palabras de Ning lo sorprenden.

—Debemos llevarla de vuelta a él —dice—. Y no es solo por mi hermana.

—Podemos encontrar otra manera de salvar a tu hermana, te lo prometo —afirma Kang, y realmente lo cree con cada parte de su cuerpo. Ning lo mira con gentileza y sacude su cabeza.

—Lady An, la Ermitaña, dijo que debemos dejar que la tenga. Será solo cuando alcance su poder absoluto que podrá ser sometido.

Él siente la manera en que ella se siente dividida acerca de esto, al igual que él. Aun así, no entiende.

—Pero ¿por qué? ¿Te dio alguna razón?

—¡Comandante Li! —Las voces de Ren y Badu surgen de los árboles y se van acercando.

Kang mira a Ning con una pregunta: «¿Lista?».

Ella le responde con un decisivo asentimiento.

Harán esto juntos.

Capítulo treinta y seis

Ning 寧

Encontramos a Badu y a Ren y regresamos a donde atamos a nuestros caballos, que estuvieron felizmente pastando en la poca maleza que hay. Yo monto detrás de Kang como antes, me agarro a él mientras regresamos al pueblo. Todavía puedo sentir los ojos de la gente del pueblo sobre nosotros, conforme pasamos frente a ellos. Temerosos, asustados, desconfiados de la autoridad del imperio. Yo esperaba —antes, en mi ignorancia— que los problemas que afectan mi aldea fueran solo a causa de la posición de mi padre y la influencia del gobernador, pero ahora veo cómo la podredumbre ha crecido y la oscuridad se ha expandido.

Antorchas arden en la distancia, iluminan las tiendas entre los árboles. Hicimos cabalgar a los caballos para aprovechar lo que quedaba de la luz del día y llegamos justo cuando habría sido demasiado oscuro y peligroso viajar en los caminos de las montañas. Kang me ayuda a bajar y me hace una seña para que lo siga, mientras él guía al caballo a los establos improvisados, construidos en el borde del campamento. Hablamos bajo para que no puedan escuchar sobre los resoplidos y relinchos de los animales.

—Hay una cosa más que debo decirte antes de que vayamos con el canciller —me dice—. Recibí noticias de mi padre. Me informa que Zhen se dirige a Jia con sus fuerzas, llegarán a la capital pronto. Mi padre y el canciller se están preparando para algo, pero yo no sé qué es.

Reflexiono sobre esto.

—No estoy segura de cuánto tiempo le tomará a la serpiente recuperar completamente su poder en cuanto tenga las tres partes de su cuerpo. Tú dijiste que el general tiene la espada de hueso, así que, si el canciller tiene el ojo y el corazón en su posesión, entonces tiene que reunirse con tu padre antes de que la serpiente pueda hacerse un todo.

—Me comentaste que tiene que acceder a su poder antes de que pueda ser vencido —dice Kang—. Pero ¿entonces hay una manera de detenerlo?

Camino en el filo de una navaja: si le doy demasiada información y se voltea en mi contra, entonces toda Dàxī será arrojada a la oscuridad. Sin embargo… veo su expresión sincera. Pienso acerca de lo que Lady An dijo acerca de ser humano: desear, confiar, no tener que hacer esto sola.

Veo que Ren se aproxima, nos tomamos demasiado tiempo para hablar.

—Hablaremos de esto pronto —asegura, y yo recuerdo su promesa, la importancia de su palabra.

Estoy a punto de acercarme para tocarlo, tomar su mano en la mía, decirle que sé el costo que tiene para él creerme; sin embargo, mi mano permanece a mi lado.

Si sobrevivimos a esto, hay mucho más que quiero decirle, pero aún no.

Ren me lleva lejos de Kang, a la tienda donde antes estuvimos prisioneros. Levanta la puerta y yo prácticamente me arrojo a través de ella en busca de esa única figura que deseo ver más que a nada, la única persona que significa más para mí que el mundo entero.

Shu levanta la mirada y me ve, sorprendida; llorando se lanza sobre mí.

—¿Estás bien? —le pregunto, examinándola para asegurarme de que no le han hecho nada mientras no estuve.

—Estoy bien, me mantuvieron en la tienda, solo me dejaban salir para hacer mis necesidades —me asegura—. Aunque no he visto al Hermano Huang, no nos han permitido hablar.

Dejo salir mi respiración con un fuerte suspiro. Logré regresar, incluso si traje conmigo algo terrible. Cumplí con mi parte del trato, ahora veremos si el canciller mantiene la suya.

—Entonces lo encontraste, el tesoro que busca el canciller. —Shu me mira, temerosa—. ¿Qué significa eso para nosotros?

—No lo sé —le confieso. Esa es la verdad de ahora en adelante, para Shu, para Kang. No dejaré que mis dudas y mis sospechas me detengan. He desconfiado de tantas personas, levantado muros, alejado a la gente, y todo eso no me ha aportado nada más que dolor.

Le cuento todo lo que encontré en la cañada: la sabiduría que Lady An me impartió, la misión que debe cumplirse. Sospecho que pronto estaremos en camino hacia Jia como prisioneros del canciller, pero al menos estaremos juntas.

—Suena como si todavía tuviéramos una oportunidad —dice Shu, su continuo optimismo me anima—. Solo tenemos que descubrir dónde está contenido el poder de los dioses, como los desafíos que resolvías durante las pruebas shénnóng-shī.

Parece que fue hace toda una vida cuando sobreviví a esos desafíos, cuando Lian y yo pensábamos juntas y encontrábamos respuestas a los enigmas. Debo creer que Shu y yo podemos hacer lo mismo.

—Tienes razón —le confirmo—. Lady An me dijo que le diera lo que él quiere, que es reunirlo con las piezas de su forma humana anterior, para que él pueda… ¿crear un nuevo cuerpo?

—Dijiste que los wǔlín-shī que tiene bajo su influjo son como sus títeres, que él mueve a placer animando sus cuerpos y mantiene atrapadas sus mentes en el Reino de las Sombras. —Shu reflexiona en voz alta—. Él usa al canciller para dirigir y manipular a otros a su alrededor. ¿Podría ser que también ellos tengan partes de él?

Analizo esto.

—Pero no suena a que esa sea su forma verdadera, alguna parte de él debe estar aún atrapada en el Reino de las Sombras, por eso es que pudo seguirme. Quizá eso es lo que Lady An quiso decir: todas sus partes deben unirse al canciller para que ella pueda entrar por completo en su cuerpo, convertirse en una verdadera amalgama de sus formas: humano y dios. —Shu se estremece al pensarlo.

—Si lo que dice Kang es verdad y la princesa se dirige hacia la capital, entonces debe ser en ese momento cuando planea revelarse, cuando usará todo el poder que posee para destrozarla de una vez por todas.

Todo lo que digo son especulaciones. Solo podemos adivinar cuáles podrían ser las intenciones de la serpiente. Incluso si conociéramos sus planes, estamos indefensas. Sobre todo si seguimos siendo sus prisioneras.

—Mientras no estuviste, la diosa me visitó —me dice Shu en voz baja.

Me sobresalto ante lo que me dice.

—¿Qué? ¿Qué pasó?

—Yo estaba dormida —me cuenta—. Desperté y la escuché decir mi nombre, había una grulla en la tienda.

La representación de la diosa, tiene sentido.

—¿Qué dijo? —Me inclino hacia adelante—. ¿Qué te dijo?

—Me dijo que estuviera preparada, que algo se avecinaba. —Shu me muestra la pluma en su mano—. Dijo que, si necesitaba su ayuda, podía llamarla con fuego.

—¡Esto debe ser a lo que Lady An se refería! —digo, y me lleno de emoción. —¡Lo que los dioses nos dejaron! Tenemos la pluma de Bi-Fang. Ahora debemos reunir la balanza de Shénnóng, la garra del Tigre, y el caparazón de Bìxì.

Mi entusiasmo disminuye conforme lo imposible de nuestra misión me sigue golpeando. ¿Dónde podríamos encontrar esta magia perdida? Es tan difícil como encontrar una aguja en un pajar.

—Bueno, tenemos una, al menos —expresa Shu—. Aunque, de hecho, no sabemos cómo usarla.

La sacudo del brazo.

—Debemos creer que los dioses nos revelarán el camino en su momento.

La puerta de nuestra tienda se levanta, y la pluma rápidamente desaparece dentro de la manga de Shu. Un soldado Aguanegra asoma su cabeza y hace una inspección del espacio para asegurarse de que no hay ningún comportamiento sospechoso.

—El canciller y el comandante requieren su presencia —anuncia, y la puerta cae, cerrando de nuevo la tienda.

Shu y yo nos miramos; pensé que estaríamos salvadas de cualquier confrontación esta noche, pero parece que el canciller tiene sus propios planes. En nuestro camino a la tienda principal veo que otras tiendas fueron levantadas; los anuncios, reunidos y enrollados. El campamento se prepara para viajar, el canciller se reunirá pronto con el general y llevará a cabo la compilación final del poder de la serpiente.

Entro a la tienda junto con Shu, mano con mano, listas para lo que sea que nos espera. Todavía me queda un dān, y ella tiene la pluma, usaremos nuestra magia, si la requerimos.

Dentro de la tienda está un grupo de guardias armados y el Hermano Huang, atrapado entre dos soldados. Tiene un vendaje en la cabeza y un moretón en su rostro; incluso desde aquí lo noto.

Me doy vuelta hacia el canciller, quien está de pie junto a la gran mesa en el centro, sus dos guardaespaldas Wǔlín están parados detrás de él.

—¿Qué le hicieron? Dijo que ambos estarían a salvo mientras yo obtenía lo que usted buscaba.

El canciller Zhou me saluda con una lenta sonrisa.

—Eso dependía de cómo se comportaran ellos; tu compañero trató de liberarse.

—¡Mentiroso! —reclama Shu con un grito antes de que el Hermano Huang diga siquiera una palabra en su defensa.

—Cállenla —ordena el canciller. Dos guardias la agarran y tuercen sus brazos en su espalda; otro llega por delante y la golpea en la boca. Yo bufo y me abalanzo sobre él, pero un guardia bloquea mi camino; el canciller dibuja una sonrisa burlona en su cara, me reta a enfrentarme a él.

—¿Así es como trata a menores? —le pregunto furiosa al canciller—. No pensé que, ni siquiera usted, caería tan bajo.

Es en ese momento que Kang entra a la tienda y los soldados asumen la posición de atención, él contempla la escena con muy mala cara.

—¡Deténganse! —grita.

—Pero… —el guardia protesta.

—Soy su comandante, siempre que lleve conmigo el talismán —Kang refunfuña.

El soldado cae sobre una rodilla.

—Comandante.

—Liberen a los prisioneros —Kang les ordena al resto de los soldados.

Corro al lado del Hermano Huang, lo jalo cerca de mí, con Shu a mi lado. Nos refugiamos al otro lado de la tienda, tan lejos como podemos llegar. El Hermano Huang me dirige una débil sonrisa. Somos más fuertes juntos, y parece que Kang hablará por nosotros.

En su mano está el paquete de tela.

—Ella hizo lo que usted le pidió, canciller.

—Trae aquí. —El canciller Zhou gesticula ansiosamente, sus ojos brillan a la luz del fuego. Kang no me mira conforme avanza hacia el hombre y deposita el paquete en sus manos extendidas. El canciller retira la tela y la tira al suelo, la esfera brilla en su mano, hermosa y resplandeciente. Es fácil ver por qué la llaman la Perla que Ilumina la Noche, es fácil ver por qué la gente mataría por poseerla.

—Tu arrepentimiento es evidente en tu cara —me dice el canciller. Yo aparto mis ojos de la perla y enfrento su mirada, el eco de la risa de la serpiente aún está en mis oídos. Eso es todo lo que veo ahora detrás de esos ojos. El canciller ya no está. No sé si la serpiente lo reclamó después de la primera vez que lo vi, durante la competencia, o si siempre estuvo ahí desde que lo conozco.

—Usted dijo que nos dejaría ir si yo le traía la esfera —le recuerdo, tratando de mantener estable mi voz—. Quiero creer que es un hombre de palabra.

Aunque yo sé lo que él es en realidad: ya no es más un hombre.

—De alguna manera, ella intensificó mi conexión contigo. Sigo teniendo la espina clavada después de todos estos años, pero no puedo sentir su espíritu, así que ella debe haber muerto. Un recordatorio más de qué tan frágil, qué tan breve es la existencia humana. —Él me sonríe, sostiene la esfera en una mano—. Qué pena que no estarás por aquí para ver a Dàxī entrar en su completa gloria.

Se voltea hacia los guerreros Wǔlín que están detrás de él.

—Mátenlos.

Capítulo treinta y siete

Ning 寧

Dos figuras saltan detrás del arrogante canciller, sus siniestras espadas ya están desenfundadas. Uno empuña una espada del largo de dos manos, mientras que el otro sostiene un par de espadas mariposa. Sus miradas son decididas, arden sobre nosotros tres, marcándonos como sus objetivos.

—¡Deténganlos! —Kang ruge.

—Atrás —replica el canciller.

Las órdenes contradictorias resultan en una avalancha de confusión, los soldados se miran entre ellos, inseguros de cuáles órdenes deben seguir. Kang intenta cruzar la tienda para salvarnos, pero será demasiado tarde.

Primero la espada larga hace un corte enfrente de nosotros, deslizándose por el aire. El Hermano Huang nos empuja hacia atrás, con expresión determinada. Las espadas mariposa siguen poco después, cortan en el aire mientras nosotros agarramos lo que encontramos a nuestro alcance. Shu y yo lanzamos pergaminos de bambú a sus cabezas, y el Hermano Huang patea una silla en su dirección, haciéndola girar en el trayecto; el soldado de la espada larga responde rápidamente con una patada y la silla se rompe en pedazos ante la fuerza del golpe.

Las espadas mariposa se deslizan hacia nosotros. Nos quedamos sin pergaminos de bambú, todo lo que me queda para resistir es un libro, pero las espadas lo cortan fácilmente y las páginas quedan reducidas a listones a nuestros pies. Yo salto hacia atrás, pero estamos arrinconadas en el fondo de la tienda, la entrada está bloqueada y no hay a dónde ir.

El guerrero con la espada larga avanza y, junto a él, las espadas mariposa cruzan frente a la cara sonriente de otro wŭlín-shī.

—¡Aquí! —grita Kang, saca una daga de su bota y la lanza trazando un arco. El Hermano Huang la atrapa en sus manos; entonces el ataque comienza. Metal golpeando contra metal, la pequeña espada parece no tener posibilidad de resistir la fuerza brutal de la espada larga, pero lo hace. El sonido del acero que resuena llena el aire y perfora nuestros oídos. El Hermano Huang tiene que defenderse de un torbellino de ataques del otro lado. Su hombro golpea contra el brasero y lo envía al suelo; las llamas encuentran rápidamente los libros, y el papel seco se enciende de inmediato.

Shu se zafa de mi mano y se arrodilla frente al fuego, yo me tropiezo con ella y me doy cuenta de que trata de llamar a la diosa. Ella levanta la mirada al cielo, tiene la pluma apretada en un puño, y empuja sus manos dentro de las llamas.

Yo grito cuando un destello cegador explota a nuestro alrededor. Cuando la luz disminuye, todo lo que veo es a Shu, que mira con sorpresa su mano. Mientras todos a nuestro alrededor se tropiezan, aturdidos, ella lanza su brazo hacia el cielo. Un abanico se abre en su mano y revela la imagen escondida dentro: un ave sobre un fondo blanco, tiene un largo pico, patas espigadas y alas blancas desplegadas.

—¡La princesa! —grito, elevando una desesperada plegaria a la diosa—. ¡Debemos llegar a la princesa de alguna manera!

—¡Métete bajo las alas! —grita Shu mientras una ráfaga de chispas estalla desde el fuego. Oigo el batir de unas alas, y veo un brillo rojo. Me lanzo hacia adelante y jalo la espalda de la túnica del Hermano Huang, acercándolo hacia nosotras, aunque él sigue intentando esquivar los ataques de los guerreros Wŭlín. Somos arrastrados hacia arriba, nuestros pies están en el aire, vemos hacia abajo la cabeza del canciller, que alza su mirada llena de odio en sus ojos.

Veo, demasiado lento, que saca una daga de su túnica y observo horrorizada cuando mueve hacia atrás su brazo y la arroja hacia nosotros.

La daga vuela por el aire, el Hermano Huang choca contra mí, siento el viento correr entre mi cabello, por mi cara y mi cuerpo. Caemos a través de la oscuridad, no veo nada, solo siento mi mano aferrándose al brazo de Shu, mis dedos agarrados a la túnica del Hermano Huang, los sujeto tan fuerte como soy capaz, hasta que mis manos se entumecen.

Caemos hacia la dura y compacta tierra, sin poder respirar, no sé en qué dirección está el cielo ni en cuál la tierra. El codo de alguien está en mi costado, y yo toso, incapaz de respirar. Oigo un grito alrededor de nosotros, las pisadas de unas botas sacuden el suelo. Encima de nosotros ya no está la tienda, ni el olor a humo y fuego, solo el cielo de la noche; entonces aparecen cabezas sobre nosotros, todas ellas son una mancha borrosa. Alguien me jala de los pies, llegan preguntas de todas direcciones, exigen saber quiénes somos, pero no los reconozco.

Unas manos ásperas jalan mis brazos hacia atrás, hasta que me fuerzan a arrodillarme.

—¡Shu! —grito—. ¡Shu!

—¿Ning? —Oigo una voz conocida, levanto la mirada y veo a la princesa Zhen; está vestida con armadura, lleva su casco bajo el brazo, Ruyi está junto a ella, con una expresión incrédula.

—Cayeron del cielo —reporta uno de los soldados detrás de mí.

—¡Otro! ¡Aquí!

Me doy vuelta, con las rodillas en la tierra, y los veo apartar a Shu de una silueta tumbada. Ella está llorando, sus manos intentan acercarse al cuerpo.

«Oh, no».

—Suéltenlos —ordena Zhen. Los soldados me liberan, y yo voy corriendo. El Hermano Huang yace sobre su costado, lo ruedo sobre su espalda. Sus ojos están abiertos, se dirigen al cielo, pero no ven nada. Hay una mancha roja en su pecho, una daga sale de él, busco a tientas, presiono la herida y siento la calidez de la sangre filtrarse en mi piel. Quizá, quizá todavía pueda salvarlo... Mis dedos suben hasta su cuello, en busca de un latido, pero no hay nada, absolutamente nada.

Nunca regresará a esta aldea para reunirse con su prometida, su escultura quedará incompleta; él siempre estará del otro lado del puente roto, siempre separado de su amada, tal como en la canción, ya no tendremos sus historias.

La muerte, siguiéndome de nuevo a cada paso. Él debió haberse lanzado frente a nosotras cuando vio la daga.

—Prometió protegernos —Shu está ahogada en llanto.

Siento a Zhen detrás de mí, y giro. Levanto la mirada hacia ella, no me importa cómo me veo: manchada de tierra y con el cabello enmarañado alrededor de mis hombros.

—¿Me crees ahora? Algo viene, ¡algo que debemos detener! ¡Algo peor que tu tío!

—Hablaremos de esto en privado —dice sin reaccionar a mi arranque y le pide a uno de los guardias que nos ayude a limpiarnos.

Shu solloza junto a mí, inconsolable. Ruyi me dirige una última mirada antes de alejarse para seguir a la princesa. Pongo mi brazo alrededor de mi hermana, quien continúa llorando cuando se llevan el cuerpo del Hermano Huang; la sostengo mientras los soldados nos guían a otro lugar. Ella tiembla cuando la toco y yo siento una conocida oleada de rabia. El general y sus soldados, la princesa y su comandante, los oficiales de la corte, las familias nobles, todos son iguales, se enfrentan por territorios, pelean por riquezas, por sus rangos en la corte, por su reputación…

Pronto no quedará un imperio que gobernar y todos viviremos en el reino de las pesadillas de la serpiente. Pronto nada importará en absoluto.

Nos proporcionan recipientes con agua templada para lavarnos, así como un cambio de ropa, sencillo, pero limpio, cómodo y hecho para viajar. No nos toman como prisioneras, pero los soldados que nos asisten desvían la mirada y mantienen su distancia. Los rumores acerca de nosotras empiezan a esparcirse: las chicas que cayeron del cielo.

Nos dejan solas a Shu y a mí para dormir; nadie nos cuestionará por ahora, al menos es un breve respiro que Zhen nos puede dar. Me aferro a Shu como solíamos hacer cuando éramos niñas, unidas por nuestro duelo compartido, luego de perder a alguien que se volvió tan cercano a nosotras en ese breve periodo de tiempo, que prometió protegernos hasta el final, y que mantuvo esa promesa, incluso cuando su viaje terminaba antes que el nuestro. Afuera de la tienda, el pregonero anuncia la Hora del Ladrón y yo me deslizo en la oscuridad.

Cuando despierto, la tienda ya está completamente iluminada. Mis brazos y piernas se sienten relajados y lánguidos, mi cabeza, despejada. Debo haber dormido un buen rato, Shu sigue acurrucada junto a mí; jalo el saco de dormir para taparla y asegurarme de que no pesque un resfriado, seguro necesitaba descansar, después de todo lo que hemos pasado. Hay un pequeño tazón de agua con toallas limpias, dispuestas en el área principal de la tienda; las uso para arreglar mi apariencia.

Un rostro conocido aparece en la entrada, dejando entrar el sol.

—¿Estás vestida?

Saludo a Lian con sorpresa, salgo de la tienda para no interrumpir el descanso de Shu. Ver una cara amiga es un alivio.

—Acompañé a mi padre, cree que ahora que también comencé mi entrenamiento médico puedo ser de ayuda, lejos de la línea de fuego, por supuesto. —Ella me sonríe—. Le hablé de mis planes de especializarme en sanar, como tú. Él está complacido de que finalmente elegí un camino que seguir.

La abrazo de nuevo, me siento tan feliz de que ella esté aquí.

Entonces miro alrededor de nosotras y me doy cuenta de que la tienda está en medio del campamento; siento miradas vigilantes sobre nosotras. Los guardias se quedan cerca, mantienen una cautelosa distancia, pero sé que seremos fácilmente eliminadas si damos cualquier señal de amenaza.

—La princesa solicita su presencia cuando tú y tu hermana estén listas —me dice Lian—. Quiere escuchar todo lo que vivieron, todas sus aventuras.

No puedo evitar estremecerme ante ese término, como si solo se tratara de un inocente juego por todo el imperio.

Nota el cambio en mi expresión y parece arrepentida.

—Esa fue una deficiente elección de palabras, no fue mi intención ofender, sé que han pasado por muchas cosas.

—No es tu culpa. —Sacudo la cabeza. Ella ignora lo que vi, lo que vivimos. Donde antes pude reaccionar con enojo, ahora todo lo que siento es resignación—. Iré a despertar a Shu, debemos hablar con la princesa lo más pronto posible.

Preparo a Shu para nuestro encuentro con Zhen; poco tiempo después nos recibe en su tienda. Yo expresé mi solicitud de una audiencia privada y parece que la respetaron. Solo está la princesa, revisando documentos; Ruyi, de pie junto a ella; y Lian, que nos guía cuando entramos. Ella se inclina, Shu y yo hacemos lo mismo.

—Ning —Zhen me saluda con una fría sonrisa, un poco cautelosa. Me arde la cara al recordar que anoche le grité enfrente de todo el campamento.

—Me disculpo por mi comportamiento de anoche —le digo, con la cabeza aún inclinada—. Estaba… no era del todo yo.

—Les diste un buen susto a mis soldados —dice, inclinando también su cabeza—. Por favor, no hay necesidad de disculpas. Puedes hablarme con libertad, como siempre te lo he pedido. Cuéntame lo que viste en tus viajes. ¿Tuviste éxito en tu búsqueda? ¿Escuchó Wŭlín nuestra petición?

Ruyi avanza.

—Parecen hambrientas, princesa —comenta secamente—. Tal vez deberían comer algo primero, para asegurarse de que su memoria esté clara.

—Tienes razón, por supuesto, mi amor. —Zhen suspira—. Disculpen mi impaciencia.

Nos sentamos en la mesa de Zhen. Los sirvientes nos traen tazones de sopa con mijo y frijoles, servidos con col en conserva y rebanadas de puerco ahumado y en salmuera. También hay trozos redondos de pan de sésamo, rellenos con huevo salteado. Comemos ansiosamente, acompañando todo eso con tazas de té caliente.

Una vez que nuestros estómagos están saciados y las mesas están limpias, Zhen se sienta expectante, esperando mi reporte. Pedí que el astrónomo Wu se uniera a nosotras, quizás él pueda ayudarnos con el acertijo que Lady An planteó. Ahora él se sienta en una silla junto al escritorio de Zhen.

Les hablo de nuestro viaje a través del bosque de bambú, cómo perdimos a los soldados sombra, con la ayuda del Mar del Olvido; cómo pedimos la ayuda de Wŭlín, pero nos respondieron que nos alejáramos: cuando nos capturó el batallón Aguanegra, y luego la aparición del canciller; salvar al hermano de Wenyi; mi encuentro con Lady An, el corazón de cristal que saqué del estanque; y... cómo le entregué a Gongyu lo que él tanto deseaba. Ahora el tiempo está en nuestra contra.

Zhen lo escucha todo con una expresión concentrada; Ruyi, con su habitual intensidad. El astrónomo Wu murmura para sí mismo, registrando algunas cosas en papel, aparentemente trabaja en algunos cálculos que solo tienen sentido para su mente. Las reacciones de Lian son las más naturales, ocasionalmente hace expresiones de asombro y apenas es capaz de contener su deseo de hacer mil preguntas. Shu me ayuda con algunos detalles y observaciones que me faltaron. Hasta que, finalmente, las dos nos quedamos en silencio.

Esperamos para ver si la princesa me cree; si el astrónomo va a desestimar nuestras advertencias.

Pero la princesa asiente hacia mí cuando completé mi historia. No duda.

—Astrónomo Wu, ¿cómo propone que hagamos frente esta amenaza?

El astrónomo inclina su cabeza y coloca su pincel de tinta en la base.

—La oscuridad avanza más rápido de lo que anticipamos —explica—. Es perturbador saber el papel que Gongyu debió desempeñar en la fundación del imperio y la manera en que escondió de nosotros la magia contenida en esos objetos. Yo creía que tendríamos más tiempo para prepararnos, pero... no importa. Haremos lo que podamos para detener a la serpiente. Consultaré los textos antiguos para encontrar lo que podamos aprender de las viejas historias.

Por fin comprenden la urgencia. La oscuridad no es el golpe de Estado, no es el ascenso del general al trono; la oscuridad amenaza las almas de todos en el imperio.

—Has experimentado más de lo que la mayoría lo haría en cien vidas. Tienes mi promesa de que regresaremos los restos de Wenyi a su madre y nos aseguraremos de que tu familia esté protegida. —Zhen pone su mano sobre la mía—. Gracias, Ning.

No se siente como una princesa dirigiéndose a su inferior, se siente como el reconocimiento de una amiga.

Capítulo treinta y ocho

Kang 康

El fuego arde por toda la tienda, consumiéndolo todo en su camino; pero nada arde con tanta intensidad como la furia del canciller Zhou, que agarra del brazo a uno de los soldados más cercanos a él y pone su mano dentro de los carbones del brasero aún ardiente, sosteniéndola sobre las llamas mientras el hombre grita.

—¡Encuéntrenlos! —ordena el canciller con el fuego reflejado en sus ojos. Los soldados se dispersan y siguen sus instrucciones—. ¡O lo siguiente que arderá será su cabeza!

Se escucha en todo el campamento conforme la noche avanza: acusaciones, amenazas de tortura y terribles castigos si no encuentran a los tres prisioneros: amputará sus extremidades; sus cabezas rodarán.

Kang aleja al hombre que llora lejos del canciller y le da instrucciones a uno de los exploradores para que lo lleve a la enfermería. Él se encarga de controlar el fuego, asegurándose de que no se extienda a todo lo demás, pero pronto es llamado a la tienda del canciller. El que alguna vez fue un hombre imponente, ahora luce desaliñado, su cabello está cubierto por cenizas, sus ropas manchadas con hollín. Cuando antes se movía con un energético propósito, ahora parece consumido por una desesperada necesidad.

—¡Tú sabías de su magia! ¡Sus conspiraciones! —Le lanza insultos a Kang tan pronto como entra, pero él permite que le pasen por encima, ahora sabe lo que es el canciller Zhou.

Está consciente de que el canciller ahora es más peligroso de lo que esperaba, al estar tan cerca de asumir todo su poder. En ese momento, ante sus ojos, parece como un niño caprichoso, enojado por no haberse salido con la suya.

—El emperador regente sabrá de esto —amenaza—. Tu padre verá tu falta de juicio y tu inutilidad.

—Espero con ansias esa conversación —responde Kang, manteniendo su voz calmada—. Su carruaje está preparado.

El canciller Zhou se enfurece ante su insolencia, y Kang sabe que nada haría más feliz a ese hombre que arrancarle la cabeza del cuerpo.

—Tu padre alguna vez pensó que podría proteger a la mujer que amaba y ahora no es más que un recuerdo —dice fríamente, su odio es evidente—. Pronto tendré a la chica que te importa en mis manos, retorceré su cuello frente a tus ojos y no habrá nada que seas capaz de hacer para detenerme.

Kang gira sobre sus talones y se va caminando, tratando de evitar el impulso de sacar su espada y hacer un corte limpio que atraviese la garganta del canciller.

Quizá nunca conozca la verdadera respuesta, pero se pregunta cuánto tiempo el canciller ha sido el contenedor. Si habrá sido el canciller o fue el dios quien susurró en los oídos del emperador e hizo que enviara a los asesinos a Lǜzhou. Si alguna vez descubre la verdad, lo matará, sea o no un dios.

Kang va en su caballo montaña abajo, ideando la manera en que presentará su argumento ante su padre, quien usualmente es desdeñoso a toda magia, incluso cuando se ha mostrado más receptivo a reconocer su existencia durante el último año. Aun así, el resultado probable de decirle que el canciller está poseído por un dios antiguo sería el confinamiento al interior del palacio. ¿Cómo podría semejante cosa ser posible, si el general nunca lo ha visto con sus propios ojos?

Hasta donde le ha dicho su padre, los guerreros Wǔlín llevan su devoción a la práctica, un talento innato. Tal como los shénnóngshī saben de entretenimiento, trucos con las manos, ilusiones ensayadas, representaciones relegadas a las casas de té, que soldados disciplinados no perderían su tiempo frecuentando. Pero lo que le explicó Ning es el potencial escondido en el cuerpo de todos, y la magia es la expresión de aquellos que tienen mayor afinidad que otros. Magia para invocar, para dar forma, para expresar. Solo que él decidió hace mucho tiempo unirse a los Wŭlín y nunca obtendrá esa clase de conocimiento, esa devoción.

Monta con rumbo a Jia, hacia su padre, quien espera escuchar si cumplió con su misión; quien no sabe el terrible costo de su logro. Él protegerá a su padre y a Ning.

Sobre todo, espera no tener que elegir un día a cuál de los dos salvar y a quién perder.

Jia parece ser una ciudad diferente, comparada con la que él dejó. Los guardias reciben a la gente en la enorme puerta, que nunca había sido cerrada, hasta donde Kang recuerda, excepto por ese único año, el año del golpe de Estado. El mercado está vacío, los puestos están cubiertos con telas y hay guardias registrando las calles. Los pregoneros llaman a los ciudadanos a buscar refugio en el palacio y en el monasterio Língyă, y a prepararse para lo que se avecina.

El sitio. La princesa rebelde. La promesa de que el emperador regente, los guardianes del palacio y de la ciudad los protegerán.

Sobre su caballo, Kang observa la corriente de campesinos mientras los conducen al centro de la ciudad. Al menos los cuidarán si la batalla por Jia en efecto ocurre. Tiene la esperanza de que las vidas que se pierdan en el conflicto sean mínimas, o de que la batalla no suceda, si es que pueden detener a Gongyu, y si su padre entra en razón.

Cuando ingresa al palacio, Kang es escoltado a través de sus sinuosos pasillos; pasan las puertas y los patios que están llenos de cuerpos humanos, bebés que lloran, una multitud de voces, el bullicio de tanta gente contenida en los terrenos del palacio.

Lo reciben en el interior de la cámara del consejo, donde su padre consulta con otros consejeros sobre un mapa de territorios de Dàxī. El canciller Zhou ya está ahí y le dirige una mirada de odio.

—Padre —saluda al emperador regente, que porta una túnica de dragón. Su padre le concede una sonrisa.

—El canciller reporta que fuiste esencial en la búsqueda para obtener el tesoro, sabía que no me decepcionarías. —La Perla que Ilumina la Noche está colocada en el centro de la mesa, emanando su propia luz sobre el trozo de tela, cubriendo un pedazo de Ānhé.

Los oficiales que están alrededor murmuran sus felicitaciones. Las palabras de su padre no conjuran el habitual discurso de orgullo. Él, en cambio, traga la bilis que sube por su boca.

—Pronto todo Jia verá que yo soy el más adecuado para gobernar. —El general gesticula hacia el mapa—. La lealtad de las provincias, el apoyo del ejército, los tesoros del Primer Emperador.

—Padre, tengo información importante que debo compartir contigo —interrumpe Kang, puede que no le concedan otra oportunidad para hablar. Junta sus manos y se inclina, espera que su padre escuche la urgencia en su voz, pero el general hace un gesto con la mano, despidiéndolo. No lo ve, todo lo que ve es el mapa, la expansión de Dàxī, todas las cosas que le arrebataron y que ahora están a su alcance.

—Mañana lo verás —dice su padre—. Tú estarás a mi lado en los muros de la ciudad, y verás desde arriba el imperio que un día gobernarás. Este es mi legado para ti, el que tu madre siempre quiso. Nuestros ejércitos tomarán su posición en el terreno de batalla frente a Jia, donde el Primer Emperador conquistó a aquellos que se oponían a él.

Mañana en los muros de la ciudad, Kang acaba de tomar la decisión. Esa será su oportunidad para hacer su petición, para hacer que su padre finalmente escuche. Él no es solo el hijo de su padre, también se convertirá en el príncipe que su madre siempre le enseñó a ser.

CAPÍTULO TREINTA Y NUEVE

NING 寧

El astrónomo viaja con solo unos pocos libros atados, pero lleva los textos al interior de la tienda para que podamos leerlos y discutir nuestros descubrimientos, es una actividad conocida para Lian y para mí. Yo estudio los libros con afán, espero que nos brinden respuestas. Mientras tanto, el astrónomo Wu examina la pluma que ahora Shu usa como abanico y del que no está dispuesta a desprenderse; regresó a ella después de que él determinó que no puede sentir ninguna magia contenida dentro.

—Las reliquias responden solo a aquellos a quienes los dioses consideran honorables —explica—. Al parecer, Bi-Fang determinó que tú eres la indicada para manejarlo.

Hablamos de la existencia de otras reliquias; después de un poco de persuasión, y con gran renuencia, el comandante Fan le entregó a la princesa la reliquia que él llevaba consigo para alejarla de Yěliŭ, a petición del duque: un tazón de piedra, grabado con patrones tanto por dentro como por fuera, antiguos caracteres que ningún académico vivo puede entender.

—Hay rumores de que la mayoría de los shénnóng-shī están en los calabozos imperiales —nos dice Ruyi—. Los recibieron en el palacio bajo el pretexto de instaurar al nuevo shénnóng-shī de la corte, y luego fueron capturados.

No puedo evitar pensar en Shao y siento una malévola sensación de satisfacción de que haya peleado tan duro por esa posición, solo para descubrir que era una farsa, aunque sé que es solo mi rencor el que habla.

—Los reportes de la capital decían que una reliquia se encontraba entre los tributos de Hánxiá, y que será presentada en la ceremonia de ascenso del emperador, junto con la reliquia de Wŭlín: una daga.

Así que la Garra del Tigre también está en manos del general. Si el canciller puede apropiarse de las mentes de los guerreros Wŭlín, entonces no es sorprendente que pueda infiltrarse y tomar la reliquia por sí mismo.

—¿Entonces la planeación para la ceremonia aún continúa? —pregunta Zhen, con una expresión sombría.

—Eso es lo que nos dijeron los exploradores —confirma el embajador Luo, ahora estamos en una reunión del consejo—. Informó a los ciudadanos de Jia que él aplastará la rebelión a orillas del río Jade, similar a la batalla que ganó la ciudad de Jia para el Primer Emperador.

El Valle Púrpura ardió en esa batalla; tomó años que la tierra alrededor de la capital se recuperara y la gente tuvo que ser desplazada, dirigida al sur, en busca de terrenos más fértiles.

El general ya movilizó sus tropas e instaló defensas para Jia, se preparan para un sitio y su ejército de Lùzhou marcha para unirse a él como refuerzos. Las fuerzas de la princesa también están preparadas para avanzar a su orden, listas para atacar si el general continúa con sus planes de ascender al trono.

Pero el movimiento de los ejércitos no me concierne, por lo que les propuse al astrónomo Wu y a la princesa una tarea diferente.

—Él no obtendrá completamente su poder hasta que consuma mil almas, y es en ese punto cuando podría estar más débil —les explico—. Creo que eso es lo que Lady An trataba de decirme; ahora tiene su pierna, su corazón, y su ojo, está en el proceso de convertirse por completo a su forma humana, para caminar esta tierra de nuevo como un inmortal, pero antes de que consuma esas almas... él es vulnerable.

—Entonces, esa es nuestra opción —dice el astrónomo Wu—. No le daremos la batalla que quiere, no obtendrá esas almas.

—Estará bien protegido —agrego—. Debemos tener a alguien cerca de él cuando esté débil, crear una distracción, y entonces...

—Lastimarlo, quizás incluso matarlo —Ruyi asiente—. Un plan conveniente, pero ¿cómo propones que nos comuniquemos con Kang?

—Usaré mi… quiero decir nuestra magia —le respondo—. Shu fue capaz de trasladar a tres personas por todo el imperio; creo que podré llegar a él con su ayuda.

—Li Kang… ¿crees que podemos confiar en él? —el astrónomo hace la pregunta que pesa en mi mente, me la he hecho una y otra vez, aún después de todo este tiempo. El chico cuya mente tocó la mía.

—Sí, confío en él —digo en voz baja.

«Tengo que».

El tiempo, como siempre, está en nuestra contra. Con el carruaje más rápido, avanzando durante el día y la noche, el canciller puede acortar el tiempo de viaje a la mitad de Ràhoé a Jia. Dos días, eso es todo lo que tenemos, es por eso que la princesa tiene un enviado entregando un mensaje.

Son términos de negociación para una posible rendición y una oferta de paz para demostrar su sinceridad. Ella oyó que el general busca las reliquias de los dioses, así que le proporcionará el caparazón de Bìxì, que ella tiene en su poder.

El enviado regresa de Jia con dos solicitudes:

Uno: la princesa debe dejarse ver en el terreno de batalla para mostrar que realmente es ella quien está detrás del mensaje.

Dos: la reliquia deberá ser entregada por la shénnóng-tú buscada por todo el reino. Yo.

Eso funciona a nuestro favor, me aseguraré de que las reliquias no se pierdan. Es la voluntad de los dioses, yo seré capaz de reunirlas y enfrentar a Gongyu si nuestro plan falla. Tengo la esperanza de que las reliquias no sean necesarias, que nuestro plan inicial sea suficiente para que los dioses nos bendigan con el éxito. De otra manera, habrá una guerra y muchos morirán, sumándose a las mil almas que Gongyu necesita recolectar.

El segundo día, el espía del embajador nos entrega un mensaje: el canciller y el príncipe entraron a Jia.

Kang está dentro mi alcance, debo hablar con él.

Es mi último dān el que usaré para esto; estoy convencida de que utilicé el generoso obsequio que Lian me dio de la mejor manera que pude. Ahora es tiempo de saber si Kang me brindará la ayuda que prometió. Yo le mostré la verdad de lo que sé acerca del veneno, de lo que es Gongyu, espero que eso sea suficiente y que, al regresar al lado de su padre, no sea influenciado de nuevo por sus lazos familiares. Yo sé qué tan fuerte pueden atarnos esos lazos, incluso si no estamos de acuerdo con sus decisiones; aun así, los seguimos, a pesar de sus defectos, porque los amamos y nos preocupamos por ellos.

El pregonero anuncia la Hora del Fantasma. Parece apropiado, ya que esta es la hora a la que él solía visitarme cuando estábamos en el palacio y yo era una competidora, parece como si hubiera sido hace una eternidad. El fuego arde en el brasero junto a mí, y cuando el agua de la olla está a una temperatura estable de ebullición, yo la vierto dentro de mi tetera. En el campamento solo hay bloques del potente té, pero encuentro uno más antiguo, que tiene un aroma más fermentado; necesito su antigüedad, su historia.

La disponibilidad de ingredientes en el campo es limitada, por lo que me dieron acceso a los almacenes de los médicos, y ellos trajeron consigo tratamientos para malestares comunes. Tomo el hongo língzhī una vez más, para tener agudeza mental; el bulbo seco de cebollín de la cocina, para abrir un canal; y hebras marrones de yuǎnzhì, para la concentración, ya que requerirá todo mi poder y enfoque sostenerme. Desde la orilla del campamento veo los muros de Jia a la distancia, las luces que bailan en la parte de arriba de los muros de la ciudad.

Shu está conmigo, como siempre debió haber estado. Realizaremos este ritual juntas. Bajo la mirada al campamento, y Ruyi está sentada frente a una fogata debajo de nosotras, ella nos cuidará y se asegurará de que estemos a salvo; me alegra que esté aquí, aunque nunca lo admitiría ante ella.

En la sombra del tambor, deslizo el té y coloco el trozo dentro de la tetera. Perdí la tetera pintada que le compré a Ho-yi en el camino, pero esta que es sencilla y sin adornos servirá, su aspereza es confortable, familiar. Pongo el trozo de hongo língzhī encima de las hojas, luego el bulbo de cebollín y las hebras peladas de raíz de yuǎnzhì. Vierto el agua, inhalo el aroma de las flores de camelia, té y magia. Las hojas de té y las hierbas se ablandan; dejan reposar sabores que se liberan en el agua.

La magia cobra vida, brillante y fuerte dentro de mí.

—Shénnóng, Bi-Fang —susurro, ahora sé que la magia es todo alrededor de mí, sé que yo llevo el toque de todos ellos—. Tigre Negro. Bìxì... y Lady An. —Me rehúso a creer que ella no esté en algún lugar allá afuera, que alguna parte de ella no esté todavía esperando para ver si tenemos éxito—. Escuchen mi llamado, ayúdenme con lo que necesito hacer.

En la mesa, junto a mi juego de té, tengo la daga de Kang, la que sacó de su bota y le lanzó al Hermano Huang para que nos defendiera. El patrón de olas en la daga atrapa la luz, y la incrustación de nácar brilla en el mango.

La reconozco, es la daga que me regaló en el palacio, la que le regresé en la Residencia del Sueño del Invierno. Él la tuvo consigo todo este tiempo, la mantuvo cerca de él, aunque fuera un regalo rechazado, aunque le trajera recuerdos desagradables.

Algo caliente llena mi pecho: afecto combinado con incertidumbre. Es similar a mi miedo de que los dioses se llevaran mi magia. Temor de que él me desprecie y se aleje, de que me rechace.

Estoy asustada, sin embargo continúo. Tengo a Shu a mi lado, ella es un recordatorio de que la magia nunca se pierde por completo, de que puede transformarse en algo más; ella siempre estará ahí para mí, incluso si todo lo demás desaparece.

Pongo el dān en mi boca y vierto el té. La tapa quema las puntas de mis dedos mientras el té cae dentro de las tazas. Bebemos, siguiendo el ritual. Permito que su calidez llene mi cuerpo, que la magia se extienda a través de mi mente como un rayo y, a la vez, me conecte con mi hermana. Ella cede su esencia voluntariamente, gustosa por ayudar. Mi lengua atraviesa la capa externa del dān, y el té la disuelve.

Levanto la daga con ambas manos y envío nuestra magia hacia afuera, hacia esa ciudad brillante; lo llamo por su nombre.

«Kang».

Capítulo cuarenta

Kang 康

Él sueña con el fuego que ardía bajo las puertas del palacio. El guardaespaldas de su madre irrumpe en su habitación y lo saca de su cama, está rodeado por el hedor a humo y metal, hay gritos y llanto. Tiene nueve años de nuevo, es más pequeño que cualquier otra persona, siente cómo todos se empujan en medio del caos, su madre tiene los ojos tan afilados como la espada curveada que está al lado de ella, dirige a la gente para salir del fondo de la sala.

«¡Ve con ellos, Kang!», ella le ordena, y se da la vuelta para introducirse de nuevo en la pelea.

«¡No!», él protesta, pero unos brazos lo levantan y lo llevan lejos.

Despierta agitado en su cama, el sudor empapa sus cejas y su cuerpo. Está de nuevo en el palacio, se ahoga con el aroma del incienso, rodeado por madera y papel, todo eso arde tan fácil.

—¿Kang?

Alguien dice su nombre en la noche, suena como la voz de Ning.

—¡Kang!

La voz es más urgente.

Sus pies tocan el piso, debe seguirla.

Ella lo espera en el jardín iluminado por la luna, donde la princesa una vez hizo que se arrodillara y lo llamó traidor. El jardín es suyo ahora, pero él nunca pasa tiempo en él, prefiere atravesarlo lo más rápido posible, como si de esa manera no le recordara aquella noche. Es muy fácil recordar las acusaciones de su prima, sin embargo, todo eso está dando frutos ahora.

Una gentil brisa revuelve el cabello de Ning, está vestida como él la recuerda en su mejor momento: ese día en el mercado, con su túnica de competidora. ¿Es esto un sueño? No está seguro. Se han encontrado, una y otra vez. El destino los acerca, enredó sus hilos hasta que sus caminos estuvieron inevitablemente unidos.

—¿De verdad estás aquí? —le pregunta.

Ella sonríe y le hace un gesto para que se siente.

—Todo es un sueño.

Él se sienta en la banca de piedra, se siente real debajo de él, sólida. Es la banca en la que la princesa sostuvo un cuchillo en su garganta. Cuando él recordó el dolor de ser marcado por los soldados del emperador y fue llevado del único hogar que había conocido, viendo cómo hacían lo mismo con su padre y su madre. Él encuentra su mirada y sabe que ella siente el peso de ese recuerdo, la rabia y la vergüenza, pero Ning no lo juzga, sabe lo que es amar a alguien y perderlo. Sabe lo que es amar a alguien y que te decepcione.

Ella le sirve una taza de té, sus movimientos son tan elegantes como él los recuerda, cada gesto encontrándose con el otro, un fluir practicado.

—Mañana le traeré las reliquias que faltan a tu padre —ella le informa, con voz ligera y aliviada. Como si le contara que lo visitará en su residencia y traerá obsequios; como si ella fuera a convertirse en su prometida. Si se hubieran conocido en cualquier otro tiempo, si fueran dos personas completamente diferentes.

—Gongyu pidió esto —dice él a través de sus dientes apretados. El canciller hace esto porque ella lo avergonzó, y también lo hace para lastimar a Kang—. Él está obsesionado contigo, esto será rendirte ante él, no vayas.

Ella está de acuerdo.

—Suenas tal como la princesa. —Ning sonríe; hay ternura en sus palabras—. Ella también trató de convencerme de lo contrario, pero ¿no lo ves? Lo que sea que me conecta contigo, también me conecta con él, es donde debo estar.

Ning empuja la taza hacia él a lo largo de la mesa y, con su otra mano, alcanza su puño apretado, desliza su pulgar sobre los nudillos de él, con ternura, con el toque más ligero. Kang permite que ella abra su mano apretada, que se detenga en cada línea y cada surco de su palma, que se deslice sobre sus callosidades, lo que provoca que su cuerpo se estremezca, hasta casi olvidar que ella no está ahí, no en realidad.

—Es la mano de un guerrero —dice ella, sus cejas están fruncidas—. Odio tener que pedirte que hagas esto.

Él levanta la mirada y se encuentra con sus ojos, siente la incertidumbre y el arrepentimiento, son tan familiares para él como sus propios pensamientos.

—Puedes decirme —responde.

—Mejor bebe el té. —Frunce el ceño y retira su mano.

El té baja suave, agradable, dulce, ligeramente floral. Él se maravilla de cómo puede saborear, incluso en un sueño; es casi tan real como la realidad.

—La princesa y el general traerán sus fuerzas al terreno frente a Jia —dice Ning—. La princesa solicitó una reunión con el general, la planteó como una posible rendición y, como muestra de buena voluntad, le dará una reliquia.

Kang ya lo sabe, es el caparazón de Bìxì. Vio cómo los consejeros de su padre se burlaron cuando escucharon el mensaje, están convencidos de que Zhen es débil y está asustada. Pero, por lo que él conoce de su prima, sabe que no puede ser tan sencillo, y también que el canciller preparó una respuesta. No sabía que eso involucraría a Ning.

—Estas son las reliquias que Lady An me dijo que se requerían para detenerlo, como lo hicieron antes —le explica—. La balanza de Shénnóng, el caparazón de Bìxì, la pluma de Bi-Fang y la garra del Tigre Negro.

Algo se estremece en el aire alrededor de ellos cuando ella pronuncia esas palabras, como si este reino de sueños se inclinara ante el poder y el reconocimiento de los antiguos dioses.

—¿Y ella está de acuerdo en que se lo entregues? ¿La princesa cree que es posible una tregua? —pregunta Kang—. ¿Cree que puede convencer a mi padre para que se detenga sin que haya sangre derramada? —Incluso él sabe que es una iniciativa imprudente. Su padre no obtuvo su reputación por nada, él presiona hasta tener éxito, no importa el costo, explota cada posible debilidad.

Ning sacude su cabeza.

—Eso no me corresponde a mí, yo deseo prevenir a la gente de Dàxī de caer en un destino que es peor que la muerte.

Abominaciones que cobran vida y se arrastran desde las entrañas de la tierra. Kang lo ve todo con el ojo de su mente; imágenes, cada una más terrorífica que la anterior, le son mostradas por medio de su conexión.

—¿Cuáles son los otros términos? —pregunta Kang. Él sabe que el canciller es capaz de grandes artimañas, y debe haber algo acerca de su estrategia, algo que no entienda del todo.

—Solo el plazo de tiempo. El intercambio debe hacerse mañana.

¿Por qué aceptar una reunión cuando no hay una ventaja real? Cuando los graneros de Jia estén llenos, cuando tenga una posición fácil de defender, en el punto más alto del valle; cuando haya guardias del palacio y de la ciudad, soldados de Sù y de Lǜzhou. Jia puede resistir un sitio, su padre puede ascender como emperador en un momento que sea favorable, de manera segura, aislada, detrás de los muros de Jia. Tiene el beneficio del tiempo, puede esperar refuerzos adicionales de Lǜzhou y que el conflicto dentro de Ānhé se instale por sí mismo, porque así como hay facciones leales al antiguo emperador, también hay otras que expresan su apoyo para el ascenso del general.

—¿Qué tiene mañana de especial? —murmura él, tratando de hacer los cálculos desde una perspectiva militar, tratando de verlo con los ojos de su padre.

—Ella me advirtió de la magia que él posee —dice Ning—. Él requiere sacrificio para enlazarse con su forma humana, no tiene sangre propia, ni fuerza vital. Solo puede mantener la forma humana por un tiempo, es una ilusión en sí misma. Tendrá que usar la magia más oscura para apoderarse por completo del cuerpo del canciller, para caminar en la tierra de nuevo. No como un parásito, no como un títere, sino tomar un verdadero cuerpo humano para sí mismo.

Él no quiere hacerle la siguiente pregunta:

—¿Qué es lo que él necesita?

—Mil almas, necesita consumir mil almas para poder volver a caminar en esta tierra.

Kang se estremece al pensarlo.

—En cuanto él use el poder del ojo, la pierna y el corazón, su coraza humana erosionará. Creemos que tiene un tiempo limitado para consumir esas almas para vivir, y esa es la razón del plazo de tiempo.

—¿Cómo será capaz de devorar tantas al mismo tiempo?

—Con algún ritual. —Ella se frota la sien.

—Espera... —dice él—. Durante el intercambio, ¿cuántos estarán en el terreno?

Ning reflexiona acerca de esto y entonces lo entienden al mismo tiempo; ella da un manotazo en la mesa.

—Él tiene la intención de inundar las planicies y matar a todos en el corredor que hay entre Jia y Huadu. No hay duda de por qué accedió a los términos de rendición, por qué quería ver a Zhen desde los muros de la ciudad. Ella no estaría ahí sola, tendría la protección de sus batallones a su alrededor. —Entonces se levanta y da vueltas—. Cuando él sea capaz de alcanzar una porción de su magia, no tardará mucho. Los ríos ya estarán crecidos por la lluvia, las corrientes que comenzaron incluso desde el invierno tardío y la temprana primavera... estas lluvias han sido diferente a las que cualquiera haya visto en cien años. Era él, preparándose.

—El antiguo nombre del río Aguaclara es Oro —dice él en voz baja—. Porque algunas veces corría claro, y otras, en torrentes amarillos, traía deslizamientos de rocas que destruían todo en su camino, y se derramaban dentro del río Jade, volviéndolo imbebible por un tiempo...

El Jade y el Oro, el dragón y la serpiente.

—Ahora sabemos lo que debemos hacer y esto es lo que debo pedirte. —Ning da unos pasos para acercarse a él y toma sus manos—. Toma la espada de hueso y húndela dentro de su corazón cuando él esté más vulnerable. Antes de que tenga la oportunidad de consumir las mil almas que necesita para concluir su magia —dice ella con certeza.

Él entiende esto, todos los caminos llevan a lo inevitable; deben asegurarse de derrotarlo.

«Combate el veneno con veneno», él atrapa su fugaz pensamiento.

—La espada de hueso es nuestra más grande oportunidad de lastimarlo, porque contiene una parte de él. Usaremos su propia magia contra de él —dice ella con rapidez, su mente aún calcula las posibilidades.

Kang tendrá su venganza sobre el canciller por traer este demonio al imperio, por envolver a su padre en sus planes.

—Cuídate —murmura Ning, levantando su mirada hacia él, y acaricia su mejilla con su mano. Él pone su mano en la de ella, y comparte su calidez.

—Te veré mañana —susurra él en respuesta. Alrededor de ellos, este sueño comienza a derrumbarse, las paredes desaparecen en la nada, el jardín se hace más y más pequeño hasta que ella se ha ido.

Capítulo cuarenta y uno

Ning 寧

Al día siguiente estoy vestida de gala, como corresponde a un mensajero del reino, con una túnica plateada, en la que hay el más ligero esbozo de verde bambú, un patrón de flores bordadas decora las mangas y el escote, tengo un aro alrededor de mi cuello y anillos en mis dedos. Mi cabello está recogido en un peinado apropiado para una mujer noble soltera, asegurado con un pasador del que cuelgan algunas joyas. Cabalgaré, llevando un mensaje de la princesa, pero en lugar de llevar riqueza y honor a mi aldea, podría muy bien llevarme a mi perdición.

Antes de mi partida, se me da un tiempo para preparar la más importante taza de té que pueda elaborar en mi vida. Shu es mi asistente, ella me trae los ingredientes que necesito. Siento sus emociones junto a mí, su preocupación y su frustración. Aunque odio ver que se va, la abrazo y la envió con Lian; necesito concentrarme para la tarea que tengo por delante.

En el *Libro del té* se dice que esta bebida permitirá al portador ver a través de las ilusiones; espero que me ayude con lo que necesito hacer. Cuando abro el paquete, la mezcla de aromas flota hacia mí, es el aroma de la tierra, la esencia del jardín, la fragancia de mi legado.

Ruyi entra a la tienda y me saluda con una reverencia. Ella siempre luce como una guerrera debe verse, con su piel bronceada por el sol y su cuerpo esbelto, vestida con armadura y una espada a su costado. La envidio por su confianza.

—¿Me acompañas con una bebida? —le ofrezco; ella se sienta frente a mí y yo realizo mi ritual.

Menciono los ingredientes en voz alta, porque sé que ella querrá saber lo que está ingiriendo.

—Dāncān —susurro mientras desmorono el ingrediente dentro del agua—, para pulsar en la fuerza vital interior.

»Chénxiāng —tomo una larga bocanada, atrayendo esa fragancia a mis pulmones—, para tener claridad de la mente, que me ayude a iluminar el camino.

»Y shārén, para tener las manos firmes. —Muelo las semillas secas y entonces espolvoreo los trozos dentro de la vasija.

Solo reposa por unos momentos y yo siento la atracción de la magia. Dejo que los ingredientes entren en el agua y se transformen en algo nuevo y maravilloso. Bebemos juntas, el sabor es dulce y también amargo.

La observo, es la dama de compañía de la princesa. Una vez seguí a Ruyi a través del palacio, con la intención de matarla para conseguir mi venganza. Sin embargo, se convirtió en algo más para mí, alguien en quien confío, y a quien incluso puedo llamar amiga, como Lian. Ruyi está dispuesta a hablar por mí, incluso oponiéndose a los que ella ama.

—Ella jamás desearía que yo mintiera y dijera solo lo que ella quiere escuchar —me dice Ruyi, y yo me doy cuenta de que, con la conexión del té, ella puede atrapar los bordes de mis pensamientos. Como si yo necesitara otra forma de que alguien lea mis expresiones, que mi rostro revela con tanta facilidad.

Ruyi se ríe de mi pensamiento, es un sonido gutural. Dentro de mi pecho hay un dejo de añoranza. Ella es hermosa. Si hubiera alguien que me mirara en la forma que ella mira a Zhen.

Y entonces, el vestigio de otro recuerdo surge antes de que yo pueda detenerlo. Un chico que me mira mientras mi contacto se prolonga en su mano, ese chico que parece que quiere decir mucho, pero que no sabe cómo hacerlo.

—Creo que alguien ya lo hace —dice en voz baja.

El calor me sube a la cara y me pongo roja de vergüenza, con torpeza trato de ponerme de pie.

—No es nada —le digo, y su risa me sigue fuera de la tienda.

Estamos en el terreno en que se peleó la batalla hace cientos de años, junto a mí está el río Jade, sus aguas labraron un camino a partir de lo que existía antes de Dàxī y lo que quedará después de que Dàxī se venga abajo y se convierta en polvo.

La princesa espera, montada en su caballo de guerra, el comandante Fan está a su lado. Alrededor de ella, el batallón se coloca en formación, le advertí acerca de los deslizamientos de tierra cerca de Aguaclara, acerca del plan de Gongyu para invocar el agua y ahogar a todos en su camino. Ella trajo un ejército de solo doscientos, todos jinetes a caballo, espero que eso sea suficiente para impedir que él realice sus planes.

Camino enfrente de la princesa y me inclino ante ella, llevó la reliquia de Bìxì en mis manos. Ella también se inclina en respuesta, reconoce el peligro hacia el que estoy caminando por mí misma. Junto a mí, Ruyi trae el caballo; esto, yo lo sé, le duele a Zhen más que nada, no quería enviar a su amada a adentrarse en el peligro; sin embargo, ella es la única que conoce y acepta mi magia, quien me permitirá usar su esencia, su cuerpo, su mente, si llega a ser necesario.

Aquí es donde Shénnóng es poderoso y Gongyu no lo es; este solo sabe cómo tomar por la fuerza, pero Shénnóng pide ceder, dar y tomar, una pregunta y una respuesta.

Siento la fuerte conexión entre Ruyi y yo, lo consciente que estoy de su presencia conforme se acerca. Por un momento soy yo misma, y también soy ella, preparándonos para lo que vendrá.

—«¿Confías en mí?».

—«Sí». —Es su respuesta en forma de eco, la resonante respuesta. Junto a nosotros las torres de tambores empiezan a sonar, escucho un corno acercarse desde algún lugar en la distancia.

Volamos camino abajo, nos dirigimos hacia Jia, hacia el general que nos espera, hacia Gongyu.

Yo soy yo misma, y al mismo tiempo no lo soy. Siento el imponente golpeteo de los cascos debajo de mí, siento la fuerza de Ruyi en mis manos y en mis piernas, urgiendo al caballo a ir más rápido. Ella está pensando en Zhen, en su momento esta mañana, en su habitación del bote, cuando todo estaba en calma alrededor de ellas, cuando solo estaban ellas dos juntas, sus dedos pasando entre el cabello de Zhen. Ruyi abrió su boca para hablar, pero la princesa solo presionó su dedo contra sus labios. «Shhh… déjame prolongar este momento…».

Me alejo de ese recuerdo íntimo, no es para mí.

La distancia se termina, veo las filas de soldados colocadas frente a las puertas de la ciudad, veo figuras arriba, en los muros de la ciudad, arqueros que apuntan sus flechas en nuestra dirección. Huelo flores de camelia, y en mi boca saboreo la fragancia del chénxiāng, prolongando su efecto en mí. La oscura presencia ya está adelante, es una magia que no puede ser escondida, ni contenida. La oscura entidad que yace enroscada detrás de los ojos del segundo hombre más importante en el reino. Hay mucho que temer.

Caer dentro del abismo, perderte a ti mismo en la oscuridad que se arrastra más allá de la orilla del bosque, caer bajo el influjo de los susurros de tus pesadillas, perderte a ti, perder a aquellos que amas.

Le doy fuerza a Ruyi mientras ella intenta mantener el equilibrio y se sienta erguida en la silla de montar. En la alforja de su caballo ella escondió una aljaba de flechas.

Ya casi llegamos ante esa fila de soldados, estamos lo suficientemente cerca para ver la cara del general, del canciller, y lo suficientemente cerca para ver… a Kang. Él bebió el té que le pedí que bebiera, puse en él un ingrediente lo suficientemente común, del que le hablé en la noche, uno que alivia los dolores de cabeza, pero que también refuerza mi conexión con él. Eso me atrae hacia él cuando mi magia lo alcanza a través de la distancia, porque mi magia lo conoce, lo reconoce, lo ve por quien es.

Ruyi tensa el arco y lanza una flecha, directa y certera, hacia el corazón del general.

Capítulo cuarenta y dos

Kang 康

Kang siente el roce de la magia de Ning en su mente, es una señal de que debe prepararse para lo que viene. Su mano encuentra la empuñadura de su espada, y ve a Ruyi levantarse de la montura. Él tiene la espada en su mano y se lanza hacia adelante cuando la flecha gira hacia ellos.

—¡Padre! —grita él, sonando por completo como el hijo devoto. La espada tira la flecha al suelo, y su padre lo mira con asombro; debajo de ellos hay gritos, los comandantes ordenan a los arqueros lanzar flechas hacia el emisario.

El general sonríe, pero su aprobación ya no tiene el mismo efecto en Kang.

—¡Hijo mío! Me salvaste.

—Lo siento —dice Kang, mientras toma la otra espada que está a su costado; la saca de su funda y, entonces, da una vuelta y empuja al general hacia atrás.

El canciller Zhou está de pie en el borde de los muros de la ciudad, viendo hacia abajo el caos con satisfacción.

Kang pone su mano en el hombro del hombre y, entonces, hunde la espada de hueso en su espalda, a la altura de donde debería estar su corazón.

La espada se hunde en su cuerpo, dando en el blanco. El canciller se sacude hacia adelante y escupe un chorro de sangre en el aire. Kang se queda ahí, sin aliento, mientras el cuerpo se desliza hacia abajo, en las piedras que están a sus pies. Lo hizo, hizo lo que se le pidió.

—¡¿Qué hiciste?! —La voz del general estalla detrás de él, incrédula e impactada.

Kang se da vuelta para encarar a su padre, con la sangre del canciller en sus manos.

—Padre, por favor, debes entender. —Ahora él sabrá la verdad, verá que todo sucedió como debía.

Pero de pronto una espada está en su garganta, un brazo alrededor de su cuerpo, y una respiración caliente contra su oído. El canciller Zhou está de pie junto a él, su pecho es una ruina sangrienta. La sangre se escurre sobre las piedras. Su padre mira al canciller con horror.

Y ahí está. La verdad. Ningún hombre podría resistir una espada atravesar su espalda. Kang sintió el giro, el crujido del hueso y sabe que su padre lo escuchó también. Sintió cómo la piel y los músculos se rompían, cómo la hoja desgarró la carne y salió por el otro lado. No debería estar vivo, y Kang podría morir por mostrarle a su padre la verdad sobre el monstruo que acecha junto a él, que guía sus acciones.

La cara del general se ondula frente a él. Kang parpadea, debe ser sudor o la luz molestando sus ojos. Puede sentir la desesperación de Ning, su miedo, que amplifica el que él ya siente.

«Algo… algo no está bien…». ¿Fueron palabras de Ning o suyas?

—Te di lo que pediste —dice Gongyu—. Maté a tus enemigos, los que mataron a tu amada; llevé la venganza hasta su puerta y arranqué de ellos lo que te fue quitado a ti. Ahora es tiempo de que tú me des lo que me prometiste a cambio.

Ahora lo ve claramente frente a él. «El general pescando una esfera de jade en el agua del Mar del Este. Una voz suena en su cabeza y le promete todo si está dispuesto a seguirlo, a hacer lo que él le pidiera hacer. Pero el precio final es su cuerpo».

—Tengo a tu hijo, tu esperanza, el que aceptaste como tuyo —dice la voz empalagosa del canciller en su oído—. ¿Quieres para él la protección que prometí? ¡Entonces, termina lo que empezaste!

Kang no comprende, no entiende por qué su padre levanta las manos, ni por qué su padre se arrodilla ante el canciller, mientras le pide que no lastime a su hijo. No entiende por qué su padre cierra sus ojos y asiente.

De pronto surgen brazos que lo jalan hacia atrás, son guerreros Wŭlín con su expresión muerta, lo sujetan. Él grita para que alguien, quien sea, detenga esto, pero no hay nadie más en los muros de la ciudad que lo ayude.

—¡Kang! —Escucha a Ning gritar desde el campo de batalla debajo. No… la escucha con claridad en su mente.

El canciller está enfrente de su padre. Su piel se descarapela y se le cae como si fuera polvo negro, se está desintegrando en las sombras ante sus propios ojos. Sus manos están sobre los hombros del general. Con cuidado, como lo haría un amante, lo acerca a él. Las sombras absorben a su padre, sus ojos se oscurecen; sus brazos tensos son jalados hacia atrás y se estremece.

La esfera de cristal que estaba en el cuerpo del canciller brilla entre la oscuridad y luego entra en el pecho de su padre, hundiéndose dentro de su piel. La espada de hueso desciende hasta su pierna; el ojo de jade se forma sobre él y, con un crujido, la cabeza del general es jalada hacia atrás y su boca estirada hacia afuera en un silencioso grito.

Las sombras descienden a través de su boca abierta y se introducen en su cuerpo, que convulsiona y tiembla, hasta que el hombre cae hacia adelante, sosteniéndose con sus manos. Kang lucha contra la férrea opresión de los soldados Wŭlín, pero es inútil, no lo dejarán ir.

El dios dentro de su padre empuja su cabeza hacia atrás y se ríe, se endereza lentamente hasta ponerse de pie, echa los hombros para atrás y gira su cabeza hacia un lado, luego hacia el otro.

—¿Creíste que sería tan fácil? —La voz es baja, entrecortada. Kang siente el miedo de Ning, reconoce esa voz de sus pesadillas—. Antes pudiste matarme con mi propia espada, pero ahora soy demasiado fuerte, toda mi magia ha regresado a mí. —Abre y cierra su mano, maravillado ante el movimiento.

—Mi ojo, ese que tu padre sacó de las profundidades. Mi corazón regresó a mí por la chica que amas. Y ahora, Li Kang, tú trataste de matarme. Lo único que eso me dice es que tengo razón: los humanos son patéticos, débiles y fáciles de condicionar, todo lo que tengo que hacer es amenazar a aquellos a los que aman y luego verlos desesperados tratando de salvar a esos que ni siquiera se salvarían a sí mismos. Van a arrastrarse ante mí como las despreciables criaturas que son.

Su cara se ondula otra vez y aparecen líneas en la superficie de su piel, grietas; su forma se contorsiona, cambia, su cuerpo ahora se ve prominente, abultado, como nadie debería poder ser. Pedazos de su armadura caen al suelo, su casco golpea las piedras con el sonido del metal, su piel se desprende y revela escamas negras del tamaño de una cabeza humana. La serpiente continúa alargándose hacia el cielo, mientras el suelo debajo del muro ruge y se sacude.

Kang sabe, por la conexión que hay entre ellos, que Ning siente un repentino torrente de magia que viene desde debajo de la tierra, algo que yacía ahí, esperando por este momento, por el resurgimiento de un dios.

Se oyen gritos a la distancia cuando los soldados de Jia empiezan a ver la oscura forma de una serpiente sobre la ciudad y las piedras que se rompen debajo conforme crece, comprimiendo parte del muro de la ciudad; es incluso más alta que la torre de la campana, el punto más alto en Jia.

Kang intenta gritarles a Ning y a Ruyi que corran, pero uno de los guerreros Wŭlín lo golpea en el estómago y lo hace caer sobre sus rodillas. Vuelan flechas, que golpean las gruesas escamas, solo para chocar sin causar el menor daño.

La serpiente se ríe otra vez, es un terrible y retumbante ruido que perfora el cráneo de Kang.

—Pensaste que eras tan listo, que podrías engañarme, pero estaba preparado. ¿Qué patéticos humanos podrían enfrentarse a un dios?

La criatura viene por él, su cuerpo se desliza en espirales a su alrededor. Kang intenta apartarla, resistir, pero ella lo aprieta. Va envolviendo sus piernas, su cuerpo, hasta que está enrollado hasta el cuello, hasta que a Kang le cuesta trabajo respirar.

—Tráiganlos hasta mí, a todos, serán testigos de mis planes para la gran Dàxī —ordena la serpiente.

Es lo último que Kang recuerda antes de que la oscuridad se cierre sobre su cabeza.

Capítulo cuarenta y tres

Ning 寧

La serpiente baja su mirada y me ve con sus ojos rojos. Me mira mientras jalo los hilos que conectan su mundo y el siguiente. Ella manda un mensaje directo al interior de mi cabeza.

—«Debí haberte matado cuando tuve la oportunidad; ahora no tendré remordimientos. Devoraré todos tus patéticos sueños y deseos, tu tonta creencia de que todavía puedes salvar a la princesa y librar a este imperio de la ruina».

La tierra sigue rugiendo debajo de mí, los tambores aún suenan alrededor de nosotros. Se oyen gritos dentro de la ciudad, de toda esa gente que está atrapada dentro.

Siento la presión de las espirales de la serpiente en el cuerpo de Kang, esa fuerza aplastante que lo abruma hasta impedirle respirar. Siento cada parte de ese dolor como si fuera mi propio cuerpo y, por la forma en que Ruyi cae junto a mí, sé que ella también lo siente. Cuando el aire sale de los pulmones de Kang, nosotras también perdemos la consciencia, y conforme mi conocimiento se desvanece, veo la sombra de los soldados encima de nosotras. Nos llevan.

Despierto con un sobresalto. Un impasible soldado me lleva en sus brazos; aun así trato de alcanzarlo con un hilo de mi magia, en un desesperado intento de persuadirlo, y se tropieza contra un muro.

Kang está en algún lugar, perdido y fuera de mi alcance; ya no tengo dān, solo poseo dos reliquias, la mitad de lo que se requiere para romper el poder de Gongyu, pero él está cerca de llegar a su verdadera forma. No inundó el valle, y no tengo ni idea de cuál sea su plan. Ruyi también respira temblorosamente junto a mí y lucha en las garras del soldado que la lleva. Pelea, pero él es demasiado fuerte, y los otros la someten con facilidad. Sus manos y pies están atados por sus esfuerzos.

Envío un vacilante hilo de magia hacia Kang, trato de sentirlo a través de mi conexión; es débil, pero la conexión está ahí, él se está moviendo lejos de mí, inconsciente.

Nos trasladan por las silenciosas calles de la ciudad, no hay nadie más que nosotros. No hay personas observándonos desde las ventanas cerradas, no hay gente viéndonos desde los callejones, todo está en silencio, es escalofriante, como moverse por una ciudad de fantasmas. La sensación de inquietud dentro de mí se hace más fuerte. ¿Dónde están todos? Decenas de miles de personas deberían habitar Jia, no pudieron haber huido todos durante la conmoción.

Entramos al palacio por una de las puertas laterales; nos llevan por pasillos y pasamos patios donde parece que mucha gente hace fila de manera ordenada. Sigue estando muy silencioso, demasiado. No sé por qué permanecen tan dóciles; trato de gritarles, decirles que se vayan, pero rápidamente meten un pedazo de tela dentro de mi boca, callándome antes de que pueda siquiera emitir un sonido. Este es el Patio del Futuro Prometedor, lo conozco bien, sus imponentes muros fueron testigos de muchas pruebas en el palacio. Nos llevan cargando por los escalones de mármol blanco hasta las grandes puertas abiertas del Salón de la Luz Eterna, como cerdos premiados que están destinados a ser sacrificados para alguna festividad.

Detrás de nosotros hay una multitud, hay tanta gente llenando el espacio; soldados, campesinos y mercaderes, tantas personas, sin embargo están en silencio. Están tan callados que yo siento miedo.

Es cuando atravesamos las puertas que veo lo que está pasando. El gran cuerpo de la serpiente ocupa la totalidad de la pared trasera, está enroscada alrededor del trono, donde el emperador se habría sentado a recibir a los dignatarios y sus tributos. Pero donde las mesas habrían sido alineadas para los oficiales, los hermosos muebles de madera roja son cortados en pedazos y amontonados en una pila en el rincón. Hay jarrones destrozados en el piso, mientras los soldados llevan a la gente arriba, con la serpiente.

La enorme cabeza de la serpiente desciende sobre los primeros humanos en la línea. Es una mujer con una plácida sonrisa, que se agacha en una descuidada reverencia. La cabeza de la serpiente se detiene sobre ella, la magia sale violentamente de la serpiente, como un látigo, pero la mujer no se inmuta cuando la toca, ni siquiera cuando se hunde dentro de su piel; entonces, la serpiente extrae hebras de su esencia desde sus ojos, su nariz, su garganta… y las jala al interior de su boca abierta. Se está alimentando.

Vemos cómo la cara de la mujer se pone demacrada y pálida. Sus ojos se ven hundidos, su carne se desdibuja y se queda pegada a los huesos, hasta que colapsa y se hace polvo. Cuando las últimas hebras de su fuerza vital entran en el cuerpo de la serpiente, una perfecta escama con un brillo dorado se forma en su dorso. Todo lo que queda de ella es un montón de ceniza que será aplastada bajo los zapatos de su siguiente víctima cuando sea llamada. Los resplandecientes remanentes de lo que pensé que era arena en el piso, son los restos de la gente que ya mató.

El salón que alguna vez fue hermoso, la gloria de Dàxī, se ha convertido en un cementerio.

Los soldados sombra nos llevan adelante, nos empujan y caemos sobre nuestras rodillas ante ella; nos quitan los trapos de la boca. La serpiente detiene su consumo de almas para mirarnos maliciosamente a nosotras, regocijándose con su poder y el éxito de su plan.

—¡Sean mis testigos! —grita, y el sonido de su horrible voz hace eco en la cámara, rebotando contra las paredes y el piso—. Consumiré a los ciudadanos de Jia y alcanzaré todo mi poder, les mostraré la futilidad de su lucha.

Uno de los soldados sombra se aproxima, sostiene algunos objetos en una charola. Me sobresalto porque reconozco lo que son.

—Sí, tus patéticos tesoros —dice—. Lo que queda de tus, alguna vez, gloriosos dioses.

Unas manos ásperas hurgan en el bolso que está a mi lado y sacan el caparazón de Bìxì, y no puedo hacer nada más que ver cómo se lo llevan y lo colocan sobre la charola, junto con los otros tesoros.

—Un tazón, una daga, un disco —la serpiente se burla. Todos están aquí, todo lo que hemos buscado. La pluma, que se ha convertido en un abanico, está oculta en mi ropa, contra mi cuerpo. Quizá yo pueda…

Sin embargo, mi esperanza es rápidamente destrozada en mi siguiente respiración, cuando uno de los soldados sombra toma el disco, lo rompe a la mitad y lanza sus pedazos contra la pared, aplasta el tazón con sus manos y parte limpiamente en dos la daga, dañando el metal desde el mango. Lloro con desesperación.

—Reúnete con tus dioses y tu príncipe. —La serpiente se ríe cuando los soldados sombra me levantan por los brazos y me avientan contra la pared; mi cuerpo recibe un golpe seco y luego caigo en el suelo. Un bulto de ropa, que está en las sombras, se mueve ligeramente y me doy cuenta de que es una persona.

Kang. Él jadea con cada respiración que toma. Siento sus costillas rotas y su pulmón perforado.

—Rómpele las piernas —ordena la serpiente. Uno de los soldados sostiene a Ruyi, que sigue luchando, y otro la golpea con una vara hasta que ella grita. Siento sus huesos rompiéndose como si fueran míos y yo grito con ella. La arrojan junto a nosotros y mis piernas arden con su dolor.

—A ustedes tres los voy a saborear cuando esté listo. —La serpiente sonríe burlonamente.

Las reliquias en pedazos son esparcidas a nuestro alrededor. Almas inocentes son devoradas frente a nosotros, una tras otra. Solo podemos estar ahí tumbados y mirar con nuestros cuerpos humanos rotos y lastimosos. Estoy, una vez más, impotente ante la inevitabilidad de mi fracaso.

Me las ingenio para arrastrarme hacia Ruyi, el dolor punza por todo mi cuerpo con cada movimiento brusco. Escucho su respiración poco profunda, quito su cabello de los ojos y extraigo, de la magia dentro de mí, lo que queda de los poderes sanadores del hongo y del té, comparto mi propia esencia con ella.

—Eso es todo lo que puedo hacer —le susurro con mi limitado poder. Ella asiente y puedo percibir su agradecimiento.

Después reviso a Kang. Él trata de darme una sonrisa, pero se estremece cada vez que intenta respirar, también le mando un poco de mi magia para aliviar la presión en su costado y el dolor. Cuando recargo mi abatido cuerpo contra la pared junto a él, lista para aceptar mi muerte final, algo me pincha la palma de la mano.

La mitad del disco de jade. La balanza Shénnóng está rota y su borde filoso es suficiente para perforar mi piel; echo un vistazo a la serpiente y a los soldados sombra, su atención no está sobre mí, al menos por el momento, así que empiezo a cortar nuestras ataduras, usando los bordes afilados.

Cuando mis manos están libres voy con Ruyi y la ayudo también a liberar sus brazos y piernas, aunque no puede caminar. La serpiente continúa alimentándose. Yo trato de reunir las partes rotas de las reliquias, para ver qué puedo rescatar. Todo quedó imposible de reparar.

Levanto la mirada, el cuerpo de la serpiente es casi demasiado brillante para mirarlo, tan solo queda un puñado de negras escamas, ahora entiendo por qué una vez lo vieron como dios: Gongyu, hermano del Dragón de Jade, un dios de sueños y pesadillas.

Algo brilla y se siente caliente contra mi costado; yo reprimo un grito: el abanico. Lo saco de donde lo escondí; ahora descansa en mi mano, intacto y blanco.

La mano de Kang aprieta mi pierna

—«¡Miren!».

Los pedazos de las reliquias empiezan a temblar.

Capítulo cuarenta y cuatro

Ning 寧

Delante de mí, el disco shénnóng se vuelve a fundir en un círculo. El caparazón de Bìxì se mueve como si estuviera hecho de arcilla suave, dándose a sí mismo de nuevo la forma de un tazón. La Garra del Tigre une de nuevo sus partes, girando sobre un lado, hasta que regresa a su forma completa.

Un disco ornamental, un tazón de piedra, una daga de metal, un abanico de papel. Simples objetos de todos los días, fáciles de ignorar, fáciles de menospreciar.

Parecen zumbar con poder, con magia, y yo siento que reacciono a ella. Entra precipitadamente a través de mí y yo la envío hacia afuera a los dos cuerpos junto a mí, haciendo esa conexión. El poder shénnóng fluye a través de Kang y de Ruyi, suelda huesos rotos, repara perforaciones, detiene el sangrado, hasta que los tres estamos completos y volvemos a ser nosotros.

Estamos unidos por la magia, nuestras mentes están conectadas, se mueven como si fuéramos uno. Recojo el disco y tomo el abanico también. Ruyi recoge el tazón y Kang empuña la daga.

«El fuego limpia». Como un susurro escucho la voz de la Dama Blanca dentro de mi mente, y sé que mis compañeros la escuchan.

Abro el abanico y lo agito frente a mí. El fuego fluye y salta sobre el montón de muebles, que estallan en llamas.

La serpiente gira alrededor y avanza hacia nosotros. Tira el cuerpo que tiene en su poder, su comida fue interrumpida. Sus ojos giran en sus órbitas y su cola se azota alrededor y lanza latigazos en nuestra dirección. Siento el movimiento de Ruyi como mío, nos movemos en sintonía; saltamos fuera del camino.

El fuego llega rápidamente a los paneles de madera, que sé que son regularmente aceitados para mantener su brillo. Todo el lugar es un polvorín y se enciende rápido. Los edificios principales del palacio no están construidos sobre una base de piedra, sino de madera, para demostrar las maravillas arquitectónicas de Dàxì, y también la arrogancia de creer ser capaz de mantener la madera intacta, el tipo de madera pesada que debe sacarse de los bosques profundos de Yún. Esto es lo que causa que el fuego crezca fácilmente, saltando por las maderas gruesas, desesperadas por el combustible.

La serpiente se abalanza rápidamente entre nosotros mientras los soldados sombra cortan nuestros caminos para escapar. Ruyi y yo quedamos espalda con espalda, alejadas de Kang. Como él tiene la daga, salta en acción, y hace que se dispersen los soldados sombra. La habitación se llena con rapidez de humo a nuestro alrededor. Ruyi se agacha bajo el barrido de la cola, corre hacia adelante y presiona el tazón con el costado de la serpiente; anillos verdes explotan cuando el tazón toca su cuerpo, formando símbolos de Bìxì. Los anillos se envuelven alrededor de la serpiente, atándola, se mueven rápido por toda su longitud, constriñéndola en segmentos, brillando con una llama peculiar.

—¡¿Qué es esto?! —Su cuerpo empieza a sacudirse, su lengua se lanza hacia adelante y hacia atrás.

Ruyi toma una espada que cayó a sus pies. Intenta atacar las escamas doradas, lo que provoca un chillido, un agudo sonido que es desagradable para los oídos. Entonces, la punta de su espada se mete debajo de una escama negra, encuentra un punto suave, y hace un corte para desprenderla. Sangre negra salpica donde sea que toque su piel, pero quema como ácido. Ruyi sisea, tiene manchas negras en sus brazos. Reajusta su agarre y muerde su labio, dirige el filo hacia delante de nuevo y provoca que otra escama caiga.

«Volverá a unirse». Esta vez, un coro de voces hace eco a nuestro alrededor.

La serpiente ruge, se voltea y nos ataca con la punta de su cola, los anillos dorados de Bìxì se aprietan alrededor de su cuerpo, tensándolo. Ruyi continúa con su sangrienta tarea, separar cada escama haciendo palanca con el dao. La sangre sale disparada, pero Ruyi y a está consciente de cómo ocurrirá la salpicadura esta vez y se hace a un lado. La sangre marca extraños patrones en la madera, parecen flores.

Detrás de mí resuenan gritos. Bìxì es el dios de la verdad, bajo su influjo, las ilusiones de la serpiente ya no pueden sostenerse. Los soldados sombra se agarran sus cabezas, gritan mientras el control de Gongyu sobre su mente se debilita, empiezan a recordar quiénes son.

—¡Ahora! —le grito a Kang.

Entra en acción ahora que los soldados sombra no están sobre él. Con la Garra del Tigre, con un golpe firme, él corta la totalidad de las entrañas de la serpiente, desde la parte inferior hasta el cuello. Una corriente de sangre negra sale precipitadamente, conforme el cuerpo de la serpiente se convulsiona. Los anillos verdes lentamente se contraen y un hombre se arrastra fuera del armazón, tosiendo y ahogándose. Cadenas verdes atan su garganta, sus brazos y piernas; nos ve con ojos de odio, arrodillado pero no sometido. Todavía se puede reconocer como el general, como el padre de Kang. Nos lanza una sonrisa amplia.

—¿Creen que pueden contenerme con estos simples juguetes, estos ecos del poder que los dioses usaron para contener? Yo peleé contra todos ellos y aún quedó una parte de mí. —Escupe sangre en el piso y se ríe—. Mi cuerpo físico está debilitado, pero he sanado. No siento hambre ni sed. Puedo esperar, esperar hasta que uno de ustedes, tontos mortales, desee liberarme de nuevo, hasta que alguno encuentre la manera de terminar lo que yo empecé.

Desde el suelo, la reliquia de Shénnóng resplandece. Se levanta del piso, el disco se convierte en una balanza, su verdadera forma, y se coloca en el centro, por encima de la cabeza de Gongyu. Aunque el hombre se retuerce y trata de apartarse, las cadenas lo sostienen en su lugar. Se encoge hasta que se coloca dentro de su frente y lo marca.

Ruyi y Kang lo sacan a rastras del chorreante cuerpo de la bestia y lo fuerzan a pararse. El resto del gran salón arde a nuestro alrededor como una hoguera. Veo al Pequeño Wu en la puerta, abriendo paso a la gente para salir. Ahí está A'bing, parado junto a él, y más gente de la cocina. Me miran, con consternación y sorpresa, mientras sigo a Ruyi y Kang escaleras abajo.

—¡Ayúdenlos! —les digo—. ¡Hay más gente ahí adentro! —Ellos asienten y regresan a la entrada del edificio que arde, llaman a los que quedan. El general cae sobre sus rodillas y su hijo lo levanta.

Hay nubes de humo sobre el Patio del Futuro Prometedor y sobre toda Jia.

Capítulo cuarenta y cinco

Kang 康

Kang lleva a su padre por los jardines del palacio. Alrededor de ellos hay caos y destrucción, se percibe un olor a humo, a combustión y a muerte. Ruyi los guía por los túneles hasta el monasterio Língyǎ, donde un ejército más pequeño de soldados leales a la princesa los espera.

Cuando salen del túnel, son recibidos por la abadesa, por un grupo de monjes y también por la princesa, que lleva su propia armadura rojo brillante. Al menos, piensa Kang de manera fugaz, ella no está vestida de negro y dorado, los colores favoritos de su padre. Los soldados llegan y rápidamente sujetan al general, le ponen una túnica blanca, luego atan sus manos y pies con cuerda. Los anillos verdes de las ataduras de Bìxì ya desaparecieron.

Ellos tres caen al suelo ante la princesa Zhen, en armonía, unidos por la conexión que tienen entre sí.

Zhen se acerca primero a Ruyi, la abraza fuerte.

—Mi amor —susurra en su cabello. Kang pudo escucharla, casi como si lo hubiera dicho junto a su oído, y siente un oleaje de amor que sale de Ruyi, un amor que es casi como dolor, pues casi la pierde.

Luego Zhen ayuda a Ning a levantarse y le expresa su gratitud con un cálido abrazo, después se acerca a Kang y también lo ayuda a ponerse de pie.

—Primo, tienes mi gratitud.

—Por favor, déjame hablar con él —suplica Kang, olvidando toda delicadeza—. Antes de proceder con el castigo que consideres necesario.

La princesa asiente.

—Tienes mi palabra. —Entonces ella voltea y da una orden—: ¡Comiencen los preparativos!

Llevan al general por los jardines del monasterio de Língyǎ. Por la expresión de Ning, Kang percibe que le duele que las flores hayan sido dañadas. El que alguna vez fue un jardín apacible, ahora es un gran charco de lodo, debido a las pisadas de tantas botas que lo atravesaron. El palacio aún arde detrás de ellos, iluminando el cielo con un inquietante brillo naranja.

La abadesa guía el camino y ellos pueden ver lo que los monjes han preparado durante horas, mientras la batalla hacía estragos en el palacio: abrieron la tierra, cortaron un lado de la montaña de piedra, y un desnivel lleva hacia abajo y adentro de la tierra. La fuente del Shénnóng sagrado. Ning pone su mano en el brazo de Kang y él sabe que ella puede percibir sus sentimientos. Rabia, incertidumbre, frustración. Kang deseaba tanto redimir a su padre y, sin embargo…

Los soldados se detienen con el general frente al lago, están rodeados de antorchas, que convierten los rostros de todos en sombras fantasmales. Zhen hace un gesto para que se hagan a un lado y Kang sabe que ahora puede acercarse.

—¡Esto es lo que te espera! —le grita, presionando a Gongyu a salir, hasta que él mira sobre las aguas del lago—. Rodeado por rocas y sumergido en el agua, encadenado a la pared. ¿Es así como quieres vivir el resto de tu inmortal vida? ¿Es esto lo que quieres sufrir? Abandónalo. Regresa a la roca desde la que saliste arrastrándote.

La cabeza de Gongyu gira hacia a él y balbucea, en tono burlón. Un ojo de jade gira en su órbita, la marca de Shénnóng arde en su frente.

—Todo lo que yo experimente, lo experimentará tu padre, principito. Cada asfixiante y desesperado intento por respirar. El se ahogará una y otra vez, con cada jadeo de muerte, con cada plegaria porque termine Él estará ahí, viviéndolo junto conmigo. ¿Qué piensas de eso? —Retoma su hostil risa, que asemeja un ladrido, y el sonido hace eco en la cámara de piedra.

Kang apunta su daga a su garganta, en un intento por silenciar esa horrible risa, pero Gongyu solo la agarra y sonríe, la sangre escurre de sus dedos.

—¡Kang! —Zhen lo llama en advertencia. Ning está de nuevo ahí, lo jala para alejarlo. Él la empuja y camina hacia el muro, sus pisadas crujen en la playa de piedras, sabe la futilidad de discutir con un dios, sin embargo, tenía que intentarlo por última vez.

Obligan al general a arrodillarse, los soldados remplazan las cuerdas con cadenas. Traen gruesas cadenas, que suelen usarse para los caballos y labores pesadas y las sujetan a sus muñecas, tobillos y cuello.

—Una última oportunidad —pronuncia Zhen—. ¿Lo dejarás?

Gongyu escupe a sus pies.

—No. —Sigue sonriendo, con esa trastornada sonrisa—. ¿Qué dirán los libros de historia acerca de ti? ¿Quién hizo que su tío desapareciera? ¿Te llamarán despiadada? ¿Sabia?

—¡Háganlo! —Zhen lo interrumpe.

La mano de Ning encuentra la de Kang en ese gesto, él descubre al menos un poco de consuelo.

El proceso es sangriento y violento. Cortan las partes de él que son eternas: el ojo, el corazón, la pierna. Kang se esfuerza por ver cada parte de todo eso. En cada momento él entra a su memoria, pues él es la razón detrás del terrible pacto de su padre.

Cuando terminan, el general cae hacia adelante, deteniéndose con sus manos.

—Hijo mío… —dice con debilidad, levantando su cabeza ligeramente. Kang atestigua su horrendo aspecto, el profundo hoyo donde debería estar su ojo.

—Asegúrense de que esas partes sean enviadas a los confines de la tierra. Asegúrense de enterrarlas donde nunca puedan ser encontradas.

—Me aseguraré de eso. —Kang se ahoga, pero no flaquea, aunque sus rodillas quieran rendirse. Ning está junto a él, sin emitir sonido alguno, aun cuando él aplasta sus dedos al aferrarse a ella. Ella siente que es lo único que lo conecta con el mundo.

Cuando la princesa asiente, las cadenas son arrastradas, levantadas y pasadas por las manos que las esperan. Están conectadas a cuatro anillos de hierro incrustados profundo en la piedra. Colocan al prisionero en una plataforma y ajustan las cadenas en sus pies. Cuatro hombres empujan la plataforma flotante lejos del centro del lago; entonces, una por una, cortan las barras y la figura se hunde lentamente en el agua hasta que no queda nada de él.

Capítulo cuarenta y seis
Ning 寧

El fuego tarda horas en extinguirse y, después de eso, el Salón de la Luz Eterna es una humeante ruina. La maravilla arquitectónica del imperio se ha ido, pero también la amenaza que puso en peligro a toda Dàxī. Me reúno con Shu en los jardines en cuanto el fuego es contenido. Ella está cubierta con hollín y yo también. Shu se lanza a mis brazos en cuanto me ve, sollozando aliviada.

—Se ha terminado —susurro, al tiempo que ella asiente entre lágrimas y sollozos.

Más tarde, estoy junto a Lian en la tienda de enfermería que se puso en el patio de los médicos, intentamos ayudar. Yo lleno recipientes con agua, exprimo trapos, corto vendajes, lo que sea para escapar del recuerdo de la serpiente retorciéndose que se cernía nuestras cabezas. Llorar las muchas almas que fueron tomadas antes de que pudiéramos salvarlas. Las que Gongyu consumió, no hay cuerpos que enterrar.

Me alegra ver a Zhen caminando entre los heridos, ofreciéndoles palabras de aliento, ayudando donde puede hacerlo. Antes me preguntaba si ella sería una gobernante capaz, y conociéndola ahora, creo que demostrará su valía ante la corte y depurará la discordia que Gongyu sembró.

Hay camas dispuestas en las residencias y en la pagoda de la biblioteca para acomodar a los que quedan en el palacio, aunque muchos fueron enviados al monasterio y al resto de Jia. Se necesitará mucha ayuda para la sanación que se requiere, la reconstrucción de la capital.

Aunque la cama me llama y me promete el descanso que necesito, siento un ligero jalón en mi pecho. Ese insistente cordón, esa conexión me llama, ahora que mi cuerpo está tranquilo. Él está en algún lugar allá afuera, solo.

«El receptor debe estar dispuesto». No lo había entendido en realidad cuando la Dama Blanca me lo dijo por primera vez, pero ahora lo sé, él está abierto a mí por su propia voluntad. Él me escucha y yo lo escucho a él. Ya no me asusta nuestra conexión ni lo que la magia tiene para ofrecernos. Nuestra fuerza, intimidad compartida. Un vínculo que es solo nuestro.

Salgo al Jardín de la Primavera Fragrante, el aire aún huele a humo, la luna es una franja en el cielo, pero yo no necesito la luz, solo sigo la conexión que hay entre nosotros, siento el caos de sus pensamientos, que tampoco lo dejan dormir. Me lleva por todo el palacio, desde el ala oeste al ala este, escalo el muro y encuentro mi camino por el techo, me siento junto a él. Esta era mi antigua residencia, cuando él vino a encontrarme aquella fatídica noche.

—Sí —dice en voz baja y voltea hacia mí en la oscuridad—. Cuando trataste de matarme, lo recuerdo.

Me carcajeo.

—Yo no soy la única que siempre se esconde en las sombras.

—Creo que podría ser ahí a donde pertenezco —dice Kang. Su humor se apaga rápidamente, como la luna oscurecida tras las nubes en una noche de viento.

—Te culpas a ti mismo —le digo, y empujo la jarra de vino de mijo casi vacía que está a sus pies—. Entonces, vas a beber hasta el estupor.

—¿No es eso lo que hacen los poetas? ¿No es así como alcanzan la iluminación? —Se ríe, pero no es un sonido feliz. Solo he visto un destello de este Kang antes, consumido por su culpa y su vergüenza.

Yo sé que hay más de él bajo la superficie, no es solo el chico bromista o el casi príncipe serio; hay una parte de él que siempre ha intentado ocultarme, aunque la Llave Dorada y la Aguja de Plata intentaron sacarla de él.

—Casi todos terminan ahogados, tratando de ver la luna. Encontrarán tu cuerpo en un depósito de lluvias, con tus piernas saliendo —le digo, tratando de encender el humor, y él me recompensa con una risa más sincera.

—Es un final adecuado para un príncipe fracasado —dice, tratando de encontrar su jarra de vino. Yo soy más rápida que él, mi mente no está confundida por el alcohol, se la quito de la mano, hago mi cabeza para atrás y la bebo toda, aun si una parte chorrea por el frente de mi túnica.

Kang me mira fijamente. Yo limpio mi boca con el dorso de mi mano y hago rodar la jarra hacia abajo por los tejados, donde desaparece hacia los arbustos haciendo mucho ruido.

—Tú me dijiste junto al manantial sagrado que no me culpara a mí misma —lo reto, el vino hace que mi rostro y mi cuerpo ardan de calor, dándome el coraje para decir las cosas que voy a decir—. Yo no pude saberlo, y era verdad. No fue mi culpa que mi madre muriera, fue ese… esa insidiosa rata, Gongyu.

Él se me queda viendo por un momento y luego cae de lado riendo. Casi pierde el equilibrio y yo lo detengo de la manga, segura de que se va a rodar por el techo y se va a romper la cabeza, igual que su jarra.

—Solo tú… solo tú… —jadea—. Solo tú llamarías al dios de las pesadillas… una insidiosa rata.

—No pude pensar en otra frase —murmuro.

Debería estar avergonzada, debería tirarlo del techo yo misma, pero me alegra que se esté riendo. Lo siento temblar a través de mis manos y, entonces, cuando intenta voltearse y esconder su cara, me doy cuenta de las húmedas marcas de lágrimas en sus mejillas, que brillan en la tenue luz de la luna.

Lo jalo para acercarlo a mí, aunque él trata de empujarme. Al final, me deja abrazarlo, tal como él me abrazó a mí en la orilla de aquella playa de piedras.

—No es tu culpa —le susurro al chico que fue sacado de su casa una y otra vez, cuya soledad refleja la mía.

En mis brazos, llora por su madre, que murió sin sentido. Solloza por su padre, que la vengó y casi arruinó el mundo; el padre que dio su vida para salvarlo, como mi madre hizo alguna vez por mí.

EPÍLOGO

El invierno llega tarde a Jia. Las puertas de la ciudad están adornadas con pergaminos de caligrafía y los ciudadanos visten sus mejores ropas. Este año, el decreto de la nueva emperatriz consistió en anunciar que la ciudad debe adornarse con colores brillantes. Solicitó pigmentos de hermosos colores, antes prohibidos por ser considerados demasiado extravagantes por la vieja corte, pero ahora están disponibles para que todos puedan usarlos.

Los templos están llenos con la presencia de simpatizantes, que están ahí para rendir tributo a los dioses, pues vieron con sus propios ojos lo que habría pasado si no hubieran estado ahí para protegerlos.

El oficial Qiu, quien representa al Ministerio de Rituales, me ofreció un palanquín que me llevara por las calles de Jia, como siempre lo imaginé cuando soñaba despierta. Pero decliné su oferta, prefiero estar en el lugar, conviviendo con la alegría de todos. Quiero ver por mí misma cómo se ha reconstruido Jia de la devastación que dejé hace meses que me fui, cuando formé parte de la comitiva responsable de asegurarse de que las partes de Gongyu nunca sean encontradas. Tomó muchos meses, pero al fin nuestra tarea concluyó al inicio del invierno y pude regresar a casa.

Fui a la arboleda de toronjas con mi padre y Shu para hablar con mi madre en el primer aniversario de su partida. Le llevamos un plato con tres suaves *mantous* blancos y tres naranjas rellenitas.

Me aseguré de pelarlas, porque ella odiaba sentir la cáscara bajo las uñas de sus dedos. En la arboleda, encendí su incienso favorito y dejé que el humo llevara mis pensamientos hasta ella.

Mi madre dejó claro a lo largo de su vida que no quería ser recordada con una placa dentro de su casa, quería que la encontráramos en los árboles, para que la recordáramos como cuando estaba afuera. Una vez me pregunté si existirá un shénnóng-shī que tenga la habilidad de hablar con los muertos, con lo que quede aquí de mi madre. Deseché esa idea por considerarla una locura en ese momento, pero ahora no me atrevería a decir que algo así no es posible, ya que vi y experimenté mucho de lo imposible.

Shu y yo viajamos de regreso a Jia desde Sù por el río Jade, y fue una experiencia diferente de la primera vez que abordé el barco. Con el sello de la emperatriz, pudimos alquilar una pequeña embarcación y tener una habitación privada.

Para Dōngzhì, el día más corto del año, el reino celebra el final de la cosecha, los graneros llenos. La alegría de que el año esté cerca de terminar y el nuevo año se aproxime. Es el tiempo en que los oficiales presentan sus respetos a la emperatriz y recapitulan los días que quedan del año, antes de regresar a casa con sus familias.

Sin embargo, este año, aunque celebramos, sé que la capital aún vive su duelo. Cuando entramos por las puertas del palacio, veo la estructura en ruinas del Salón de la Luz Eterna allá arriba, solo quedan los cimientos y la gran escalinata que lleva a ningún lado.

El ministro Song nos aseguró en sus cartas que llevaron a cabo los ritos funerarios después de que nos fuimos. De las almas de todas esas personas. Espero que lo que haya quedado de ellas encuentre su camino de regreso a sus familias y hacia las estrellas.

Al menos los vivos en el palacio ahora pueden sentirse libres del temor a ser investigados y castigados. Más temprano, en la cocina, vi a Qing'er, y encendimos varitas de incienso por su abuela y su madre. El Pequeño Wu y A'bing lo acogieron y se aseguraron de que tuviera una familia que pudiera sentir como suya. Dejé a Shu con Lian en su residencia, divirtiéndose con diferentes juegos de Kallah. Ellas dos también entablaron una amistad, como siempre imaginé que sucedería. Me dio gusto ver a Fei y a Hongbo ahí también, fueron adoptados por la gente de Kallah.

Pero hay otro lugar al que necesito ir en este, el día más corto y la noche más oscura. Alguien más con quien me debo reunir.

Camino a través de las puertas del monasterio y los guardias me dejan pasar cuando ven el colgante que porto.

Todo está cubierto con una ligera capa de escarcha. La nieve es hermosa, pero yo sé qué tan intensamente brotarán las flores en primavera, y extraño eso. La fiesta en las calles detrás de mí parece un callado contraste con el lago congelado y el montículo de tierra en el centro. Cuatro estelas de piedra se yerguen ante él, son más altas que dos hombres, cada una contiene un grabado de uno de los dioses.

Hay una escalera labrada en la roca, curveada alrededor del lado oriental, cincelada en la tierra. En la cima, una columna de piedra apunta hacia el cielo; ahí, una figura familiar está de pie inspeccionando lo que está grabado en la columna. Sus dedos siguen el trazo de los símbolos, deteniéndose en ellos.

永誌不忘

Nunca olvides.

Sellado bajo ese montículo hay un manantial y un casi dios enterrado y encadenado.

Él me oye llegar y se da vuelta para saludarme con una sonrisa.

Esta será la última vez que nos veamos en persona por un tiempo. Pronto él será nombrado marqués de Lùzhou y a mí me asignarán la tarea de preservar el *Libro del té* en Hánxiá.

Aunque él no estará demasiado lejos, solo a pocas horas en barco por el Aguaclara, me costará acostumbrarme a su ausencia, considerando el tiempo que pasamos juntos todos los días cuando viajamos por todo el imperio, cumpliendo el último deseo de su padre.

—¿Cómo estás? —le pregunto, sabiendo que este es su primer Dōngzhì sin su familia.

—Pienso en lo fácil que habría sido que todo quedara en ruinas. —Está absorto, sus hombros lucen pesados con toda esa carga.

—Él tomó una decisión —le digo, aunque sé que mis palabras no pueden llevarse su dolor.

Kang pone su mano en la piedra.

—Pensaba en todo lo que se perdió. —Pongo mi mano sobre la suya y él voltea hacia mí de nuevo, me jala para acercarme a él—. Y en todo lo que gané —dice con sus labios en mi cabello.

Me abraza por un momento, hasta que la campana redobla en la distancia, recordándonos la hora. Fuimos invitados al festival, aunque yo sé que ninguno de nosotros disfruta estas grandes celebraciones.

—Antes de que tengamos que ponernos nuestros trajes de la corte, puede que yo haya persuadido al Pequeño Wu de darnos algo de su almacén personal —me dice y saca un frasco.

Le quito la tapa y lo olfateo, mi nariz cosquillea por el aroma.

—¡Vino de osmanto! —exclamo—. ¡Seguramente le diste algo espectacular para que te regalara esto!

—No hablemos de eso —se queja, y saca también dos copas la mía sigue tibia porque era la que estaba oculta bajo su túnica.

Chocamos nuestras copas y bebemos. El frío se ha disipado por ahora; hablamos de cosas más amenas y dulces, como el tangyuan que prometió hacerme después, enrollado por sus propias manos.

Una vez, alguien habló de un nuevo amanecer para Dàxī. Pero no hace mucho, una gran serpiente casi nos aniquila a todos. Yo envío una plegaria de gratitud hasta la Dama Blanca, en caso de que esté observando.

Me siento agradecida por estar viva y al lado de alguien a quien amo, viendo el sol ponerse sobre Jia mientras manda vetas de color que surcan el cielo.

AGRADECIMIENTOS

Antes que nada, gracias a mis lectores por elegir la secuela y terminar la duología *El Libro del té* conmigo. Gracias por acompañarme en este viaje. Agradezco todos sus mensajes, reseñas y comentarios. Muchas gracias también a las librerías y a los vendedores de libros que comparten su entusiasmo y apoyo a la historia de Ning.

Un especial agradecimiento a todos los reseñistas que hicieron mi experiencia debutante tan divertida: aquellos que participaron en *TBR and Beyond Tours*, especialmente a Melanie y Heather, gracias por organizarla. De igual manera a Bri y los miembros de *B2 Weird Book Club*, por sus maravillosas fotografías y publicaciones en Bookstagram.

Gracias a mi editora, Emily Settle, por tomar el tosco borrador y ver algo que valía la pena salvar ahí; por tu paciencia y aliento que me ayudaron a descubrir la historia. ¡No habría sobrevivido al proceso sin su guía!

Gracias a mi agente, Rachel Brooks, por estar ahí en cada paso de este camino, y por su entusiasmo cuando quiero intentar algo nuevo.

Muchas gracias a Sija Hong por tu increíble ilustración que le da vida a Kang, y a Rich Deas por diseñar otra hermosa portada. Gracias a la editora de producción Avia Perez y a la correctora Tracy Koontz por su cuidadosa atención para asegurarse de que mi manuscrito esté en la mejor forma que podría estar. También a todos los del sello Feiwel and Friends por su constante apoyo a esta duología. También una enorme gratitud para el impresionante equipo de marketing y publicidad: Gabriella Salpeter, Leigh Ann Higgins, Morgan Rath, Sara Elroubi, Nicole Schaefer y Cynthia Lliguichuzhca, junto con Fernanda Viveiros en Raincoast.

A mis buenas amigas Nafiza y Roselle: nuestro grupo de chat me apoyó en momentos difíciles, por lo que les agradezco tanto.

A Kat Cho y Axie Oh, por ser de mis primeras conexiones con autores y convertirse con los años en fabulosos y divertidos amigos.

A los miembros de Our Writer's Room: gracias, Lana, por dirigir este grupo, y a todos los que forman parte de él, es realmente generosa la manera en que brindan su tiempo y apoyo a los nuevos autores.

A mi profesora de secundaria, Mrs. Wees, que fue la primera en animarme a publicar y sembró ese primer sueño en mi mente. ¡Es realmente increíble poder estar en contacto con usted años después!

A Mimi, que me enseñó lo que es la hermandad entre mujeres. No puedo esperar para por fin celebrar contigo en persona.

Como siempre, gracias a mi esposo y a Lyra. Amo a nuestra hermosa familia.

GLOSARIO

Términos

Palabra	Chino	Pronunciación	Significado
Aguanegra (Batallón)	黑江(營)	hēi jiāng (yíng)	Fuerza rebelde que opera cerca del río Aguaclara.
dān	丹	dān	Medicina en forma de pastillas o polvo, generalmente asociada con el mejoramiento de las propiedades mágicas.
Dōngzhì	冬至	dōng zhì	Solsticio de invierno (festividad).
guăn	管	guăn	Instrumento de doble lengüeta.
miăn guān	冕冠	miăn guān	Equivalente chino de una corona, la usa el emperador en turno.
shénnóng-shī	神農師	shén nóng shī	Maestro de la magia de Shénnóng.

shénnóng-tú	神農徒	shén nóng tú	Aprendiz de la magia de Shénnóng.
wǔ xíng	五形功夫	wǔ xíng gōng fū	Las cinco formas de las artes marciales.
wǔlín-shī	武林師	wǔ lín shī	Maestro de las artes marciales del Tigre Negro.
zhīcáng-sī	知藏司	zhī cáng sī	El Custodio de los Secretos, un antiguo de Yěliǔ.

Guía de pronunciación de los nombres de los personajes

NOMBRE	NOMBRE CHINO	PRONUNCIACIÓN
Badu	巴渡	Bā Dù
Bìxì	贔屭	Bì Xì
Chen Shao	陳邵	Chén Shào
Fei	霏	Fēi
Gao Ruyi	高如意	Gāo Rú Yì
Gongyu	龔禹	Gōng Yǔ
Hongbo	宏博	Hóng Bó
Ho-yi y Ho-buo	何姨, 何伯	Hó Yí, Hó Bó
Huang (hermano / teniente)	何姨, 何伯	Huáng (shī xiōng / shàng wèi)
Li (Xu) Kang	李(許)康	Lǐ (Xǔ) Kāng
Li Ying-Zhen	李瑩貞	Lǐ Yíng Zhēn
Lin Huayu	林華宇	Lin Huá Yǔ
Lin Wenyi	林文義	Lin Wén Yì
Luo Lian	羅蓮	Luó Lián
Pequeño Wu (Wu Zhong-Chang)	小吳 (吳忠昌)	Xiǎo Wú (Wú Zhōng Chāng)

Qi Meng-Fu (maestro)	齊夢福(師尊)	Qí Mèng Fú (shī zūn)
Ren (Ge)	仁(哥)	Rén (gē)
Tai (anciano)	泰(師尊)	Tài (shī zūn)
Zhang Ning	張寧	Zhāng Níng
Zhang Shu	張舒	Zhāng Shū

Nombres de lugares importantes

Nombre	Nombre Chino	Pronunciación	Ubicación
Aguaclara (río)	清水(河)	qing shuǐ (hé)	Río que separa la provincia de Yún de las Islas Esmeralda.
Ānhé (provincia)	安和(省)	ān hé (shěng)	Provincia agropecuaria y costera en el sureste.
Bǎiniǎo (cañada)	百鳥(峽)	bǎi niǎo (xiá)	La Cañada de los Cien Pájaros; se puede ver desde la aldea de Ràhoé.
Dàxī	大熙	dà xī	El gran y brillante imperio.
Fúróng (río)	芙蓉(河)	fúróng (hé)	Ramificación del río Aguaclara, que corre a través de la cañada Bǎiniǎo.

Guòwū (paso)	過巫(關)	guò wū (guān)	Paso entre las montañas, que lleva a Yěliŭ.
Hánxiá (academia)	函霞(寺)	hán xiá (sì)	Academia dedicada a la Carpa Azul (estudios de agricultura, ganadería y té).
Huá (prefectura)	華(州)	huá (zhōu)	Prefectura al oeste de la ciudad capital.
Jia (ciudad)	佳(都)	jiā (dū)	Ciudad capital.
Kallah (provincia)	佧菈(省)	kă lā (shěng)	Provincia noroccidental de pastizales.
Língyă (monasterio)	陵雅(寺)	líng yă (sì)	Monasterio, tumba de los antiguos emperadores. Ubicada al interior de Jia.
Lǜzhou (prefectura)	綠(洲)	lǜ (zhōu)	Prefectura nororiental, conformada por una península y un grupo de islas, conocida también como las Islas Esmeralda.

Mar del Olvido (Mar de Bambú)	忘憂竹海	wàng yōu zhú hǎi	Bosque de bambú que se encuentra en la frontera entre Kallah y Yún.
Ràhoé (pueblo)	遶和(鎮)	rào hé (zhèn)	Pueblo junto al río Aguaclara, en el borde este de Yún.
Sù (provincia)	溯(省)	sù (shěng)	Provincia sudoccidental dedicada a la agricultura.
Tai Shan Zhuang (residencia)	泰山(莊)	tài shān (zhuāng)	Antigua residencia de la anciana Tai.
Tiānxiáng (lago)	天祥(湖)	tiān xiáng (hú)	Lago en la frontera de Kallah.
Wǔlín (academia)	武林(寺)	wǔ lín (sì)	Academia dedicada al Tigre Negro (estudios de estrategia militar y artes marciales).
Xīnyì (aldea)	辛藝(村)	xīn yì (cūn)	Aldea en la que se encuentra el hogar de Ning.

Xìngyuán	興元(村)	xìng yuán (cūn)	Aldea en la base de la montaña, es el paso hacia Yěliǔ.
Yěliǔ (academia)	野柳(寺)	yě liǔ (sì)	Academia dedicada a Bìxì, la Tortuga Esmeralda (estudios de justicia y ritos).
Yún (provincia)	雲(省)	yún (shěng)	Provincia montañosa del norte.

Ingredientes medicinales chinos

Nombre del ingrediente	Nombre Chino	Pronunciación	Nombre común o científico
bānjǐtiān	巴戟天	bā jǐ tiān	Raíz de *Morinda officinalis.*
benzoína	安息香	ān xí xiāng	Resina que se obtiene de la corteza y se utiliza como incienso y perfume.
chénxiāng	沉香	chén xiāng	Resina de madera de agar.
dāncān	丹参	dān cān	Raíz de *Salvia miltiorrhiza.*

fúlíng (hongo)	茯靈	fú líng	*Wolfiporia extensa*, un hongo.
hú huáng lián	胡黃連	hú huáng lián	Raíz de *Picrorhiza scrophulariiflora*.
kūnbù	昆布	kūn bù	Alga marina.
lí lú	藜蘆	lí lú	Raíz de *Veratrum nigrum*.
língzhī (hongo)	靈芝	líng zhī	*Ganoderma lingzhi*, un hongo.
polvo de perla	珍珠粉	zhēn zhū fěn	Perlas o conchas de *Pteria martensii* (ostra) molidas.
raíz de peonia blanca	白芍	bái sháo	Raíz de *Paeonia sterniana*.
raíz de regaliz	甘草	gān cǎo	Raíz de *Glycyrrhiza uralensis*.
shārén	砂仁	shā rén	Frutas secas de *Wurfbainia villosa*.
yuǎnzhì	遠志	yuǎn zhì	Raíz de *Polygala tenuifolia*.
zheěrgēn	折耳根	zhé ěr gēn	Tubérculo de *Houttuynia cordata*.